DIANA PALMER
En el punto de mira

Editado por Harlequin Ibérica.
Una división de HarperCollins Ibérica, S.A.
Núñez de Balboa, 56
28001 Madrid

© 2010 Diana Palmer. Todos los derechos reservados.
EN EL PUNTO DE MIRA, N° 107 - 1.1.11
Título original: Dangerous
Publicada originalmente por HQN™ Books
Traducido por Victoria Horrillo Ledesma

Todos los derechos están reservados incluidos los de reproducción, total o parcial. Esta edición ha sido publicada con permiso de Harlequin Enterprises II BV.
Todos los personajes de este libro son ficticios. Cualquier parecido con alguna persona, viva o muerta, es pura coincidencia.
™ TOP NOVEL es marca registrada por Harlequin Enterprises Ltd.

® y ™ son marcas registradas por Harlequin Enterprises Limited y sus filiales, utilizadas con licencia. Las marcas que lleven ® están registradas en la Oficina Española de Patentes y Marcas y en otros países.

I.S.B.N.: 978-84-671-9173-8
Depósito legal: B-35952-2010

Para Cindy Angerett, operadora del número
de emergencias del condado de Beaver,
Pennsylvania, y al personal de emergencias
de todas partes, por entregar generosamente
su tiempo, en horario de trabajo y fuera de él,
para ayudar a quienes lo necesitan

Nota de la autora

Queridos lectores:

De los libros que he escrito en meses recientes, éste es el que más me ha afectado anímicamente. Sabía desde *Un hombre sin piedad* que la familia de Kilraven había sido asesinada. Sabía desde *Rebelde* que su hija de tres años era una de las víctimas. Pero enfrentarse a las emociones que origina una tragedia como ésa, aunque sea en una novela, puede ser complicado.

Gracias a Dios, nunca he perdido a un hijo. Pero mientras escribía las escenas relativas a la tragedia de Kilraven, desarrollé un nuevo vínculo con las cajas de clínex. Este hombre, aparentemente duro como el acero, tiene un corazón muy tierno, y descubrirlo resultó fascinante.

Descubrí además un hecho sorprendente al encarar los últimos capítulos del libro. El hombre al que había señalado como culpable me informó sin ambages de que no tenía nada que ver con el asesinato (los personajes suelen tener vida propia), así que tuve que volver atrás y repensar mi estrategia y mi argumento. No me importó, en realidad. Fue bastante divertido.

Winnie empezó siendo una mujer apocada e incapaz de enfrentarse a su hermano. En el transcurso del libro, en el que trabaja como operadora del servicio de emergencias, se convierte en una fuente de serenidad y sensatez y descubre la valentía que siempre ha poseído. De hecho, se convierte en una «pequeña sierra mecánica», como la apoda su flamante suegra.

Para esta novela conté con la ayuda de Cindy Angerett, una señora encantadora que trabaja como operadora del número de emergencias. Cindy me permitió conocer a fondo su trabajo, y por ello le dedico este libro con toda mi gratitud. Tened presente, os lo ruego, que a veces cometo errores (últimamente más que nunca, porque mi mente envejece conmigo). Pero las equivocaciones que haya en el libro son mías, y me inculpo de todas ellas. Le debo la vida a una operadora de emergencias que actuó con diligencia. Son un regalo de Dios en momentos de extremo peligro. Mi afecto para todos ellos.

Gracias de nuevo a todos mis lectores por la fidelidad y la generosidad que han demostrado a lo largo de los años. Para mí, el mayor gozo de este oficio son los amigos que me permite hacer: no sólo mis editores y correctores, la gente de marketing, diseño y publicidad, los libreros y los distribuidores, sino también los lectores, que se han convertido en una gran familia para mí.

Con cariño de vuestra mayor admiradora,

Diana Palmer

CAPÍTULO 1

Kilraven odiaba las mañanas. Y odiaba especialmente las mañanas de un día como aquél, en el que se esperaba de él que acudiera a una fiesta y participara en el reparto de regalos navideños del amigo invisible. Él, sus compañeros del cuerpo de policía y todos los miembros del servicio de emergencias y el cuerpo de bomberos de Jacobsville, Texas, habían ido sacando papelitos en torno al gran árbol de Navidad del centro de operaciones del Servicio de Emergencia. Y ese día tocaba el intercambio de regalos, todos ellos anónimos.

Mientras bebía café solo en la jefatura de policía de Jacobsville, Kilraven habría deseado escapar de allí. Miró a Cash Grier, que sonrió distraídamente y siguió a lo suyo.

La Navidad era la época del año más penosa para él. Le traía el recuerdo de lo ocurrido siete años atrás, cuando su vida pareció llegar a su fin. Visiones de pesadilla lo atormentaban. Las veía cuando dormía. Trabajaba cuando le tocaba su turno y hasta se ofrecía a sustituir a otros policías de Jacobsville si les hacía falta un relevo. Se odiaba a sí mismo. Pero odiaba más aún a las multitudes. Además el día era triste en sí mismo, en cierto modo. Kilraven tenía en su casa alquilada un gran chow chow negro que le hacía compañía.

Pero había tenido que regalarlo porque en su apartamento de San Antonio, al que volvería pronto, estaba prohibido tener animales. Bibb, el chow chow, había ido a vivir con un chaval del barrio al que le encantaban los animales y que acababa de perder a su perro, otro chow chow. Así que Kilraven suponía que era cosa del destino. Pero aun así echaba mucho de menos a Bibb.

Ahora se esperaba de él que sonriera y se relacionara en una fiesta, y hasta que se entusiasmara con un regalo que casi con toda seguridad sería una corbata que aceptaría y no se pondría jamás, o una camisa de talla pequeña, o un libro que nunca leería. La gente hacía regalos con buena intención, pero casi siempre compraba cosas guiándose por su propio gusto. Era rara la persona que observaba a los demás y hacía el regalo idóneo; un regalo que conservar como un tesoro.

En su trabajo (en su trabajo de verdad, no en aquel papel de policía de pueblo que había asumido como parte de su misión secreta en el sur de Texas, cerca de la frontera con México) tenía que ponerse traje de cuando en cuando. Allí, en Jacobsville, nunca se lo ponía. Quien le regalara una corbata por Navidad estaría tirando su dinero. Estaba seguro de que sería una corbata. Odiaba las corbatas.

—¿Por qué no, mejor, me atáis, me sacáis a la calle y me prendéis fuego? —le preguntó a Cash Grier con una mirada de fastidio.

—Las fiestas de Navidad son divertidas —contestó Cash—. Sólo tienes que ambientarte. Seis o siete cervezas y estarás como pez en el agua.

La mirada de Kilraven empeoró.

—Yo no bebo —le recordó a su jefe temporal.

—¡Vaya, qué coincidencia! —exclamó Cash—. Yo tampoco.

—Entonces, ¿para qué vamos a una fiesta, si ninguno de los dos bebe? —preguntó el más joven de los dos.

—En la fiesta no servirán alcohol. Y, además, es una cuestión de relaciones públicas.

—Odio al público y no tengo relaciones —gruñó Kilraven.

—Sí que las tienes —contestó Cash con sorna—. Un medio hermano llamado Jon Blackhawk. Y también una madrastra, no sé dónde.

Kilraven hizo una mueca.

—No va a ser más que una hora —dijo Cash en tono más suave—. Casi es Navidad. No querrás echar a perder la fiesta del personal a estas alturas, ¿no?

—Sí —contestó Kilraven con una nota de acritud en su voz profunda.

Cash miró su taza de café.

—Winnie Sinclair se llevará un disgusto si no vas. Te marcharás muy pronto para volver a San Antonio. Le hace mucha ilusión que vayas a la fiesta.

Kilraven miró la ventana, más allá de la cual los coches circulaban en torno a la plaza del pueblo, decorada con su Papá Noel, su trineo y sus renos y un enorme árbol de Navidad. En la jefatura de policía también había un árbol adornado con colores de fiesta. Sus adornos eran únicos, por decir algo: pequeñas esposas, pistolas de juguete y diversos vehículos de emergencias en miniatura, coches patrulla incluidos. En broma, alguien lo había envuelto todo con cinta policial amarilla.

Kilraven no quería pensar en Winnie Sinclair. Durante los meses anteriores, Winnie se había convertido en una parte de su vida de la que le costaba desprenderse. Pero ella no sabía lo suyo, lo de su pasado. Alguien tenía que habérselo insinuado, porque su actitud hacia él había cambiado de pronto. Las sonrisas tímidas y las miradas de arrobo que le lanzaba se habían eclipsado, y ahora, cuando hablaban por la emisora de la policía, mientras él estaba de servicio, Winnie se mostraba educada y formal. Kilraven apenas la veía. No sabía si era buena idea relacionarse con ella. Winnie se había replegado sobre sí misma, y sería menos doloroso no acortar distancias. Desde luego que sí.

Kilraven encogió sus anchos hombros.

—Supongo que no voy a morirme por unos cuantos villancicos —masculló.

Cash sonrió.

—Voy a decirle al sargento Miller que te cante el que nos compuso.

Kilraven lo miró con enojo.

—Ya lo he oído, así que, por favor, no.

—No tiene mala voz —repuso Cash.

—No, para una carpa.

Cash soltó una carcajada.

—Como quieras, Kilraven —frunció el ceño—. ¿Es que no tienes nombre de pila?

—Sí, pero no lo uso y no pienso decírtelo.

—Seguro que en personal lo saben —se dijo Cash—. Y en el banco.

—No te lo dirán —contestó Kilraven—. Tengo un arma.

—Yo también, y la mía es más grande —replicó Cash mordazmente.

—Oye, en mi verdadero trabajo tengo que llevar la pistolera oculta —le recordó Kilraven—, y cuesta encajar una Colt .45 1911 en la cinturilla del pantalón para que no se note.

Cash levantó las manos.

—Lo sé, lo sé. Yo antes también la llevaba oculta. Pero ahora no hace falta y puedo llevar un pistolón, si quiero.

—Por lo menos no llevas un revólver, como Dunn —suspiró y señaló al subcomisario Judd Dunn, que estaba sentado al borde de su mesa, hablando con un compañero, con un Ruger Vaquero del calibre .45 metido en una bonita funda de cuero ajustada a la cintura.

—Pertenece a la Asociación de Tiro en Defensa Propia —le recordó Cash—, y esta tarde tienen un torneo. Es nuestro mejor tirador.

—Después de mí —dijo Kilraven con aire satisfecho.

—Es nuestro mejor tirador residente —fue la respuesta—. Tú eres nuestro mejor tirador emigrante.

—No voy a emigrar muy lejos. Sólo a San Antonio —los ojos grises de Kilraven se volvieron sombríos—. Me lo he pasado bien aquí. Hay menos presión.

Cash imaginaba que ello se debía a la ausencia de los malos recuerdos que Kilraven no había afrontado aún: la muerte de su familia siete años atrás en un sangriento tiroteo. Lo cual traía a la mente un caso más reciente: un asesinato que el departamento del sheriff investigaba aún con ayuda de Alice Mayfield Jones, la criminóloga de San Antonio prometida con Harley Fowler, un ranchero del pueblo.

—¿Le has dicho a Winnie Sinclair lo de su tío? —preguntó Cash bajando la voz para que no le oyeran.

Kilraven negó con la cabeza.

—No estoy seguro de que convenga decírselo a estas alturas de la investigación. Su tío está muerto. Nadie va a amenazar a Winnie, a Boone o a Clark Sinclair por su culpa. Ni siquiera estoy seguro de cuál es su relación con la víctima del asesinato. No quiero disgustar a Winnie, si no es imprescindible.

—¿Alguien ha seguido la pista de la amiga con la que vivía?

—Sí, pero ha servido de tan poco como el primer interrogatorio —contestó Kilraven—. Toma tanta cocaína que no sabe ni en qué día vive. No recuerda nada que pueda sernos de ayuda. Mientras tanto, la policía está visitando puerta por puerta los locales de ese pequeño centro comercial que hay cerca de donde vivía la víctima, intentando encontrar a alguien que conozca a ese tipo. Un caso complejo. Complejo de verdad.

—Hubo otro caso, esa chica a la que encontraron en un estado muy parecido, hace siete años —recordó Cash.

Kilraven asintió.

—Sí. Justo antes de que... perdiera a mi familia —dijo titubeante—. Las circunstancias eran similares, pero no hemos podido encontrar ningún vínculo entre los casos. La chica fue a una fiesta y desapareció. De hecho, los testigos dijeron que no apareció por la fiesta, y la cita que tenía resultó ser ficticia.

Cash observó en silencio al más joven de los dos.

—Kilraven, no te recuperarás nunca, si eres incapaz de hablar de lo que pasó.

Los ojos plateados de Kilraven centellearon.

—¿De qué sirve hablar? Yo quiero al culpable.

Quería venganza. Se le notaba en los ojos, en la tensión de la mandíbula, en la postura.

—Sé lo que es eso —comenzó a decir Cash.

—Y una mierda —le espetó Kilraven—. ¡Y una mierda! —se levantó y salió sin decir nada más.

Cash, que había visto las fotos de las autopsias, no se ofendió. Se compadecía de Kilraven. Pero nadie podía hacer nada por él.

Al final, Kilraven había ido a la fiesta. Estaba junto a Cash, pero no lo miraba.

—Siento haber perdido los papeles de esa manera —dijo a regañadientes.

Cash se limitó a sonreír.

—Bah, ya no me enfado por un estallido de mal genio —se rió—. Me he ablandado.

Kilraven se volvió para mirarlo, sorprendido.

—¿Ah, sí?

Cash lo miró con fastidio.

—Fue un accidente.

—¿El qué? ¿El cubo de agua con jabón, o la esponja en la boca?

Cash hizo una mueca.

—No debió insultarme cuando estaba lavando el coche. Ni siquiera fui yo quien lo arrestó. Yo acababa de empezar a patrullar.

—Se imaginó que eras el mandamás, y no le hizo gracia que la gente viera que lo sacaban de la consulta del dentista en un coche patrulla —dijo Kilraven con desenfado.

—Evidentemente, teniendo en cuenta que el dentista era él. Había dormido a una paciente muy guapa con gas de la risa, y se lo estaba pasando en grande cuando entró la enfermera y lo pilló con las manos en la masa. Eso explica por qué se mudó aquí y por qué puso una consulta en un pueblecito, cuando había estado viviendo en una gran ciudad —argumentó Cash—. Sólo llevaba un mes ejerciendo aquí cuando ocurrió, el verano pasado.

—Un grave error, insultarte en tu propio jardín.

—Estoy seguro de que se dio cuenta de ello —contestó Cash.

—¿No tuviste que pagarle el traje...?

—Le compré uno precioso —respondió Cash—. La juez dijo que tenía que ser del mismo precio que el que había echado a perder con agua y jabón —sonrió angelicalmente—. Pero no dijo que tuviera que ser del mismo color.

Kilraven hizo una mueca.

—¿Dónde demonios encontraste un traje a cuadros amarillos y verdes?

Cash se inclinó hacia él.

—Tengo contactos en la industria textil.

Kilraven se echó a reír.

—El dentista se fue del pueblo ese mismo día. ¿Crees que fue por el traje?

—Lo dudo mucho. Creo que fue más bien por la denuncia que le puse —contestó Cash—. Le dejé caer que había contactado con dos víctimas anteriores.

—Y le diste el nombre de un detective de Houston muy tenaz, según tengo entendido.

—Los detectives son muy útiles.

Kilraven seguía mirándolo fijamente. Luego se encogió de hombros.

—Bueno, yo no pienso dirigirte la palabra cuando estés lavando el coche, de eso puedes estar seguro —concluyó.

Cash se limitó a sonreír.

El centro de operaciones de emergencias estaba lleno. Las luces del enorme árbol de Navidad eran cortesía del personal de servicio. Las bombillas LED brillaban alegremente en todos los colores. Debajo había un tesoro oculto de paquetes envueltos en papel de regalo. Eran todos anónimos. Kilraven los miraba con fastidio, esperándose ya la dichosa corbata.

—Es una corbata —masculló.

—¿Perdona? —preguntó Cash.

—Mi regalo. El que me haya comprado algo, me habrá comprado una corbata. Siempre es una corbata. Tengo un armario lleno de ellas.

—Nunca se sabe —dijo Cash filosóficamente—. Puede que te lleves una sorpresa.

Entre la festiva música navideña, el director del centro de operaciones dio la bienvenida a sus invitados con un breve discurso acerca del duro trabajo que habían hecho durante todo el año y enumerando algunos de sus logros. Dio las gracias por su ayuda al personal de todos los servicios de emergencias, incluidos los sanitarios, los bomberos, la policía del estado y la del departamento del sheriff, los Rangers de Texas y los cuerpos de seguridad estatales y federales. Indicó las largas mesas de los canapés e invitó a los asistentes a servirse. Luego se repartieron los regalos.

A Kilraven le sorprendió un momento el tamaño del suyo. A no ser que fuera una corbata muy grande, o estuviera camuflada, no sabía qué iba a tocarle. Dio la vuelta a la gran caja cuadrada con evidente curiosidad.

La rubita Winnie Sinclair lo observaba por el rabillo de sus ojos oscuros. Se había dejado suelto alrededor de los hombros el pelo rubio y ondulado, porque alguien le había dicho que a Kilraven no le gustaban las coletas, ni los moños. Llevaba un bonito vestido rojo, muy recatado, con el cuello alto. Habría deseado saber algo más sobre el enigmático policía. El sheriff Carson Hayes decía que la familia de Kilraven había muerto asesinada años antes, pero Winnie no había podido sonsacarle nada más. Ahora tenían una auténtica víctima de asesinato en el condado de Jacobs (la segunda, en realidad), y en círculos policiales corría el rumor de que una mujer de San Antonio que conocía a la víctima había muerto por ello. Pero aún más insistentes eran los rumores de que el caso, archivado hacía tiempo, estaba a punto de reabrirse.

Pasara lo que pasase, Kilraven tenía que volver a su puesto federal en San Antonio después de Navidad. Winnie llevaba días muy callada y desanimada. Había sacado el nombre de Kilraven para el regalo del «amigo invisible», aunque tenía el presentimiento de que ello había sido cosa de sus compañeros. Sabían lo que sentía por él.

Había pasado horas intentando decidir qué regalarle. Una corbata no, pensó. Todo el mundo regalaba corbatas, pañuelos o trastos de afeitar. No, su regalo tenía que ser distinto, algo que Kilraven no pudiera encontrar en la estantería de una tienda. Al final, puso a funcionar su talento para el arte y le pintó un retrato muy realista de un cuervo, rodeado por un borde de cuentas de colores. No sabía por qué. Le parecía el tema perfecto para el cuadro. Los cuervos eran animales solitarios, extremadamente inteligentes y misteriosos. Igual que él. Hizo que se lo enmarcaran en la tienda de láminas del pueblo. No quedaba mal del todo, pensó. Confiaba en que le gustara. Naturalmente, no podía decirle que era un regalo suyo. Se suponía que los regalos tenían que ser anónimos. Pero de todos modos Kilraven no se daría cuenta de que era ella, porque nunca le había hablado de su afición a la pintura.

Su vida era mágica, pero sólo porque Kilraven había entrado en ella. Winnie procedía de una familia muy rica, pero sus hermanos y ella rara vez dejaban que se les notara. Le gustaba trabajar para vivir, ganar su propio dinero. Tenía un pequeño Volkswagen rojo que lavaba y enceraba a mano, comprado con su salario semanal. Era su orgullo y su alegría. Al principio, le preocupaba que a Kilraven le intimidara su dinero. Pero él no parecía sentir resentimiento alguno, ni envidia. De hecho, Winnie lo había visto con traje una vez, para una conferencia a la que iba a asistir. Y su sofisticación resultaba evidente. Kilraven parecía desenvolverse como pez en el agua en todas partes.

Winnie iba a pasarlo muy mal cuando se marchara. Pero tal vez fuera lo mejor. Estaba loca por él. Cash Grier decía que Kilraven nunca había afrontado sus demonios, y que hasta que no lo hiciera no podría embarcarse en una relación de pareja. Aquello había deprimido a Winnie y había cambiado su actitud hacia Kilraven. Pero no había alterado lo que sentía por él.

Mientras Winnie lo miraba con arrobo, sin poder evitarlo, él abrió el regalo. Estaba apartado de los demás agentes de su departamento, con su cabeza morena agachada sobre el papel de envolver y los ojos grises fijos en lo que hacía. Al fin apartó la cinta y el papel. Levantó el cuadro y lo miró con los ojos entornados, tan inmóvil que parecía haber dejado de respirar. De repente levantó la vista y clavó sus ojos plateados directamente en los de Winnie. A ella se le paró el corazón en el pecho. ¡Él lo sabía! Pero eso no podía ser.

Kilraven le lanzó una mirada de enfado que podría haber detenido el tráfico, dio media vuelta y se marchó de la fiesta con el cuadro en la mano. No volvió.

Winnie se sintió fatal. Lo había ofendido. Sabía que lo había ofendido. Estaría furioso. Intentó contener las lágrimas mientras bebía ponche y mordisqueaba galletas, y fingió pasárselo en grande.

Kilraven hizo su trabajo maquinalmente hasta que acabó su turno. Luego montó en su coche y se fue derecho a San Antonio, al apartamento de su medio hermano, Jon Blackhawk.

Jon estaba viendo la repetición de un partido de fútbol. Se levantó a abrir la puerta, vestido únicamente con unos pantalones de chándal y el pelo largo y negro colgándole hasta la cintura.

Kilraven lo miró con dureza.

—¿Te estás probando el disfraz de indio?

Jon hizo una mueca.

—Sólo me he puesto cómodo. Pasa. ¿No es un poco tarde para una visita fraternal?

Kilraven levantó la bolsa que llevaba, la puso sobre la mesa baja y sacó el cuadro. Sus ojos brillaban.

—Le has dicho a Winnie Sinclair lo de los cuadros de los cuervos.

Jon contuvo el aliento al ver la pintura. No sólo era de un cuervo, el pájaro favorito de Melly, sino que hasta tenía aquel reborde de abalorios en los mismos colores, sobre un fondo de tonos anaranjados y rojos.

Después se dio cuenta de que su hermano le estaba haciendo un reproche. Clavó en él sus ojos oscuros.

—No he hablado con Winnie Sinclair. Nunca, si no me equivoco. ¿Cómo lo sabía?

Los ojos del más mayor de los dos seguían brillando.

—Alguien ha tenido que decírselo. Cuando descubra quién ha sido, lo estrangulo.

—Es sólo una idea —dijo Jon—, pero ¿no me dijiste que Winnie llamó pidiendo refuerzos para una pelea doméstica, aunque tú no los habías pedido?

Kilraven se calmó un poco.

—Sí —recordó—. Y me salvó el pellejo. Ese tipo tenía una escopeta y tenía retenidas a su mujer y su hija porque la mujer quería divorciarse. Los refuerzos llegaron con las sirenas y las luces puestas. El tipo se distrajo y pude reducirlo.

—¿Cómo se enteró Winnie? —preguntó Jon.

Kilraven frunció el ceño.

—Se lo pregunté. Y me dijo que había sido una corazonada. La persona que llamó no le dijo nada de la escopeta, sólo que el marido había entrado en la casa haciendo amenazas.

—Nuestro padre solía tener ese tipo de presentimientos —le recordó Jon—. Y le salvaron la vida más de una vez. Decía que eran sensaciones inquietantes.

—Como la noche en que murió mi familia —dijo Kilraven, dejándose caer en la tumbona que había delante del televisor con el volumen apagado—. Fue a poner gasolina porque al día siguiente tenía que salir de viaje. Podría haber ido a cualquier hora, pero eligió ese momento. Y cuando volvió...

—Tú y la mitad de la policía de la ciudad estabais dentro —dijo Jon—. Ojalá te hubieran ahorrado eso.

Los ojos de Kilraven tenían una expresión terrible.

—No puedo quitármelo de la cabeza. Vivo con ello día y noche.

—Igual que papá. Se mató bebiendo. Creía que quizá, si no hubiera ido a poner gasolina, todavía estarían vivos.

—O él también habría muerto —se acordó de la charla de Alice Mayfield Jones, la semana anterior—. Alice Jones me echó la bronca por pensar en eso, en lo que habría pasado si... —sonrió con tristeza—. Supongo que tiene razón. No podemos cambiar lo que pasó —miró a Jon—. Pero daría diez años de mi vida por atrapar a los tipos que lo hicieron.

—Los atraparemos —dijo Jon—. Te lo prometo. ¿Has cenado ya? —añadió.

Kilraven sacudió la cabeza.

—No tengo apetito —miró el cuadro que había pintado Winnie—. ¿Recuerdas cómo usaba Melly sus ceras? —preguntó suavemente—. Tenía mucho talento, aunque sólo tenía tres años... —se detuvo de pronto.

Los ojos oscuros de Jon se suavizaron.

—Es la primera vez que te oigo decir su nombre en siete años, Mac —dijo en voz baja.

Kilraven hizo una mueca.

—¡No me llames...!

—Mac es un diminutivo perfecto de McKuen —dijo Jon tercamente—. Te pusieron ese nombre por uno de los poetas más famosos de los años setenta, Rod McKuen. Tengo un libro de poemas suyos por ahí. Muchos de ellos han sido musicados.

Kilraven miró las estanterías rebosantes de libros. En un rincón había cajas de plástico llenas de libros.

—¿Cómo consigues leerlos todos? —preguntó, sorprendido.

Jon lo miró con fastidio.

—Yo podría preguntarte lo mismo. Tú tienes aún más libros que yo. Y todavía más juegos de la videoconsola.

—Será para compensar que no tengo vida social, supongo —confesó Kilraven con una tímida sonrisa.

—Lo sé —Jon hizo una mueca—. Nos afectó a los dos. Después de aquello, empezó a darme miedo liarme en serio con una mujer.

—A mí también —confesó Kilraven. Observó la pintura—. Me puse furioso —dijo, señalándola—. Las cuentas son iguales que las que dibujaba Melly.

—Era una niña preciosa —dijo Jon suavemente—. No es justo que la relegues en tus recuerdos hasta el punto de que se pierda para siempre.

Kilraven exhaló un largo suspiro.

—Supongo que no. La culpa me come vivo. Puede que

Alice tenga razón. Tal vez sólo creemos tener control sobre la vida y la muerte.

—Puede que sí —sonrió Jon—. Tengo un poco de pizza en el frigorífico, y hay refrescos. Están poniendo un partido de fútbol estupendo. El año que viene hay Mundial.

—Bueno, vaya con quien vaya, acabarán perdiendo —contestó Kilraven. Se sentó en el sofá—. ¿Quién juega? —preguntó, señalando con la cabeza el televisor.

Winnie estaba destrozada cuando salió de la fiesta para irse a casa. Había puesto furioso a Kilraven, y justo antes de que se fuera de Jacobsville. Seguramente no volvería a verlo, y menos ahora.

—¿Se puede saber qué te pasa? —preguntó su cuñada Keely cuando Winnie entró en la cocina, donde la más joven de las dos estaba haciendo palomitas.

—¿A qué te refieres? —preguntó Winnie, intentando ganar tiempo.

—No me vengas con ésas —Keely la abrazó—. Vamos, cuéntaselo todo a Keely.

Winnie rompió a llorar.

—Le regalé un cuadro a Kilraven. Se suponía que no tenía que saber que era yo. ¡Pero lo sabía! Me miró fijamente, como si me odiara —sorbió por la nariz—. ¡Lo he echado todo a perder!

—¿El cuadro del cuervo? —preguntó Keely—. Pero si era precioso.

—A mí me parecía que estaba bastante bien —dijo Winnie—. Pero él me taladró con la mirada y luego se marchó de la fiesta y no volvió.

—Puede que no le gusten los cuervos —sugirió la otra mujer suavemente—. A algunas personas les dan miedo los pájaros.

Winnie se rió y asintió con la cabeza, agradecida, cuando

Keely le puso un pañuelo de papel en la mano. Se secó los ojos.

—A Kilraven no le da miedo nada.

—Supongo que no. Se arriesga mucho, desde luego —frunció el ceño. ¿No le enviaste refuerzos hace poco, después de un amago de tiroteo? Hablaron de ello en el trabajo. Una de nuestras chicas es familia de Shirley, la que trabaja contigo en el centro de operaciones —le recordó Keely.

Winnie hizo una mueca. Se quitó el bolso del hombro, lo dejó en la encimera y se sentó a la mesa.

—Sí, se los mandé. No sé por qué. Tuve el horrible presentimiento de que, si no lo hacía, iba a pasar algo malo. La persona que llamó no dijo que el agresor fuera armado. Pero llevaba una escopeta y estaba tan borracho que no le habría importado matar a su mujer y a su hijita. Kilraven se metió allí a ciegas.

Estaban pensando ambas en un incidente anterior, cuando Winnie acababa de empezar a trabajar como telefonista del servicio de emergencias y no mencionó que había un arma envuelta en una trifulca doméstica. Kilraven intervino en aquel asunto y luego le echó la bronca por no haber avisado. Ahora Winnie tenía mucho más cuidado.

—¿Cómo lo sabías? —insistió Keely.

—No sabría decirte —Winnie se rió—. Siempre he tenido presentimientos de ese tipo, siempre he sabido cosas que no tenía por qué saber. Mi abuela solía poner más cubiertos en la mesa cuando ni siquiera sabíamos que iba a venir alguien. Y las visitas llegaban justo cuando ella creía. La segunda vista, lo llamaba ella.

—Un don. He oído decir que Tippy, la mujer de Cash Grier, también la tiene.

—Yo también —Winnie se encogió de hombros—. Pero no sé. Yo sólo tengo presentimientos. Normalmente, malos —miró a Keely—. He tenido uno todo el día. No puedo sacudírmelo. Y no creo que sea por cómo ha reaccionado Kilraven por mi regalo. Me pregunto...

—¿Quién viene? —preguntó Boone Sinclair, entrando en la cocina. Dio un rápido beso en la boca a Keely—. ¿Esperáis a alguien? —les preguntó.

—No —contestó Keely.

—Yo tampoco —dijo Winnie—. ¿No es Clark?

Él negó con la cabeza.

—Se fue a Dallas esta mañana, a una reunión con unos ganaderos para comprarme unas reses —frunció el ceño al acercarse a la ventana—. Es un coche viejo —dijo—. Bien cuidado, pero viejo. Y hay dos personas dentro —su cara se crispó cuando una mujer salió del asiento del conductor y se acercó al lado del copiloto. Había oscurecido y se mantenía al borde de las luces de seguridad. Boone la reconoció por su forma de andar. La mujer se dirigió a la persona que había dentro del coche, que le pasó un pañuelo por la ventanilla. Sonrió, inclinó la cabeza y se volvió hacia la casa. Titubeó un momento antes de subir los escalones de la puerta principal. En ese momento, Boone pudo verla con claridad. Era el vivo retrato de Winnie, se dijo. Su rostro se endureció.

Keely comprendió que pasaba algo por la expresión de ambos. Winnie estaba mirando por la ventana, al lado de Boone, y sus ojos oscuros brillaban como sirenas. Antes de que Keely pudiera preguntar nada, Winnie estalló:

—¡Es ella! ¿Cómo se atreve a venir aquí? ¡Cómo se atreve!

CAPÍTULO 2

Winnie salió al recibidor hecha una furia. Tenía la cara crispada por la rabia.

—¿Quién es? —le preguntó Keely a Boone, alarmada.

El semblante de su marido se había endurecido.

—Nuestra madre —dijo con acritud—. No la hemos visto desde que se fue. Huyó con nuestro tío y se divorció de mi padre para casarse con él.

—Ah, Dios —dijo Keely, mordiéndose el labio. Miró la cara de enfado de su marido—. Creo que me voy arriba. Será mejor que la veáis a solas.

—Yo estaba pensando lo mismo. Luego te lo cuento todo —dijo Boone suavemente, besándola.

—De acuerdo.

Winnie ya había abierto la puerta. Miraba con odio a aquella versión envejecida de sí misma.

—¿Qué haces tú aquí? —preguntó con furia.

La mujer, alta y elegante, con el pelo entrecano pulcramente peinado y vestida con un traje de pantalón oscuro, parpadeó como si la pregunta la pillara por sorpresa. Frunció el ceño.

—¿Winona? —preguntó.

Winnie se volvió y entró de nuevo en el cuarto de estar. Boone entornó los ojos.

—Si vienes buscando dinero... —comenzó a decir con frialdad.

—Tengo un buen trabajo —contestó su madre, perpleja—. ¿Por qué iba a querer vuestro dinero?

Él titubeó, pero sólo un momento. Se apartó con expresión severa y la dejó pasar. Ella llevaba un maletín. Miró a su alrededor como si no reconociera la casa. Hacía mucho tiempo que no vivía allí.

Se volvió hacia Boone, muy solemne y formal.

—Tengo algunas cosas para vosotros. Eran de vuestro padre, pero vuestro tío se las llevó cuando se... cuando él y yo... —puntualizó, hablando entre dientes con esfuerzo—... cuando nos fuimos de aquí.

—¿Qué cosas? —preguntó Boone.

—Recuerdos de familia —contestó.

—¿Por qué no ha venido contigo nuestro tío?

Ella arqueó las cejas.

—Murió hace un mes. ¿Nadie os lo ha dicho?

—Lo lamento —dijo Boone con rigidez—. Será triste para ti.

—Me divorcié de tu tío hace doce años —dijo ella llanamente—. Ahora vivía con una mujer que se gana la vida trapicheando con drogas, vendiendo metanfetamina en la calle. Ella también es adicta —señaló su maletín—. Le dije que estas cosas pertenecían a la familia de su novio y que, si no las devolvía, emprenderíais acciones legales contra ella —tenía una expresión decidida—. Su sitio está aquí.

Boone le indicó que entrara en el cuarto de estar. Winnie estaba rígidamente sentada en un sillón, acogedora como una cobra.

Su madre se sentó elegantemente en el sofá y miró la repisa de la chimenea, sobre la que colgaba un cuadro del difunto padre de Boone, Winnie y Clark. Lo miró con tristeza unos segundos. Luego puso el maletín sobre la mesa baja y lo abrió. Sacó varias cosas, algunas de oro, entre ellas varias joyas de enorme valor.

—Éstas pertenecieron a vuestra bisabuela —les dijo—. Era una dama andaluza de alta cuna que vino aquí con su padre a vender un valioso semental a un ranchero. Vuestro bisabuelo era el capataz del rancho. Tenía muy poco dinero, pero grandes sueños, y era muy trabajador. Ella se enamoró y se casó con él. Gracias a su herencia pudieron comprar estas tierras y construir la casa original —sonrió—. Decían que, cabalgando, era capaz de ganar a cualquier vaquero, y que una vez lidió a un toro que había embestido a su marido usando su mantilla como capote. Le salvó la vida.

—Hay un retrato suyo arriba, en el cuarto de invitados —dijo Boone en voz baja mientras tomaba en sus manos fuertes y morenas uno de los broches.

—¿Por qué te has molestado en traer estas cosas? —preguntó Winnie con frialdad.

—Esa mujer las habría vendido para comprar drogas —contestó su madre con sencillez—. Me sentía responsable de ellas. Bruce se las llevó cuando nos fuimos —su rostro se endureció—. Creía que había sido excluido premeditadamente de la herencia de vuestro abuelo. Se puso furioso cuando vuestro padre heredó el rancho. Quería vengarse.

—Así que te corrompió y te obligó a escaparte con él —dijo Winnie con una sonrisa glacial.

—No me obligó —contestó amablemente su madre—. Yo era tonta e ingenua. Y no espero que me acojáis con los brazos abiertos porque haya vuelto con unos cuantos recuerdos de familia —recogió su maletín y se levantó. Miró a sus hijos—. ¿Clark está aquí?

Boone dijo que no con la cabeza.

—Tenía una cita.

Ella sonrió con tristeza.

—Me habría gustado verlo. Ha pasado tanto tiempo...

—Porque tú has querido, ¿no? —dijo Winnie. Se levantó con los ojos centelleantes—. Papá te odiaba por haberte marchado, y yo me parezco a ti. Así que pagué por su dolor. Pagué por cada día que sufrió.

—Lo siento —dijo la mujer entrecortadamente.

—Lo sientes. ¡Lo sientes! —Winnie se levantó la blusa y se dio la vuelta—. ¿Quieres ver cuánto deberías sentirlo?

Boone contuvo el aliento al ver su espalda. Tenía dos cicatrices. Cruzaban su columna como surcos blancos.

—Nunca me habías dicho que eso te lo hizo él —le reprochó, furioso.

—Me advirtió que, si te lo decía, Clark y tú correríais la misma suerte —dijo ella entre dientes, bajándose la blusa.

Su madre hizo una mueca. Y también Boone.

—Hacía años que quería verte —dijo Winnie, poniéndose roja—. Quería decirte lo mucho que te odiaba por marcharte y dejarnos solos.

Su madre se limitó a asentir con la cabeza.

—No te lo reprocho, Winona —dijo con voz serena y firme—. Me porté muy mal con todos vosotros —exhaló un largo suspiró y sonrió con tristeza—. No os lo creeréis, pero yo también tuve que pagar el precio.

—Pues yo me alegro —le espetó Winnie—. Ahora, por favor, márchate. Y no vuelvas.

Dio media vuelta y subió corriendo las escaleras.

Boone acompañó a su madre y abrió la puerta. Tenía una expresión implacable, pero la miraba con curiosidad, sobre todo al ver que había otra persona en su coche. No era un coche nuevo, pero estaba bien conservado. Boone se fijó en su ropa. No era de las mejores tiendas, pero tampoco era barata. Llevaba zapatos de cordones y suela ancha. Iba impecablemente limpia, hasta las uñas. Boone se preguntó a qué se dedicaba. Parecía una mujer sensata.

—Gracias por devolver esas cosas —dijo pasado un minuto.

Gail Rogers Sinclair lo miró con sereno orgullo.

—Te pareces a tu padre cuando nos casamos —arrugó el ceño—. ¿No leí en el periódico que te habías casado este año?

—Sí. Se llama Keely. Trabaja para un veterinario del pueblo.

Ella asintió con la cabeza.

—Su madre fue asesinada.

Él parpadeó.

—Sí.

—Al menos ese crimen se resolvió rápidamente —repuso ella—. Ese nuevo asesinato en Jacobsville trae de cabeza a los federales. No creo que vaya a ser fácil atrapar al culpable —escudriñó sus ojos—. Puede que tu tío esté relacionado con el caso —dijo con calma—. No estoy segura aún, pero puede que os traiga mala prensa. Intentaré echar tierra sobre el asunto, pero estas cosas suelen acabar por salir a la luz. Siempre hay algún periodista ambicioso que quiere labrarse un nombre en la profesión.

—Eso es verdad —Boone sentía curiosidad: quería saber por qué conocía tan bien el caso—. ¿Qué tienes tú que ver con eso? —preguntó.

—Eso es información confidencial —dijo, suavizando sus palabras con una sonrisa—. Tengo entendido que Winnie trabaja como operadora de los servicios de emergencias. Estoy muy orgullosa de ella. Es muy generoso por su parte, trabajar para ganarse la vida. No tendría por qué hacerlo.

—Sí. ¿Qué tiene que ver nuestro tío con el asesinato?

—Aún no lo sé. El asunto todavía se está investigando. Es complicado —añadió—. Muy, muy complicado, y puede que haya implicada gente importante. Pero no debería salpicaros a vosotros tres —añadió—. El asesino no tiene nada que temer de vosotros —miró su reloj—. Tengo que irme. He venido a hablar con una amiga y llego tarde. Lamento no haber visto a Clark. ¿A qué se dedica?

—Trabaja conmigo en el rancho —dijo Boone. Estaba sopesando su actitud, su indiferencia por la riqueza de la familia, y su tristeza—. Quizá deberíamos hablar algún día —dijo.

Ella le sonrió con mirada serena.

—No hay nada más que decir. El pasado no puede cambiarse. Cometí errores que no puedo corregir, ni compensar. Ahora me dedico a mi trabajo y procuro ayudar donde puedo. Cuidaos. Me ha alegrado mucho veros a los dos, incluso en estas circunstancias —lo miró un momento, con tanto dolor en los ojos y el semblante que Boone se sintió culpable.

Por fin se dio la vuelta y bajó los escalones, camino del coche. Boone la observó con el ceño fruncido y las manos en los bolsillos. Ella se metió en el coche, habló con la persona, más baja, que iba sentada en el asiento del copiloto, encendió el motor y se alejó lentamente.

Winnie bajó cuando el coche se marchó. Tenía los ojos húmedos y la cara colorada por la rabia, a pesar de que Keely había intentado tranquilizarla arriba.

—Se ha ido, entonces. ¡De buena nos hemos librado!

Boone estaba pensativo.

—Ojalá me hubieras contado lo que te hacía papá.

Ella logró esbozar una sonrisa cansada.

—Quería decírtelo. Pero temía lo que podía hacer él. Me odiaba de verdad. Decía que era el vivo retrato de mi madre, pero que iba a asegurarse de que no siguiera sus pasos.

—Te mandaba a la iglesia cada vez que la abrían —dijo él suavemente.

—Sí —Winnie se rodeó con los brazos—. Y amenazaba a todos los chicos que venían a verme. Acabé por no relacionarme con nadie —suspiró—. Supongo que soy una reprimida.

—También eres muy buena —dijo Boone. La abrazó con ternura—. ¿Sabes?, a pesar de lo mucho que sufrimos de pequeños, no nos ha ido tan mal, ¿no?

—A ti no, desde luego —dijo ella, limpiándose las lágrimas. Sonrió—. Me encanta Keely. No sólo es mi mejor amiga, ahora también es mi cuñada.

Boone se puso serio.

—Le salvaste la vida cuando le picó esa serpiente de cascabel —dijo suavemente—. Habría muerto, y la culpa habría sido mía —su semblante se endureció—. No sé por qué creí esas mentiras sobre ella.

—Seguro que el detective que contrató tu ex novia fue muy convincente —dijo—. No deberías mirar atrás. Keely te quiere. Nunca dejó de quererte, ni siquiera cuando creía que la odiabas.

Él sonrió.

—Yo era un caso perdido.

—Bueno, todos somos víctimas de nuestra infancia, supongo. Papá también fue muy duro contigo.

—A mí no podía doblegarme —recordó—. Se ponía furioso conmigo, pero me respetaba.

—Seguramente por eso no te trataba como a mí —suspiró—. Ella se marchó hace doce años. Yo tenía diez. Diez años de edad.

—Yo era técnicamente un adulto —recordó él—. Y Clark acababa de empezar en el instituto —sacudió la cabeza—. Sigo sin entender por qué dejó a papá por nuestro tío. Era un tipo muy superficial, sin verdadero carácter, además de un vago. No me sorprende que estuviera vendiendo drogas. Siempre buscaba el modo más fácil de conseguir dinero. Papá tuvo que sacarlo más de una vez de la cárcel por robar.

—Sí —Winnie miró los recuerdos familiares que descansaban sobre la mesa—. Es sorprendente que nuestra madre nos haya traído todo eso. Podría haber sacado un montón de dinero, si lo hubiera vendido.

–Sí, un montón –dijo Boone. Arrugó el ceño, recordando lo que había dicho su madre sobre la posible relación de su tío con los sospechosos del asesinato cometido en el pueblo. Miró a Winnie, pero no dijo nada. Su hermana estaba demasiado alterada todavía. Aquello podía esperar–. Me pregunto quién iba con ella en el coche –añadió de repente.

Winnie se volvió.

–Puede que fuera su novio –dijo con sequedad–. Desde arriba se veía que era un hombre. Pero parecía muy bajito.

–No es asunto nuestro –dijo Boone. Tomó un broche con un pequeño retrato de una linda muchachita española de unos quince años, vestida de negro y con mantilla. Sus labios rojos y la rosa que llevaba en el pelo, bajo el encaje negro de la mantilla, eran los únicos toques de color de la miniatura. Tenía el cabello largo, negro y brillante y una extraña sonrisilla en los labios. Una sonrisa misteriosa. Boone sonrió–. ¿Quién será? –dijo.

–Dale la vuelta. Puede que estén sus iniciales o algo así –sugirió Winnie mientras se limpiaba los ojos con un pañuelo.

Boone dio la vuelta al retrato. Frunció el ceño.

–Llevaba una pegatina. Señorita Rosa Carrera y Sinclair –silbó–. ¡Pero si es nuestra bisabuela cuando se casó! Debería haberlo imaginado, pero el retrato que tenemos arriba se pintó cuando era mucho más mayor.

Winnie miró la miniatura, la tomó en sus manos y observó el bello rostro de la muchacha.

–Era muy guapa –se rió–. ¡Y toreaba con una mantilla! Debía de ser muy valiente.

–Tenía que serlo, si lo que papá contaba sobre nuestro bisabuelo era cierto.

–Tienes razón –Winnie dejó el broche y miró las demás joyas–. Cuántos rubíes –dijo, pensativa–. Debían de encantarle.

–Deberías elegir algunos para ponértelos –sugirió su hermano.

Ella se echó a reír.

–¿Y dónde voy a ir con joyas tan caras? –preguntó–. Trabajo en los servicios de emergencia del condado de Jacobs. ¿Qué crees que dirían las chicas si me vieran llegar así? A Shirley le daría tal ataque de risa que se caería de la silla.

–Deberías salir más –dijo Boone, muy serio.

Ella le lanzó una larga y triste mirada.

–Ahora ya nunca saldré. Kilraven se marcha después de Navidad –dijo. Su rostro se entristeció–. Le di el cuadro del cuervo en la fiesta. Me miró como si hubiera cometido un crimen delante de sus narices y se marchó sin dirigirme la palabra –se sonrojó–. Nunca lo había pasado tan mal.

–Creía que los regalos eran anónimos.

–Sí. No sé cómo sabía él que era mío. Nunca le he dicho que pinto.

–Es un pájaro raro –comentó Boone–. Tiene sentimientos. Igual que tú –añadió con una sonrisa–. Mandar refuerzos cuando pensabas que iba a meterse en una disputa doméstica en la que no había armas...

Ella asintió con la cabeza.

–También se puso furioso por eso. Pero le salvé la vida.

–Deberías ir a ver a Tippy, la mujer de Cash Grier. Ella también tiene esos presentimientos.

–Ella sabe cosas –dijo Winnie–. Pero yo no soy tan precisa, aunque tenga una especie de don mental. Sólo me siento incómoda justo antes de que pase algo malo. Como hoy –dijo en voz baja–. Me he sentido mal todo el día. Y ahora sé por qué.

–Es verdad que te pareces a ella –iba a añadir que su madre también solía tener presentimientos que luego se hacían realidad, pero no lo hizo.

–Sí –dijo Winnie en tono cortante. Miró las joyas–. No debería haberme portado tan mal con ella. Ha hecho algo bueno. Pero jamás podrá compensarnos por lo que nos hizo.

—Ella lo sabe. Dijo que no había venido buscando nuestro perdón.

Winnie arrugó el ceño.

—¿Por qué ha venido?

—Iba a encontrarse con alguien.

—¿Tiene un novio aquí, en el condado de Jacobs? —preguntó su hermana secamente.

—No, insinuó que era un asunto de trabajo —él también arrugó el ceño—. ¿Sabes?, parecía saber mucho sobre ese asesinato que hubo en Jacobsville hace poco.

—¿Por qué?

Boone hizo una mueca.

—No pensaba decírtelo, pero parece que nuestro tío podría estar relacionado con el caso.

Ella dejó escapar el aliento.

—Genial. Ahora resulta que no sólo nos robó a nuestra madre: ¡también es un asesino!

—No, no me refería a eso —dijo él—. Creo que tal vez tenga alguna relación con la gente involucrada en el asesinato. Por lo que ha dicho, el tío tomaba muchas drogas.

—No me sorprende. A mí nunca me gustó —confesó ella—. Siempre se estaba metiendo con papá, intentando competir con él en todo. En aquella época me parecía muy triste, porque todo el mundo se daba cuenta de que no podía compararse con nuestro padre en los negocios, ni en el cuidado del rancho, ni en ninguna otra cosa.

—Nuestro padre tenía algunas buenas cualidades. Pero pegarte así no era una de ellas —añadió Boone con frialdad—. Si lo hubiera sabido, le habría dado una buena paliza.

—Lo sé. Fue sólo una vez —dijo ella en voz baja—. Y había bebido. Fue justo después de que mamá y él se vieran aquella vez, cuando pensaba que ella quería volver. Poco después de que se escapara con el tío. Papá volvió a casa furioso y muy callado, y estuvo unos dos meses bebiendo como un cosaco. Entonces fue cuando me pegó. Después se arrepintió, y prometió que no volvería a hacerlo. Pero de todos modos me odiaba por parecerme a ella.

—Lo siento.

—Yo también —dijo Winnie con un suspiro—. Aquello me volvió en cierto modo contra los hombres, al menos en lo que respecta al matrimonio.

—Excepto en el caso de Kilraven.

Ella se sonrojó y lo miró con enojo.

—Seguramente no volverá a dirigirme la palabra, después de lo que ha pasado en la fiesta. No entiendo por qué se enfadó tanto —suspiró—. Aunque la verdad es que tampoco entiendo por qué pinté un cuervo. No es uno de mis temas habituales. A mí me gusta pintar flores. O retratos.

—Tus retratos son muy buenos.

—Gracias.

—Podrías ganarte la vida como retratista, o como ilustradora, incluso.

—Nunca he tenido vocación —contestó ella—. La verdad es que me encanta mi trabajo.

—A Keely también —dijo Boone con una sonrisa indulgente—. Está bien trabajar cuando a uno no le hace falta.

—Nadie lo sabe mejor que tú —dijo ella, riendo—. Trabajas más en el rancho que tus propios empleados. Aquel periodista de *El rancho moderno* tuvo que aprender a montar para entrevistarte sobre los nuevos métodos tecnológicos que empleas, porque sólo te encontraba en el campo.

—Van a sacarme en portada —masculló él—. No me importó participar en el reportaje. Creo que ayuda a mejorar la imagen pública del sector ganadero. Pero no me gusta la idea de verme en un expositor de revistas.

—Eres muy guapo —dijo Winnie—. Y no es mala publicidad. Aunque jamás serás capaz de convencer a un vegetariano de las ventajas del engorde de las terneras para uso alimentario —añadió con una risa.

Boone se encogió de hombros.

—Mientras en los restaurantes la gente siga pidiendo filetes bien jugosos, hay pocas probabilidades de que los rancheros acabemos criando animales domésticos.

—¿Cómo dices?

—Bueno, podríamos ponerles pañales a las terneras y meterlas en casa...

Ella le dio un golpe.

—Me voy a la cama —dijo—. Y cuando suba voy a decirle a Keely lo que acabas de decir.

—¡No! —gimió él—. Sólo era una broma. ¡Keely sería capaz de hacer algo así!

Winnie se rió.

—No tendríamos sitio. Bailey es tan grande como una ternera.

El viejo pastor alemán levantó la cabeza en su cómoda colchoneta colocada junto a la chimenea y meneó la cola.

—¿Lo ves? —dijo Winnie—. Sabe que es una ternera.

Boone sacudió la cabeza. Se agachó para acariciar al perro. Miró a Winnie.

—¿Estás bien?

—Claro —titubeó—. Gracias.

—¿Por qué?

—Por ser mi hermano. No dejes las joyas por ahí —le advirtió—. Si Clark las ve cuando vuelva, nos pedirá alguna para su amor de turno.

—Bien pensado —dijo Boone con una sonrisa—. Voy a guardarlas en la caja fuerte y el lunes las llevaré al pueblo para guardarlas en el depósito del banco.

—Podría haberlas vendido y no nos habríamos enterado nunca —contestó Winnie en voz baja—. Me pregunto por qué no lo ha hecho. Su coche no es nuevo. Y su ropa está bien, pero no es muy cara.

—Cualquiera sabe —dijo Boone.

—¿Te dijo adónde iba?

Él sacudió la cabeza.

—Sólo dijo que iba a ver a una persona.

—¿A estas horas? ¿A quién conocerá aquí? —dijo Winnie, pensativa—. Antes era amiga de Barbara, la dueña de la cafetería. Pero Barbara me dijo hace años que no sabía nada de ella.

—Puede que sea alguien recién llegado al pueblo —dijo Boone—. En todo caso, no es asunto nuestro.

—Supongo que no. Bueno, me voy a la cama. Ha sido un día muy largo.

—Para ti, sí, desde luego —dijo su hermano compasivamente—. Primero, Kilraven, y luego nuestra madre.

—Bueno, a partir de ahora las cosas sólo pueden mejorar, ¿no? —preguntó ella, sonriendo.

—Eso espero. Dile a Keely que voy a hacer un par de llamadas y que enseguida subo. Que duermas bien.

Winnie sonrió.

—Tú también.

Kilraven acababa de parar el coche en el camino de entrada de su remota casa alquilada en Comanche Wells cuando vio un sedán aparcado allí. Siempre cauteloso, empuñó su .45 automática antes de abrir la puerta del coche. Pero cuando salió y vio quién era su visita, volvió a guardarla en la funda.

—¿Qué demonios haces aquí a estas horas de la noche? —preguntó.

Ella sonrió.

—Traigo malas noticias, me temo. No he podido localizarte en el móvil, así que me he arriesgado a venir.

Kilraven se detuvo junto al coche.

—¿Qué ocurre, Rogers? —preguntó, porque sabía que tenía que ser algo gordo, si había viajado hasta allí desde San Antonio.

Ella no le corrigió. Su apellido había sido Sinclair, pero

después de divorciarse de Bruce había recuperado su apellido de soltera. Ahora se hacía llamar Gail Rogers. Se apoyó en el coche y suspiró, cruzando los brazos sobre el pecho.

—Se trata de Rick Márquez —dijo—. Alguien le tendió una emboscada en un callejón, cerca de su apartamento, y le dio por muerto.

—¡Santo cielo! ¿Lo sabe su madre?

Gail asintió con la cabeza.

—Está en el hospital, con él. Se ha dado un susto de muerte. Pero no está grave como parecía en un principio. Está muy magullado y tiene una costilla rota, pero sobrevivirá. Está hecho una furia —se rió—. El que le dio esa paliza va a desear no haber oído nunca su nombre.

—Por lo menos Márquez vivirá para contarlo —dijo Kilraven. Hizo una mueca—. Este caso se pone cada vez más interesante, ¿no crees?

—El responsable de esos asesinatos parece creer que el número de cadáveres ya no importa.

—Se siente acorralado y está desesperado —dijo Kilraven. Entornó los ojos—. Vigila tus espaldas. Tú corres tanto peligro como Márquez. Deberían dejarte en las oficinas hasta que tengamos alguna pista sobre lo que está pasando.

—No pienso quedarme sentada detrás de una mesa mientras los demás se arriesgan —contestó Gail con calma.

—Aun así...

Ella levantó una mano.

—Déjalo. Soy muy terca.

Kilraven suspiró.

—Está bien. Pero ten mucho cuidado, ¿de acuerdo?

—Claro. ¿El forense ha encontrado algo interesante en el cuerpo del pueblo?

—Alice Jones es quien se encarga del caso. Tiene un trozo de papel que están analizando, pero no me ha dicho nada nuevo. El senador Fowler está colaborando, de todos modos. Le afectó mucho que una de sus empleadas apareciera muerta.

Alguien intentó que pareciera un suicidio, pero no hizo bien los deberes. Le puso la pistola en la mano equivocada.

—Ya me he enterado —dijo Gail—. Menuda chapuza.

—Eso es lo que me preocupa —Kilraven se mordió el labio inferior—. Voy a pedir una baja temporal para ocuparme del caso. Ahora que el senador Will Sanders ha dejado de ponernos obstáculos en el camino, tal vez consigamos alguna pista. Y ahora que Márquez está fuera de combate, necesitarás ayuda. Y yo tengo buenos contactos.

—Lo sé —Gail sonrió—. Quizá consigamos resolver tu caso. Eso espero.

—Yo también —su rostro se crispó de dolor—. Llevo siete años esperando que ocurra algo que nos ayude a resolver el caso. Y puede que la clave sea este último asesinato.

—Bueno, las cosas van a ir despacio —dijo Gail—. Seguimos sin conocer la identidad del hombre al que encontraron muerto en el condado de Jacobs, y la de los responsables del asesinato de la empleada del senador Fowler. Y ahora también tenemos que investigar la agresión de Márquez —sacudió la cabeza—. Debería haber buscado trabajo de repostera en un restaurante.

Él le lanzó una mirada de burlona sorpresa.

—¿Sabes cocinar?

Gail lo miró con fastidio.

—Sí, sé cocinar. Con mi sueldo, ¿quién puede permitirse comer fuera?

Él se echó a reír.

—Vente a trabajar conmigo. A mí me pagan las dietas.

—No, gracias —contestó ella, alargando las manos con las palmas hacia arriba—. He oído hablar de tus hazañas.

—Son todo mentiras de mis colegas, que están celosos —contestó él.

—Colgarte de un helicóptero en vuelo con una sola mano y disparar una automática sobre el mar —dijo ella, recalcando la última palabra.

—Eso no es verdad —contestó él altivamente. Ella se limitó a mirarlo—. Bueno, no iba colgado de una mano —titubeó. Luego esbozó una sonrisa—. También enganché la pierna a un trozo de red de carga y así me sujeté.
—Me voy a casa —dijo Gail, riendo.
—Cierra bien las puertas —le aconsejó él con firmeza.
—Puedes apostar a que sí.
Gail se sentó tras el volante y cerró la puerta. A su lado, una figura en sombras lo saludó con la mano. Kilraven le devolvió el saludo. Se preguntaba quién sería el acompañante de Gail. No lo veía claramente en la oscuridad, pero parecía joven. Tal vez fuera un novato, pensó. Dio media vuelta y se dirigió hacia su casa.

CAPÍTULO 3

Kilraven se sentía incómodo cuando se acordaba de lo disgustada que parecía Winnie Sinclair en la fiesta de Navidad. Cuando logró superar su enfado inicial, se dio cuenta de que Winnie no podía conocer la fascinación de su hija por los cuervos. A fin de cuentas, ¿quién podía habérselo dicho? Sólo lo sabían Jon y él. Bueno, y su madrastra, la madre de Jon. Pero Cammy no tenía contacto con Winnie.

Había, además, otra cosa. ¿Cómo sabía él que el cuadro lo había pintado Winnie? Los regalos eran secretos. Resultaba inquietante estar tan seguro de que había sido ella, y haber acertado. Las lágrimas de Winnie al ver su mala cara se lo habían confirmado. Kilraven lamentaba haberse portado así. Pero aquellas muertes seguían perturbándolo. No conseguía encontrarse en paz. En siete años, el dolor no había disminuido.

Winnie sentía algo por él. En otra época, en otro lugar, aquello le habría hecho sentirse halagado. Pero ya no le interesaban las mujeres. Había salido con Gloryanne Barnes antes de que ella se casara con Rodrigo Ramírez, pero aquello sólo había sido amistad y compasión. Lo de Winnie, en cambio, podía ser muy distinto. Por eso procuraba que no se le notara que se sentía atraído por ella. Por eso la evitaba. Aunque evitarla, pensó, no había servido para que dejara de desear acercarse a ella.

Pronto volvería a San Antonio. Pensaba pedir una excedencia para intentar resolver el caso archivado que llevaba siete largos años atormentándolo. Tal vez al fin pudiera encontrar paz, si el asesino era llevado ante la justicia.

Era una suerte que el senador Fowler y su protegido, el senador Sanders, hubieran dejado de ponerles trabas para reabrir el caso. Pero era una pena que hubiera implicado algún político importante, aunque fuera tangencialmente. Su nombre convertiría el caso en noticia, y los tabloides harían su agosto. Kilraven hizo una mueca de horror al pensar que podía ver las fotos de las autopsias mientras hiciera cola en la caja del supermercado, junto a las cuales se exponían los periódicos sensacionalistas. A algunos periodistas parecía traerles sin cuidado el derecho a la intimidad de la familia. A fin de cuentas, una primicia era una primicia.

Intentó relegar el caso al fondo de su mente, como había hecho todo el día. Sólo le quedaban unos días en Jacobsville. Haría su trabajo y luego recogería sus cosas y se marcharía a casa. Y, entre tanto, intentaría explicarle a Winnie Sinclair por qué había reaccionado tan violentamente en la fiesta de Navidad. No quería darle alas, pero era incapaz de marcharse con el recuerdo de su expresión de dolor impreso en la retina.

Winnie acababa de pasar media hora agotadora dirigiendo a dos coches policiales hacia un supermercado en el que se había desatado un tiroteo. En realidad, sólo había tres supermercados en todo el condado. El autor del robo, un joven casado con un largo historial de errores de juicio, se había emborrachado y había decidido conseguir algún dinero rápido para comprarle un abrigo a su mujer. Cuando el dependiente sacó una escopeta, el joven le disparó en el pecho y se encerró en la tienda con el herido mientras los clientes llamaban a la policía.

Winnie había enviado a un agente de la policía de Jacobsville al lugar de los hechos. Otro agente había llamado para decir que iba a ir a echarle una mano. Era lo normal. Los policías velaban unos por otros, igual que las operadoras.

En Jacobsville no había negociador de rescates, pero Cash Grier hacía las veces de tal en su departamento. Consiguió que el muchacho soltara la pistola. Por suerte, no estaba tan borracho como para hacer caso omiso del jefe de policía y salir disparando. Cash lo desarmó y luego llamó a Winnie para que les dijera a los paramédicos que podían entrar. Era lo que solía hacerse: se enviaba a los servicios médicos al lugar de los hechos y luego se les pedía que esperaran fuera si la situación entrañaba peligro, hasta que la policía se aseguraba de que podían intervenir sin riesgos. Otro ejemplo de cómo, en los servicios de emergencias, todos velaban por todos.

El dependiente estaba malherido, pero sobreviviría. El joven fue enviado a un centro de detención a la espera de enjuiciamiento. Winnie se alegraba de que hubieran podido evitar una tragedia.

Cuando volvió al rancho en su pequeño Volkswagen, se sentía feliz. Había sido duro soportar el día posterior a la fiesta, después del desplante de Kilraven. Aquello seguía escociéndole, y no era lo único: la visita de su madre la había perturbado aún más.

Cuando llegó a casa, Keely y Boone estaban esperándola en el cuarto de estar.

—Hay una feria en el pueblo. Vamos a ir —dijo Keely—, y

tú vas a venir con nosotros. Necesitas relajarte un poco después del estrés que habéis tenido en el trabajo.

—¿Cómo sabéis...? —exclamó Winnie.

—Boone tiene un aparato que capta la frecuencia de la policía —dijo Keely sonriendo.

Boone también sonrió.

Winnie se echó a reír, y volvió a ponerse el abrigo que acababa de quitarse.

—Está bien, me rindo. Vamos a tirar al blanco con peniques, a ver si nos tocan unos platos.

Boone levantó las manos.

—Cariño, esos platos puedes comprarlos por una miseria en cualquier tienda del pueblo.

—Pero es más divertido si los ganas —dijo Winnie remilgadamente—. Además, quiero algodón de azúcar y montarme en el Pulpo.

—Yo también —dijo Keely—. Vamos, cariño —le dijo a Boone mientras salían por la puerta trasera—. ¡Que se acaba el algodón de azúcar!

—No os preocupéis —dijo él mientras cerraba—. Harán más.

La feria era un hervidero embriagador de música, gritos y colores. Winnie comió algodón de azúcar y se montó en el Pulpo con Keely, y ambas se rieron mientras el viento agitaba su pelo y la música atronaba confusamente entre el destello de las luces.

Más tarde, Winnie se colocó ante la caseta del tiro al blanco con el serrín hasta los tobillos, y el vendedor le cambió dos billetes de dólar en monedas pequeñas. En realidad, tiraba monedas de cinco o diez centavos, no peniques, pero siempre le había gustado pensar que arrojaba las monedas más pequeñas de todas. Mientras afinaba la puntería para arrojar una moneda sobre un plato, vio al doctor Bentley Rydel junto a Cappie Drake. Tras ellos estaba el agente Kilraven, todavía de uniforme. Winnie se detuvo a mirarlo. Kilraven se acercó a la pareja y se rió. Pero entonces vio a Winnie por encima de sus cabezas y su sonrisa se disipó. Dio la vuelta bruscamente y se alejó de la feria. Winnie sintió que el alma se le caía a los pies. Bien, Kilraven había dejado muy claro lo que pensaba de ella, pensó con amargura. No le había perdonado lo del cuadro. Winnie se volvió hacia la caseta, pero sin entusiasmo. La noche se había echado a perder.

Un par de días después, Cash Grier llamó a Kilraven para pedirle ayuda. Cappie Drake y su hermano estaban en peligro. El ex novio de Cappie, un individuo violento, había dado una paliza a su hermano nada más salir de prisión por maltratarla. Ahora parecía andar buscando sangre. Eb Scott había encargado a varios agentes que vigilaran a Cappie, pero Kell iba a necesitar protección; estaba en el hospital de San Antonio, donde acababa de ser sometido a una intervención quirúrgica para extraerle una esquirla de metralla que lo había dejado paralizado años atrás. Cash le pidió a Kilraven que fuera a echar un ojo a Kell hasta que la policía de San Antonio lograra atrapar al culpable.

Kilraven aceptó encantado. Era un alivio salir del pueblo, aunque fuera sólo un par de días. Pero aquello acabó enseguida y tuvo que volver a Jacobsville, y a luchar contra lo que sentía por Winnie. Seguía sin resolver su problema. No sabía qué iba a hacer con la angustia que le producía la idea de dejar a Winnie Sinclair para siempre. Y estaba, además, el asunto del cuadro, aquella extraña coincidencia. Necesitaba saber por qué había pintado aquello Winnie.

Entre tanto, Alice Jones lo había llamado para darle una noticia sorprendente. El trozo de papel que el muerto de Jacobsville tenía en la mano contenía el número del teléfono móvil de Kilraven. Éste comprendió de inmediato que había hecho bien pidiendo una excedencia para ocuparse del caso archivado. El muerto sabía algo sobre los asesinatos y estaba intentando contactar con él cuando lo mataron. Era una pista que podía aclarar el caso, si lograban identificar a la víctima y a sus contactos.

A la semana siguiente, Winnie hizo un turno que no le correspondía en sustitución de Shirley, que estaba de baja. Esa tarde, cuando salió, descubrió con sorpresa que Kilraven estaba esperándola en la puerta.

Se quedó boquiabierta. Los ojos plateados de Kilraven brillaron al mirarla.

—Hola —balbució ella.

Él no contestó.

—Sube a tu coche y sígueme —dijo él con calma.

Se acercó a su coche patrulla. Había acabado su turno oficialmente, pero seguía llevando el uniforme. Los policías de Jacobsville se llevaban el coche patrulla a casa, para estar preparados en cualquier momento por si los llamaban. Kilraven subió al coche y esperó a que Winnie montara en su Volkswagen. Arrancó y ella lo siguió. Al mirar a un lado vio que dos operadores que estaban tomándose un descanso los miraban y se sonreían. «Ay, Dios», pensó, «ahora sí que van a chismorrear».

Kilraven salió del pueblo y tomó un camino de tierra largo y sinuoso que llevaba a su casa alquilada. Más allá de la casa, a unos dos kilómetros, el camino desembocaba en una carretera pavimentada. La casa era la única que había en aquel tramo. «Debe de gustarle estar solo», se dijo Winnie, «porque por aquí no pasa nadie».

Kilraven se detuvo delante de la puerta principal, apagó el motor y salió del coche. Winnie hizo lo mismo.

—Voy a hacer café —dijo él tras abrir la puerta y conducirla a la cocina.

Winnie miró a su alrededor, llena de curiosidad. El mobiliario era muy práctico y en la casa no había ni un solo objeto personal. Bueno, salvo el cuadro que le había hecho ella. Estaba sobre la encimera, colocado hacia arriba.

Winnie se sentía incómoda porque él no intentara charlar. Dejó el bolso sobre la encimera, junto a la puerta que llevaba al pasillo y al cuarto de estar.

—¿Cómo está Kell Drake? —preguntó.

Kilraven se volvió, curioso.

—Nos enteramos donde Barbara, la semana pasada —dijo ella, refiriéndose a la cafetería donde comía todo el mundo. Barbara era la madre adoptiva de Rick Márquez, el detective de homicidios de San Antonio—. Tiene a Rick en casa. Está mejor, pero quiere encontrar al que le pegó —añadió, muy seria.

—Nosotros también. Rick es duro de pelar, o estaría muerto. Está claro que hay alguien muy interesado en tapar este asunto —añadió.

—Sí. Pobre Rick. Pero ¿y Kell?

—Eso acabó bien, aunque Kell estaba un poco magullado. Volverá a caminar —dijo—. Supongo que también os habéis enterado de que sorprendieron a Bartlett pegando a Cappie Drake —añadió—. Por lo visto, Márquez y un agente de la policía tuvieron que separarlos a él y al doctor Rydel —Kilraven se rió.

—Sí, de eso también nos hemos enterado —dijo ella, divertida—. Fue el día antes de que esos matones atacaran a Rick. Pobre Cappie.

—Se pondrá bien. Rydel y ella van a casarse, según tengo entendido.

—Qué rapidez —comentó Winnie.

Kilraven se encogió de hombros.

—Algunas personas se deciden antes que otras —acabó de preparar la cafetera y se volvió para mirarla—. ¿Cómo lo tomas?

—Solo —dijo ella.

Él levantó las cejas.

—No suelo tener mucho tiempo para añadirle cosas —explicó Winnie—. Tengo suerte, si consigo darle un sorbo o dos antes de que se enfríe.

—Pensaba que Grier te había regalado uno de esos chismes sobre los que se pone la taza para mantenerla caliente —dijo él—. Por Navidad.

—En mi puesto no tengo sitio donde colocarlo sin poner en peligro los controles de la centralita —dijo Winnie—. No se lo digas.

—Ni se me ocurriría —preparó dos tazas, apartó una silla de la mesa y le indicó que tomara asiento en otra. Se sentó a horcajadas en la suya y la miró fijamente—. ¿Por qué un cuervo? —preguntó de repente—. ¿Y por qué esas cuentas de colores?

Ella se mordió el labio inferior.

—No lo sé.

Kilraven la miraba inquisitivamente, como si no la creyera.

Winnie se sonrojó.

—No lo sé, de verdad —insistió—. Ni siquiera empecé pintando un cuervo. Iba a hacer un paisaje. El cuervo estaba en el lienzo. Yo me limité a pintar lo de fuera —añadió—. Parece una locura, lo sé, pero hay escultores famosos que aseguran que es así como hacen sus estatuas: simplemente quitan con el cincel todo lo que le sobra a la estatua.

Kilraven seguía callado.

—¿Cómo sabías que era yo? —preguntó ella, apesadumbrada—. Se suponía que los regalos eran secretos. Y yo no suelo contarle a nadie que me gusta pintar. ¿Cómo lo sabías?

Él se levantó pasado un momento, recorrió el pasillo y volvió con una hoja de papel enrollada. Se la pasó y volvió a sentarse.

Winnie contuvo el aliento audiblemente. Sostenía el dibujo con manos temblorosas.

—¿Quién hizo esto? —preguntó.

—Melly, mi hija.

Ella lo miró. Kilraven nunca hablaba de su familia, excepto de su hermano.

—Nunca hablas de ella —dijo Winnie.

Los ojos de Kilraven se dirigieron hacia el dibujo que había sobre la mesa. Tenían una expresión vacía y apagada.

—Tenía tres años cuando pintó eso, en preescolar —dijo con calma—. Fue lo último que hizo. Esa tarde, su madre y ella fueron a casa de mi padre. Iban a cenar con él y con mi madrastra. Mi padre salió a poner gasolina porque al día siguiente se iba de viaje. Cammy no había vuelto aún de comprar.

Se detuvo. Todavía no sabía cómo decirlo. Se le quebró la voz.

Winnie tenía una premonición. Sólo eso.

—¿Y?

Él parecía envejecido.

—Yo trabajaba entonces en la policía de San Antonio, en una operación encubierta, antes de entrar en el FBI. Mi compañero y yo estábamos a una manzana de la casa cuando se recibió el aviso por radio. Reconocí la dirección y salí para allá pitando. Mi compañero intentó detenerme, pero no hubo forma. Había ya allí otros dos agentes de paisano. Intentaron detenerme —se encogió de hombros—. Pero yo era más grande que ellos. Así que vi a Melly y a mi mujer antes de que llegaran el juez y el equipo forense —se levantó de la mesa y se dio la vuelta. Estaba demasiado alterado para mirarla. Se acercó a la cafetera, la apagó y sirvió dos tazas. Vaciló todavía un momento. No quería tomar las tazas hasta estar seguro de que podía sujetarlas—. El asesino, fuera quien fuese, usó una escopeta.

Winnie había oído hablar de aquel caso a algunos policías

de cuando en cuando. También había oído hablar a las operadoras, porque algunas estaban casadas con policías. Sabía lo que podía hacerle una escopeta a un cuerpo humano. Pensar siquiera que se usara contra una niña... Winnie tragó saliva con esfuerzo, y volvió a tragar. Su imaginación evocó una imagen que relegó inmediatamente al fondo de su cabeza.

—Lo siento —dijo con voz ahogada.

Él tomó por fin las tazas y las puso sobre la mesa. Volvió a sentarse a horcajadas en la silla, más calmado.

—No encontramos a la persona o personas que lo hicieron —dijo en tono cortante—. Mi padre se volvió loco. Él también tenía presentimientos, como tú. Salió de casa para poner gasolina. Podría haber esperado a la mañana siguiente, pero tuvo la sensación de que debía hacerlo en ese preciso momento. Decía que, si hubiera estado en casa, tal vez habría podido salvarlas.

—O habría acabado como ellas —dijo Winnie sin rodeos.

Kilraven la miró de un modo distinto.

—Sí —dijo—. Eso pensé yo también. Pero él no podía vivir con ese peso sobre su conciencia. Empezó a beber y ya no paró. Murió de un ataque al corazón. Dijeron que podía haber sido por el alcohol, pero yo creo que murió de pena. Quería mucho a Melly —dejó de hablar y bebió café. Se quemó la lengua. Eso lo ayudó. Nunca había hablado de aquello con personas ajenas a su círculo más íntimo.

Los ojos oscuros y suaves de Winnie se deslizaron tiernamente sobre su rostro.

—Crees que puede que haya algún vínculo con ese cadáver que encontraron en el río —dijo lentamente.

Él levantó las cejas oscuras.

—Yo no he dicho eso.

—Pero lo estás pensando.

Su ancho pecho subió y bajó.

—Sí. Ese hombre llevaba un trocito de papel en el puño. Costó algún trabajo, pero el equipo forense de Alice Jones consiguió descifrar lo que ponía. Era mi número de móvil. La víctima se dirigía hacia aquí para hablar conmigo. Sabía algo sobre la muerte de mi hija. Estoy seguro.

La muerte de su hija. No dijo de su mujer y su hija. Winnie se preguntó por qué.

Las grandes manos de Kilraven rodearon la taza caliente. Winnie reconocía el vacío de su mirada. Lo había visto en los veteranos del ejército. Lo llamaban la mirada de los mil metros: la que tenían quienes habían visto la violencia de cerca, quienes habían tenido que enfrentarse a ella. Nunca volvían a ser los mismos.

—¿A quién se parecía? —preguntó Winnie suavemente.

Kilraven parpadeó. No se esperaba la pregunta. Sonrió levemente.

—A Jon, y también a mi padre —dijo, riendo—. Tenía el pelo muy negro, hasta la cintura, y los ojos como de ébano líquido. Era inteligente y muy dulce. Nunca conocía a alguien sin... —se detuvo, miró la taza de café y se obligó a llevársela a los labios para tragarse el nudo que tenía en la garganta. Melly, riendo y echándole los brazos al cuello: «¡Te quiero, papi! ¡Acuérdate siempre!». A aquella imagen suya, tan risueña, se superponía la de su cuerpo sin vida, cubierto de sangre—. Dios mío —dijo, y agachó la cabeza.

Winnie desconfiaba de casi todos los hombres. No era nada atrevida, sino más bien tímida e introvertida. Pero se levantó de su silla, atrajo a Kilraven hacia sí y apoyó su cabeza sobre sus pechos.

—Las emociones sinceras no deberían avergonzar a nadie —susurró contra su pelo—. Es mucho peor fingir que no nos importa.

Sintió que su cuerpo fornido se estremecía. Esperaba que se apartara bruscamente, que la empujara, que rehusara su consuelo. Era un hombre tan duro y capaz, tan lleno de ímpetu, pasión y coraje... Pero Kilraven no se resistió. Ni un solo instante. Rodeó su cintura con los brazos y casi la aplastó al ceder momentáneamente a su necesidad de consuelo. Era la primera vez que lo hacía. Incluso había rechazado a Cammy, años atrás, cuando ella quiso reconfortarlo.

Winnie apoyó la mejilla sobre su cabello denso, suave y negro y se quedó allí, abrazándolo. Pero entonces él se apartó bruscamente y, poniéndose en pie, se alejó de ella.

—¿Más café? —preguntó con aspereza.

Winnie forzó una sonrisa.

—Sí, por favor —se acercó a la mesa y tomó su taza, dándole tiempo para que recuperara el dominio de sí mismo—. Se me ha quedado frío.

—Mentirosa —murmuró Kilraven cuando se reunió con él junto a la cafetera—. Te habrías quemado los labios, si hubieras probado un sorbo.

Ella lo miró con una sonrisa.

—Sólo quería ser amable.

—Estabas mintiendo —dejó la taza en la encimera y apretó a Winnie contra su cuerpo—. Eres un encanto —dijo entre dientes antes de apoderarse súbitamente de su boca.

La fuerza del beso dejó atónita a Winnie. Kilraven no le había dado ningún indicio de ello. Fue un arrebato de pasión febril, tan intenso que la insistencia de su boca la hizo abrir los labios, llena de asombro, y le permitió acceder a la fogosa dulzura que se escondía allí dentro. Winnie no era una mujer inclinada a la pasión. De hecho, lo poco que había experimentado de ella la había dejado fría. No le gustaban la arrogancia, la agresividad de los hombres con los que había salido. Pero Kilraven era tan honesto en su pasión como en todo lo demás. Disfrutó besándola y no fingió lo contrario. La estrechó contra la dura curvatura de su cuerpo y se echó a reír al sentir que se derretía, dócil e impotente, mientras devoraba su boca.

Winnie lo rodeó con los brazos. La correa de la pistolera

la incomodaba. Notaba la culata de la pistola de Kilraven en las costillas. Sus brazos la aplastaban. Pero no le importaba. Se aferraba a él con todas sus fuerzas y se estremecía de deseo. Nunca había sentido nada parecido. Hasta ese instante, con el último hombre sobre la faz de la tierra por el que debía permitirse sentir algo así.

Kilraven observaba maravillado su tímida respuesta. Esperaba que una niña bien como Winnie hubiera tenido experiencias con hombres desde la adolescencia. La experiencia se cotizaba muy alta en el mundo de hoy en día. Para la gente de su clase social, la virtud no contaba para nada. Sin embargo, aquella pequeña violeta era virgen. Kilraven lo supo al sentir que se apartaba de la súbita dureza de su miembro, cuando la notó estremecerse al intentar sondear su boca.

Lleno de curiosidad, levantó la cabeza y miró su cara sonrojada y sus ojos enormes. Vio en ella inocencia. Winnie ni siquiera podía fingirse mundana.

Kilraven la apartó suavemente de sus brazos. Sonrió para quitar hierro al asunto.

—Sabes a manzanas verdes —dijo enigmáticamente.

—¿A manzanas? —ella parpadeó, y tragó saliva. Todavía notaba su sabor en la boca. Había sido maravilloso, sentirse abrazaba con tanta fuerza, con tanta pasión—. Hace siglos que no me como una manzana —tartamudeó.

—Era una forma de hablar. Ten. Ponte el abrigo —la ayudó a ponerse las mangas. Luego le dio la taza.

—¿Me marcho y me la llevo? —preguntó ella, desconcertada.

—No. Sólo vamos a tomarnos el café fuera —recogió su taza y la condujo al largo porche, bajó los escalones y se acercó a la mesa de picnic que el dueño de la casa había colocado fuera, con sus toscos bancos de madera.

—¿Vamos a tomarnos el café aquí? —preguntó ella, pasmada—. ¡Pero si está helando!

—Lo sé. Siéntate.

Ella obedeció y usó la taza para calentarse las manos.

—Hace un poco de frío —comentó él.

Un coche del sheriff pasó por allí. Pitó. Kilraven saludó con la mano.

—Me voy la semana que viene —dijo.

—Sí. Ya nos lo dijiste.

Un coche de la policía de Jacobsville pasó a toda velocidad, justo detrás del coche del sheriff. También pitó. Kilraven levantó la mano. Los coches dejaron a su paso una nube de polvo que luego se aposentó.

—Me quedan algunos días de vacaciones. Sólo puedo pedir unos cuantos, claro, porque el año casi se ha acabado. Pero voy a tomarme unas cuantas semanas de permiso sin paga para investigar por mi cuenta —sonrió—. Estando como está la economía, no creo que les importe.

—Seguramente no —ella bebió más café—. ¿A qué te dedicas exactamente cuando no estás encarnando a un policía? —preguntó amablemente.

Kilraven frunció los labios y sus ojos plateados brillaron.

—Podría decírtelo, pero luego tendría que...

El estruendo de una bocina ahogó el resto de la frase. Esta vez era un camión de bomberos. Saludaron. Kilraven devolvió el saludo. Y también Winnie.

—¿Tendrías que qué? —preguntó ella.

—Bueno, no sería agradable.

—Intentas salirte por la tangente, Kilraven —contestó ella. Frunció el ceño—. ¿No tienes nombre de pila?

—Claro. Es...

Otro bocinazo ahogó su voz.

Se volvieron ambos. Cash Grier paró su coche junto a la mesa de picnic y bajó la ventanilla.

—¿No hace un poco de frío para estar fuera tomando café? —preguntó.

Kilraven lo miró con sorna.

—Todo el mundo me ha visto marcharme con Winnie —dijo con complacencia—. De momento, han pasado dos coches de policía y un camión de bomberos. Ah, y mira, ahí viene uno del departamento de policía de Willow Creek. ¡Estás un poco lejos de tu jurisdicción, ¿no?! —le gritó al conductor. El otro se limitó a sonreír, agitó la mano y siguió su camino.

Hasta ese momento, Winnie no se había fijado en cuántos coches pasaban. De pronto rompió a reír. Con razón Kilraven había querido sentarse allí. No quería que hablaran de ella. Aquello la conmovió.

—Yo que vosotros, me iría a charlar al bar de Barbara —les dijo Cash—. Es mucho más íntimo.

—¿Más íntimo? —preguntó Kilraven.

Cash señaló hacia la carretera. Por ella se acercaban en fila dos coches del sheriff, un vehículo de la policía del estado, un coche de bomberos y otro de protección civil, una ambulancia y, de remate, un camión de bomberos con su escalera y todo. Todos pitaron y los saludaron al pasar, formando una polvareda.

Cash Grier sacudió la cabeza.

—Os vais a poner perdidos de polvo. Quizá deberías volver a llevártela dentro —dijo con expresión angelical.

—Ya sabes lo que puedes hacer —le dijo Kilraven. Se levantó y alargó la mano hacia la taza de Winnie—. Voy a llevarlas al fregadero. Luego, nos vamos.

—Qué aguafiestas —suspiró Cash—. ¡Ahora tendremos que volver todos al trabajo!

—Si quieres te sugiero un sitio al que podéis iros —masculló Kilraven.

Cash le guiñó un ojo a Winnie, que no podía parar de reír. Después, se alejó.

Winnie se levantó, suspiró y buscó las llaves del coche en el bolsillo. Aquélla había sido, en cierto sentido, la hora más ajetreada de toda su vida. Sabía cosas de Kilraven que nadie más sabía, y se sentía unida a él. Era la primera vez en su turbulenta relación que sentía alguna esperanza respecto al futuro. Y no porque fuera a serle fácil acercarse más a él, se dijo. Sobre todo si él estaba en San Antonio y ella en Jacobsville.

Kilraven volvió a salir y cerró la puerta con llave. Miró a su alrededor mientras bajaba ágilmente los escalones para reunirse con Winnie.

—¿Qué pasa, se acabó el atasco? —preguntó, señalando con la cabeza la carretera desierta—. Puede que se hayan quedado sin fisgones.

Justo en ese momento, vieron pasar un cortejo fúnebre encabezado nada menos que por Macreedy, famoso por perderse siempre que abría paso a un entierro. Macreedy no tocó el claxon. De hecho, parecía realmente perdido. El cortejo siguió carretera adelante mientras Winnie y Kilraven lo miraban.

—No me digas que ha vuelto a perderse —gimió ella—. El sheriff Carson Hayes se lo comerá crudo si vuelve a las andadas.

—No me digas —dijo Kilraven—. Ya hay una familia que ha amenazado con poner una demanda —sacudió la cabeza—. Hayes debería dejar a ese chico detrás de una mesa.

—O quitarle las llaves del coche —añadió Winnie.

Kilraven la miró con una extraña expresión de afecto.

—Vamos. Estás helada.

La acompañó al coche, cerniéndose sobre ella.

—Has cambiado mucho desde el día que te fuiste llorando a casa porque olvidaste decirme que había un agresor armado.

Ella sonrió.

—Tuve suerte. Podrían haberte matado por mi culpa.

Kilraven titubeó.

—Esas premoniciones, ¿son cosa de familia?

—No sé gran cosa de mi familia —confesó ella—. Mi padre se volvió muy distante cuando mi madre se marchó.

—¿No tenías ningún contacto con tu tío? —preguntó él.
Ella lo miró boquiabierta.
—¿Cómo es que sabes eso?
Él no quería confesar lo que sabía sobre su tío. Se encogió de hombros.
—Alguien mencionó su nombre.
—No, no tenemos ningún contacto. O no lo teníamos —se corrigió—. Murió hace un mes. O eso nos han dicho.
—Lo siento.
Los ojos oscuros de Winnie tenían una expresión fría.
—Yo no. Mi madre y él huyeron juntos y dejaron a mi padre con tres hijos a los que criar. Bueno, dos, en realidad. Boone estaba en el ejército en aquella época. Yo me parezco a mi madre. Y papá no podía soportarlo. Me odiaba —se mordió la lengua. No había pretendido decir aquello.
Pero Kilraven lo notó en su semblante.
—En la vida de todo el mundo hay momentos cruciales, en los que una sola decisión cambia nuestro futuro —sonrió—. En el siglo XVI, Enrique VIII se enamoró de una jovencita y decidió que Catalina de Aragón, su esposa católica, era de todas formas demasiado vieja para darle un heredero, así que pasó años intentando encontrar un modo de divorciarse de ella y casarse con la jovencita, de la que estaba seguro que podría darle un hijo varón. Para lograrlo, acabó por desmantelar la Iglesia Católica en Inglaterra. Se casó con Ana Bolena, una protestante que había sido dama de compañía de Catalina, y así nació la Iglesia Anglicana. Pero el fruto que nació de esa unión no fue un varón, sino Isabel, que se convirtió en reina de Inglaterra después que su hermano y su hermanastra. Y todo ello por el amor de una mujer —frunció los labios y sus ojos brillaron—. Al final, Enrique tampoco pudo tener un hijo varón con Ana Bolena y encontró el modo de culparla de adulterio y cortarle la cabeza. Diez días después, se casó con otra mujer que podía darle un hijo.

—¡Qué canalla! —exclamó ella, indignada.

—Por eso nosotros tenemos gobernantes electos y no reyes con poder absoluto —le dijo Kilraven.

Winnie sacudió la cabeza.

—¿Cómo sabes todo eso?

Él se inclinó.

—No se lo digas a nadie, pero soy licenciado en Historia.

—¡Vaya!

—Pero me especialicé en historia escocesa, no inglesa. Soy una de las pocas personas que creen que James Hepburn, conde de Bothwell, ha sido muy maltratado por la historia por casarse con María, reina de los escoceses. Pero eso tampoco se lo digas a nadie.

Winnie se echó a reír.

—De acuerdo.

Kilraven le abrió la puerta del coche. Antes de que Winnie montara, tomó un mechón de su pelo rubio y observó lo bello y suave que era.

Winnie recorrió su rostro con la mirada.

—Tu hermano lleva el pelo largo, en una coleta. Tú siempre lo llevas corto.

—¿Es una pregunta?

Ella asintió con la cabeza.

—A Jon le interesa especialmente el lado indio de nuestros orígenes familiares.

—¿Y a ti no?

Él entornó los párpados.

—No sé, Winnie —dijo en voz baja, y su nombre sonó distinto: dulce y extraño—. Puede que intente esconderme de él.

—No, nada de eso —dijo ella con convicción—. No te veo escondiéndote de nada.

La leve nota de orgullo de su voz hizo que Kilraven se sintiera mucho más alto. Soltó su pelo.

—Conduce con cuidado —dijo.

–Sí. Hasta pronto.

Él no dijo nada más. Pero asintió con la cabeza.

Winnie subió al coche y se alejó con el corazón en la garganta. Sólo al llegar a casa se dio cuenta de que seguía sin saber su nombre de pila.

CAPÍTULO 4

A la mañana siguiente, cuando volvió al trabajo, Winnie casi flotaba. Kilraven la había besado. Y además ella parecía gustarle de verdad. Tal vez San Antonio no estuviera tan lejos. Quizás él volviera de visita. Quizá la invitara a salir. Todo era posible.

Guardó el bolso en la taquilla y se fue a su puesto, una mesa semicircular provista de un equipo informático completo. Justo delante de ella estaba el teclado; detrás de él, había un monitor, perteneciente a la radio desde la que podía ponerse en contacto con cualquier departamento de policía, emergencias o extinción de incendios, aunque ella fuera operadora policial. Había distintas centralitas para los servicios de emergencias médicas, bomberos y policía. El departamento de bomberos tenía una operadora; el de emergencias médicas, dos. Shirley y ella se encargaban, desde centralitas separadas, del tráfico policial de todo el condado de Jacobs. A su lado estaba la pantalla del CNIC, el Centro Nacional de Información Criminal. Detrás de la pantalla, en una estantería, había otros tres monitores. Uno, el de las incidencias, mostraba la ubicación de las unidades y su estado en cada momento. El del medio, el de los partes informáticos, mostraba un formulario en el que se anotaba información como el código de actividad o la localización; al introducir la localización, aparecían datos tales como las visitas anteriores a ese domicilio, el hidrante más cercano en caso de incendio, el nombre y las señas de alguien que tuviera una llave de la casa y hasta una casilla para remitir la incidencia al departamento de policía. Había también archivos con los nombres y números de los agentes de policía, incluyendo los de sus teléfonos móviles y buscapersonas, y un pequeño terminal móvil desde el que la operadora podía enviar mensajes a los ordenadores portátiles de los coches patrulla. El tercer monitor era el de la centralita propiamente dicha, el corazón y el alma del centro de operaciones, a través de la cual gestionaban con el mayor tacto posible el miedo, el pánico y la desesperación que les llegaban a diario.

Aquella información pasaba por dos operadoras. Su trabajo consistía en contestar a las llamadas según entraban, meterlas en el ordenador y enviarlas al lugar apropiado: a los bomberos, a la policía o a los servicios de urgencias. Una vez introducidos la incidencia y el domicilio, el ordenador decidía a qué organismo u organismos remitirlos. En caso de pelea doméstica con lesiones, se mandaba primero a la policía para estabilizar la situación y una ambulancia se quedaba a la espera en la zona hasta que se consideraba adecuado que el personal médico entrara en la casa para atender a los heridos. A menudo el agresor seguía dentro y era peligroso para cualquiera que intentara ayudar a la víctima. Morían más policías al intervenir en disputas domésticas que casi en cualquier otra intervención.

Winnie acababa de enviar a un agente al lugar de un accidente de tráfico al que también habían acudido los servicios de rescate y bomberos, y estaba esperando información sobre el caso.

Shirley se inclinó hacia ella entre llamada y llamada, mientras la supervisora hablaba con una visita.

—¿Te has enterado de lo del caso de asesinato?

—¿De qué?

—La víctima llevaba en la mano el número de móvil de Kilraven, anotado en un papel.

—Ah, eso. Sí, me lo dijo Kilraven.

A Shirley le brillaron los ojos.

—¿Ah, sí? ¿Y se puede saber qué más te dijo cuando estabais solos en su casa?

—¿Cómo sabes que fuimos a su casa? —preguntó Winnie, sonrojándose.

—Nos lo han dicho varias personas. Un ayudante del sheriff, el jefe Grier, un bombero, el director de una funeraria...

Winnie se rió.

—Debería haberlo imaginado.

—Sólo dijeron que estabais fuera, tomando café en una mesa de picnic, con el frío que hacía —añadió Shirley.

—Bueno, Kilraven pensó que convenía no dar pie a chismorreos.

—Ya —Shirley se echó a reír—. ¿Y de qué hablabais? —añadió pícaramente.

—Del caso de asesinato —contestó Winnie con una sonrisa—. No, en serio —añadió al ver la expresión de su compañera—. ¿Recuerdas que esa empleada del senador Fowler murió misteriosamente después de contarle algo sobre la víctima a Alice Jones, la investigadora de la oficina del forense de San Antonio? Pues ahora se rumorea que el asesino podría estar vinculado a otros asesinatos sucedidos en San Antonio —Winnie no corría ningún riesgo contándole aquello. Pero no pensaba añadir que tal vez estuviera implicada la familia de Kilraven.

—Caramba —exclamó Shirley suavemente.

—A sus puestos —susurró Winnie, sonriendo, y se apartó antes de que Maddie Sims se acercara a ellas. La supervisora, más mayor que ellas, nunca las recriminaba por hablar, porque sólo cambiaban algún comentario durante las pausas entre llamadas, pero aun así le gustaba que se concentraran en su trabajo. De todos modos se enteraba de lo que hacían porque, mientras estaban trabajando, todo quedaba grabado. Pero Maddie era siempre muy diplomática al respecto.

Winnie le sonrió cuando pasó a su lado. Acababa de entrar un mensaje del agente de policía que había acudido al lugar del accidente. Pedía que se emitiera una orden de busca y captura de un coche. Winnie se volvió hacia su tablero de mandos y comenzó a teclear los números de la matrícula.

Fue una noche ajetreada. Hubo un intento de suicidio, que, por suerte, pudieron atender a tiempo; diversas llamadas para atender urgencias médicas, un incendio en una cocina, varios choques de vehículos con ciervos, dos casos de violencia doméstica, un animal de gran tamaño en la carretera y tres avisos denunciando a conductores borrachos, de los cuales sólo uno acabó en arresto. A menudo se informaba de la presencia de un conductor ebrio en la autopista, pero no se daba una descripción detallada del vehículo, ni una dirección de marcha concreta, y el condado era muy grande. De vez en cuando algún ciudadano especialmente observador les daba una descripción del coche y el número de su matrícula, pero no siempre. Si no había un coche patrulla cerca de la zona, a veces era difícil dar con el vehículo en cuestión. No podías apartar a un agente del atestado de un accidente de tráfico o de un robo, se decía Winnie, para mandarlo a recorrer el condado en busca de un conductor alcoholizado, por más que los policías ardieran en deseos de atraparlo.

Durante el descanso, Shirley y ella estuvieron hablando del ataque a Rick Márquez.

—Espero que no vuelvan a agredirle cuando vuelva al trabajo. Está claro que alguien quiere echar tierra sobre este asunto —comentó Shirley.

—Sí —contestó Winnie—, y da la impresión de que eso sólo es la punta del iceberg. Todavía tenemos un asesinato que resolver aquí, en el condado. La empleada del senador Fowler le contó a Alice algo sobre el senador, y a la pobre mujer la asesinaron de forma que pareciera un suicidio. Y ahora han atacado a Rick, que estaba ayudando a investigar el caso.

—Es una suerte que Rick tenga la cabeza tan dura —dijo Shirley.

—Y que su compañera fuera a buscarlo al ver que no aparecía para echar un vistazo a los papeles que acababa de encontrar. Sí, me lo contó Keely —añadió Winnie—. El sheriff Hayes —explicó con una sonrisa— es el mejor amigo de Boone, así que saben mucho más sobre lo que está pasando que la mayoría de la gente. Bueno, menos que nosotras —dijo con sorna—. Nosotras lo sabemos todo.

—Casi todo, por lo menos. Antes este condado era tan tranquilo, ¿te acuerdas? —Shirley suspiró—. Luego a la madre de Keely la mató un hombre que era amigo de su padre. Y ahora aparece en el río otra persona asesinada a la que no reconocería ni su madre. Es peligroso vivir aquí.

—Todos los sitios son peligrosos, hasta los pueblecitos —contestó Winnie con una sonrisa—. Son los tiempos que vivimos.

—Supongo que sí.

Comieron sopa casera con pan de maíz, cortesía de otra de las operadoras. Era agradable tomar algo que no fuera comida para llevar, que además se ponía rancia enseguida, trabajando en turnos de diez horas. Las operadoras sólo trabajaban cuatro días por semana, no siempre seguidos, pero sí muy estresantes. A todas les encantaba su trabajo, o no lo harían. Salvar vidas, cosa que hacían a diario, era de por sí una maravilla. Pero aun así estaba bien tener días libres, para poder recuperarse un poco de la tensión que les producían las situaciones límite en las que ayudaban a las autoridades competentes. Winnie nunca había disfrutado tanto en un empleo. Sonrió a Shirley y pensó que trabajaba con un grupo de gente estupenda.

Kilraven estaba intentando sonsacar información a su hermano. Era, como siempre, un arduo empeño. Jon era aún más discreto que él.

—La investigación del asesinato todavía está en marcha —insistió Jon, levantando las manos—. No puedo comentarla contigo.

Kilraven, que se había sentado cómodamente en uno de los sillones del despacho de Jon, miró a su hermano con enfado.

—Estamos hablando de tu cuñada y de tu sobrina —dijo gélidamente—. Yo puedo ayudar. Déjame hacerlo.

Jon se sentó al borde de su mesa. Estaba impecable, desde los zapatos negros y bien bruñidos, a los largos y elegantes dedos, con las uñas siempre bien cuidadas. Llevaba el pelo negro recogido en una coleta que le llegaba a la cintura. Su cara adoptó una expresión solemne.

—Está bien, pero si Garon Grier me pregunta, le diré que me pisoteaste para sacarme información.

Kilraven sonrió.

—¿Quieres que lo haga, sólo para salvar las apariencias? —se señaló la bota—. Estoy dispuesto.

—Me gustaría verlo —replicó Jon.

—Vamos, vamos, habla de una vez.

Jon suspiró.

—De acuerdo, aunque no hay mucho que contar —pulsó el intercomunicador—. Señora Perry, ¿podría traerme el expediente Fowler, por favor?

Hubo una pausa. Contestó una voz de mujer, ligera y sarcástica.

—Tiene una copia impresa en su cajonera, señor Blackhawk –dijo dulcemente–. Ha vuelto a perder la contraseña, ¿verdad?

A Jon se le crispó el rostro.

–Lo que estoy perdiendo es la paciencia. Para que lo sepa, Garon se llevó los archivos para enseñárselos al agente Simmons. Están en su cajonera.

Se oyó un silencio mortal. Después, un cajón se abrió y se cerró, se oyó un taconeo impaciente y una mujer de semblante agradable, ojos azules y cabello negro y muy corto entró en el despacho de Jon.

Puso una carpeta sobre la mesa.

–Tenemos copias informáticas del archivo protegidas con contraseña, si alguna vez vuelve a recordar la contraseña, claro –dijo dulcemente.

Jon la miró con enfado.

–Esta semana ha llegado una hora tarde a trabajar dos días seguidos, señora Perry –dijo en tono tan blando como el de ella–. Y aún no se lo he dicho a Garon.

Ella se puso tensa. Tenía ojeras bajo los ojos azules. No ofreció ninguna excusa.

–Puede que su presente actitud mejore si le digo que la señorita Smith tiene un extenso historial delictivo del que mi madre no sabe nada. Con su tendencia a colarse de rondón en archivos protegidos, por decirlo de alguna manera, creo que será usted capaz de desenterrar el resto de la información por sí sola. Si es que –añadió con sarcasmo– consigue conservar su puesto de trabajo el tiempo suficiente para hacerlo.

Ella se puso colorada. Sus ojos azules le lanzaban puñales de hielo, pero su voz sonó firme cuando volvió a hablar.

–Estaré en mi mesa si necesita algo más, señor Blackhawk –se marchó sin mirar siquiera a Kilraven. Tenía la espalda tan rígida como el semblante.

Jon se levantó y cerró la puerta con cierta brusquedad. Sus ojos, de un negro líquido, parecían arder.

—Está así desde que mi madre mandó a Jill Smith a seducirme.

—Mandaste arrestar a la señorita Smith por acoso —comentó Kilraven, conteniendo a duras penas la risa—. Y se la llevaron esposada, si no me equivoco.

Jon se encogió de hombros.

—Últimamente no está uno seguro ni en su propio despacho.

—Apuesto a que de esa mujer no tienes nada que temer —contestó Kilraven, señalando la dirección que había tomado Joceline Perry.

—Yo no, pero otros muchos sí.

—¿Te importa decirme por qué?

Jon volvió a su mesa y recogió la carpeta del expediente.

—Tiene un niño pequeño, de unos tres años. El padre era militar y murió en el extranjero. Esa mujer puede helar a un hombre a distancia.

—En tu caso no es necesario, hermanito: tú ya estás helado.

Jon le miró con fastidio.

—Haz el favor de no llamarme así.

—Disculpe usted, excelencia.

Jon le miró aún más enfadado.

Kilraven se puso serio.

—Está bien, intentaré comportarme con más decoro. ¿Mamá todavía te habla?

—Sólo para decirme cuánto sufre la señorita Smith por mi rechazo. He intentado decirle que su nueva candidata a mis afectos es prácticamente una prostituta, pero no me hace caso. La madre de la señorita Smith es su mejor amiga, así que naturalmente la hija es pura como la nieve.

—Puede que ella no lo sea, pero tú sí, desde luego —su hermano sonrió.

Jon entornó los ojos negros.

—Y tú también lo serías, si Mónica no te hubiera engañado para que te casaras con ella.

La expresión divertida de Kilraven se borró de pronto.

—Supongo que sí. No tenía previsto casarme, pero ella sabía cómo manejar a los hombres. Es curioso, pero nunca me pregunté por qué hasta que ya estábamos casados y ella estaba embarazada de Melly. De vez en cuando se presentaba en casa algún novio preguntando por ella.

—Y tú no lo te lo tomabas muy bien.

—Era joven y celoso. Ella tenía experiencia, pero yo no —miró a su hermano con calma—. Tú todavía podrías encantar a un unicornio. ¿No crees que ya va siendo hora de que pienses en casarte?

—No hay mujer capaz de vivir conmigo. Estoy casado con mi trabajo. Y cuando no estoy trabajando, estoy casado con el rancho.

—De vez en cuando lo echo de menos —dijo Kilraven, pensativo—. Supongo que acabaré por olvidar cómo se monta a caballo.

—Qué tontería. Tienes más trofeos que yo.

Eran ambos jinetes expertos. De jóvenes, cuando participaban en rodeos, habían permanecido invictos en la categoría de monta de toro en el sur de Oklahoma hasta que se retiraron.

—Pero todo eso no viene al caso —dijo Jon, y le entregó el expediente a Kilraven—. Tendrás que leerlo aquí y no puedes hacer fotocopias.

—De acuerdo —empezó a leer. Jon atendió una llamada. Cuando acabó de hablar, Kilraven tenía ya suficiente información para formular una hipótesis muy incómoda.

—El protegido del senador Fowler, el senador Will Sanders, tiene un hermano, Hank, que es uno de los mafiosos más peligrosos de la ciudad —murmuró mientras leía—. Ha sido acusado de intento de asesinato dos veces, pero en ambas ocasiones fue absuelto por falta de pruebas. También lo han acusado de violación al menos una vez.

—Y la sentencia quedó en suspenso porque la víctima se

retractó —Jon entornó los ojos pensativamente—. De hecho, su hermano, el senador Sanders, también fue acusado de violación, pero el caso se cerró por falta de pruebas. Tiene debilidad por las vírgenes, y como hay tantas mujeres que empiezan a tener relaciones sexuales en la adolescencia, las busca cada vez más jóvenes.

—Menudo pervertido —masculló Kilraven—. En este caso, la víctima tenía catorce años. ¡Catorce! Sanders le dio una sustancia ilegal y abusó de ella en uno de los cuartos de invitados de su casa. Hasta lo grabó para diversión de sus amigos —frunció el ceño—. Hace siete años hubo un caso de una adolescente asesinada, ¿recuerdas? Fue justo antes de que Melly... —carraspeó—. La chica fue encontrada en un estado muy parecido al de la víctima de Jacobsville. Siempre he tenido la impresión de que los dos casos estaban relacionados, pero hasta ahora no hemos podido encontrar un vínculo entre ellos.

—Seguramente sólo es una coincidencia —dijo Jon—. Esas cosas pasan.

Kilraven dejó desdeñosamente la carpeta sobre la mesa de su hermano.

—¿Se grabó a sí mismo abusando de una niña de catorce años y no pudieron probarlo? ¡Había una película!

—Ya no son películas, son imágenes digitales, pero te entiendo. No, no pudieron probarlo. La videocámara desapareció misteriosamente del depósito de pruebas de la policía justo antes de que se iniciara el procesamiento. No podemos acusar a nadie, pero el senador Sanders tiene un empleado de muchos años que cumplió condena por un crimen violento. Se muestra muy protector con los dos hermanos y tiene un primo que trabaja en la policía de San Antonio.

—Qué oportuno. ¿No podemos presionar un poco al primo? —preguntó Kilraven.

Jon lo miró con sorna.

—Ya tenemos suficientes problemas. Asuntos Internos lo

está vigilando. Tendremos que conformarnos con eso. Y, volviendo al caso de esa chica de catorce años, cuando se enteró de que había que sobreseerlo, el ayudante del fiscal del distrito se puso tan furioso que empezó a soltar tacos y estuvieron a punto de detenerlo en su propio despacho. Eso fue justo después de que los padres de la chica llamaran para decir que se negaban a dejarla testificar.

–¿No querían que se procesara a ese malnacido? –preguntó Kilraven.

La expresión de Jon era muy elocuente.

–Una semana después, el padre de la chica conducía un Jaguar de gama alta nuevecito y había pagado de una vez todas sus deudas de juego.

Kilraven se quedó callado.

–Esos coches valen millones. El expediente dice que el padre trabajaba como contable de nivel medio.

–Exacto.

–Si Melly hubiera tenido catorce años y alguien le hubiera hecho eso, yo habría removido cielo y tierra para que encerraran al culpable de por vida. Si no le rompía el cuello primero.

–Lo mismo digo. Pero, en ciertos casos, manda el dinero.

–En muchos –Kilraven estaba pensando–. La esposa del senador inició el trámite de divorcio hace unos años y luego lo interrumpió y empezó a beber. Su marido sigue teniendo amantes y ella no parece capaz de dejarlo. Tienen una casa en Nassau, en la playa, y pasa allí mucho tiempo.

–Y la familia del senador tiene un rancho muy cerca del nuestro, en los alrededores de Lawton –dijo Jon, refiriéndose a la localidad de Oklahoma donde habían nacido ambos.

–Puede que la mujer sepa algo de su cuñado que esté dispuesta a contarnos –añadió Kilraven pensando en voz alta.

–No acoses al senador ni a su esposa –dijo Jon con firmeza–. Por fin tenemos algo que puede darnos una pista para reabrir el caso. Además, Garon Grier tiene a alguien trabajando de incógnito en este asunto. Y podría caernos una buena, si los de arriba se enteran.

—Yo estoy en excedencia —señaló Kilraven.

—Sí, pero aun así a tu jefe no le gustará que te intereses por un caso que no está relacionado con tu empleo actual.

—Mi jefe es fantástico. Lo entenderá.

—Seguro, pero aun así te despedirá.

—No sería la primera vez que me despiden.

—Ni la primera que te echan la bronca. Pero no acumules tantas faltas, *boy scout* —bromeó Jon—. Acabarás por no poder ocupar ningún puesto en la policía federal.

Kilraven suspiró y se metió las manos en los bolsillos.

—Supongo que, si no me quedara más remedio, podría pasarme la vida en Jacobsville, trabajando de policía local.

—Ni lo sueñes. Cash Grier le dijo a Márquez que le dan ganas de meterte en un barril y echarte al río Grande.

—Primero tendría que meterme en el barril y llevarme hasta el río Grande. Y cuando llegara yo habría salido del barril, me apropiaría de su camioneta y le haría detener por secuestro.

Jon no dijo nada. Se limitó a sonreír. Sabía que su hermano hablaba en serio.

—Dicho lo cual, Cash es un buen tipo. Me gusta trabajar para él. Siempre da la cara por sus agentes.

—Igual que Garon Grier aquí.

Kilraven asintió con la cabeza.

—Son muy buenas personas —frunció el ceño—. ¿No tienen otros dos hermanos?

—Sí. Uno de ellos también es policía.

—Como los hermanos Earp —comentó Kilraven.

—Ésos eran cinco. Y los Grier sólo con cuatro —se levantó—. Nos siguen faltando pistas en el caso de asesinato —dijo—. Tengo a la señora Perry revisando los expedientes de la condicional para ver si encuentra alguna coincidencia.

Puede que el muerto acabara de salir de prisión y estuviera sin trabajo cuando murió.

—Si tiene antecedentes, será más fácil identificarlo —repuso Kilraven—. Y si le hicieron un frotis bucal, como imagino, Alice Jones podrá usar los aparatos de última generación que tiene en el laboratorio forense para descubrir su identidad.

Jon asintió con la cabeza.

—El ADN es un regalo del cielo en casos como éste, en los que a la víctima no se la puede identificar por medios convencionales.

—Nos facilita el trabajo —contestó tranquilamente Kilraven—, pero la labor de un buen policía sigue consistiendo en patearse las calles. Hablando de lo cual, quiero tener una charla con Márquez. Puede que viera a sus agresores.

—Ya se lo hemos preguntado. No los vio.

—De todos modos quiero hablar con él.

—Todavía está de baja. Estará en casa de su madre, en Jacobsville.

—Gracias —dijo Kilraven con sorna—. Eso ya lo sabía: yo también vivo en Jacobsville.

Los ojos negros de Jon brillaron.

—He oído decir que hace poco recibiste visita en casa. Una rubia.

—Santo cielo, ¿tú también te has enterado?

—Te vieron muchas personas de uniforme.

—Que pasaron por mi casa con el único propósito de espiarme —replicó Kilraven con fingida repugnancia—. ¿Adónde vamos a ir a parar, si ya no puede uno ni tomarse un café con una invitada?

—Un café en una mesa de picnic, al aire libre, con un frío que pelaba. ¿Le pasa algo al sofá de tu cuarto de estar?

—Si no puede verte, la gente empieza a fantasear y suele equivocarse. No quería que Winnie estuviera en boca de todo el mundo —añadió tranquilamente—. Es muy inocente.

Jon levantó las cejas y sus ojos volvieron a brillar.

—¿Y tú cómo lo sabes?

Kilraven lo miró con fastidio.

—No me refería a eso.

Jon frunció los labios.

—Vaya, no me digas.

—Esto no es serio —contestó su hermano secamente—. Winnie y yo somos amigos. Más o menos. Pero le pedí que fuera a casa porque quería saber por qué había pintado ese cuadro que parecía copiado de un dibujo de Melly.

Jon se puso serio de repente. Recordaba la visita de su hermano esa noche, con el cuadro.

—¿Y?

—Me dijo que empezó a pintar un paisaje —explicó Kilraven con expresión de perplejidad—. No sabía por qué había pintado un cuervo, ni por qué había elegido esos colores para las cuentas. Y tampoco sabía por qué había adivinado yo que era ella. Nunca le he dicho que nuestro rancho se llama Orgullo del Cuervo.

—A veces intuimos cosas, tenemos ese tipo de presentimientos. Es cosa de familia: lo llevamos en la sangre —le recordó su hermano—. Nuestro padre tenía un primo que era famoso por la precisión de sus visiones del futuro.

Kilraven asintió con la cabeza.

—Me pregunto de dónde ha sacado Winnie su don. Ella no lo sabe. Tiene gracia —añadió—, pero Gail Rogers, la detective que me está ayudando con nuestro caso, tiene también esas premoniciones. Cuando le sigue la pista a un sospechoso, percibe cosas que nadie más había relacionado con el caso.

Sonó el intercomunicador. Jon contestó.

—El agente Wilkes viene para acá con el agente Salton. Los esperan en el despacho del agente Grier dentro de diez minutos —dijo Joceline con voz zalamera—. ¿Les apetecen café y dónuts?

Jon pareció sorprendido, como era lógico. La señora Perry nunca se ofrecía a ir a buscar algo de comer.

—Sí, estaría bien.

—Hay un Dunkin' Donuts al otro lado de la esquina —le recordó ella—. Yo que usted me daría prisa.

—¿Yo? —preguntó él.

—Sí, porque en mi contrato pone que tengo obligación de pasar documentos a máquina, encargarme de los archivos y atender las llamadas telefónicas, no de hacer de camarera —añadió, aún con zalamería. Y colgó.

—Algún día me daré a la bebida por su culpa y tendrás que sacarme de algún calabozo lleno de drogadictos enloquecidos y vociferantes —dijo Jon entre dientes.

Kilraven le dio unas palmadas en el hombro.

—Vamos, vamos, no dejes que tu presión arterial se imponga a tu sentido común.

—Si tuviera sentido común, pediría que me destinaran a otra oficina, preferiblemente en el Yukón —contestó Jon al abrir la puerta, alzando la voz para que la señora Perry lo oyera.

—Allí hay osos polares —dijo ella alegremente—. Y los osos polares comen personas, ¿no?

—Qué más quisiera usted, señora Perry —replicó él.

—Sosiéguese, sosiéguese —dijo ella en tono de censura.

Jon estaba tan enfadado que casi temblaba. Kilraven intentó sofocar la risa.

—Te llamaré —le dijo a su hermano—. Y gracias por la información.

—Pero no te precipites, no vayas a meterte en un lío —dijo Jon con firmeza.

—Ya me conoces —repuso Kilraven fingiéndose asombrado—. ¡Yo nunca me precipito!

Antes de que Jon pudiera contestar, salió por la puerta.

Rick Márquez tenía aún el brazo en cabestrillo y estaba rabioso.

—Todavía no me han dado el alta —se quejó a Kilraven—. ¡Y yo sé disparar con una mano!

—Hace años que no tienes que disparar a nadie —le recordó Kilraven.

—Pues mejor me lo pones. Podría sentarme delante de una mesa y contestar al teléfono, pero no: tengo que estar bien al cien por cien para que me consideren apto para el servicio.

—Puedes aprovechar el tiempo libre.

—¿Ah, sí? ¿Para qué? ¿Para regar las plantas de mi madre?

Kilraven estaba mirando los arbustos secos del porche delantero.

—A mí me parece que están muertas.

—Ésas no. Éstas —condujo a Kilraven al cuarto de estar, cuyas paredes estaban cubiertas casi por completo de enormes macetas.

Kilraven levantó las cejas.

—¿Cultiva café y plátanos en casa? —exclamó.

—¿Y cómo sabes que son plantas de café? —preguntó Márquez con evidente recelo—. La mayoría de la gente que viene a casa no sabe qué son.

—Cualquiera puede reconocer un platanero.

—Sí, pero no una planta de café —Rick entornó los ojos—. ¿Has estado en algún sitio donde no crecen en tiestos?

Kilraven sonrió.

—Digamos simplemente que estoy familiarizado con ellas. Dejémoslo así.

Rick estaba pensando que el café crecía en algunos de los lugares más peligrosos del mundo. Y que Kilraven tenía pinta de conocerlos bien.

—Conozco esa expresión —dijo Kilraven suavemente—, pero no pienso decir nada más.

—De acuerdo, me doy por vencido. ¿Quieres un café?

—Me encantaría —le lanzó una mirada irónica—. ¿Vas a recolectar los granos?

Rick miró las bayas rojas con curiosidad.

—Tengo un molinillo por ahí.

—Sí, pero para usar los granos de café primero hay que dejar que se sequen y luego tostarlos.

—Está bien, ahora sí que me has dejado intrigado —le dijo Rick.

Kilraven no dijo nada. Siguió caminando.

Entraron en la cocina, donde Rick hizo café y Kilraven sacó las tazas. Se tomaron el café en la mesa de la cocina de Barbara, cubierta con un mantel de cuadros rojos a juego con las cortinas. La cocina era una habitación bonita, luminosa y aireada, como la propia Barbara.

—Tu madre tiene buen gusto —comentó Kilraven—. Y es una gran cocinera.

Rick sonrió.

—Tampoco es mala madre —dijo riendo—. Yo seguramente estaría pudriéndome en alguna celda si no me hubiera adoptado. Era un chaval difícil.

—Yo también —recordó Kilraven—. Mis padres no daban abasto con Jon y conmigo cuando éramos pequeños. Una vez nos emborrachamos en una fiesta, empezamos a pelearnos y acabamos en comisaría.

—¿Qué hicieron tus padres?

—Mi madrastra quería pagar la fianza para sacarnos de allí. Pero nuestro padre era agente del FBI —añadió con calma—. Le dijo que, si corrían a defendernos, pensaríamos que podíamos salirnos con la nuestra siempre que quisiéramos y que acabaríamos metiéndonos en líos aún más gordos. Así que nos dejó allí varios días, pasándolas moradas.

—Jo —dijo Rick, haciendo una mueca.

—Después de aquello se nos quitaron las ganas de meternos en líos, y creo que de mayor sólo me he emborrachado y me he metido en una pelea una vez —había sido después de encontrar a su esposa y a su hija muertas, pero eso se lo calló—. Nosotros nos enfadamos muchísimo con papá, claro.

Pero, pensándolo ahora, estoy convencido de que hizo lo correcto.

—La vida enseña lecciones muy duras —comentó Rick.

Kilraven asintió con la cabeza.

—Y una de ellas es que jamás hay que ir solo a una cita con un confidente.

Rick se sonrojó.

—Es la primera vez que me engañan de esa manera —dijo, poniéndose a la defensiva.

—Siempre hay una primera vez para todo. Cuando yo no era más que un crío, el primer mes que trabajé en la policía de San Antonio, uno de los detectives acudió a una cita con un jefe mafioso y acabó en el depósito. Era amigo de mi padre.

—Esas cosas pasan. Pero si no nos arriesgamos de vez en cuando, no conseguimos pistas.

—Tienes razón.

—No es que me importe que me hagas compañía, me estoy volviendo loco aquí metido, pero ¿por qué has venido?

Kilraven miró su taza de café.

—Por dos motivos. Primero, quería saber si pudiste ver con claridad a los que te atacaron.

—Me tendieron una emboscada —explicó Rick con fastidio—. Ni siquiera sé si eran uno o dos. Me desperté en el hospital —levantó las cejas—. ¿Y el segundo motivo?

—Quiero que me digas lo que sepas sobre Hank, el hermano del senador Will Sanders.

—Hank —Rick se recostó en su sillón—. Fue un SEAL de la Armada. Condecorado en la Operación Tormenta del Desierto —añadió, y Kilraven se sorprendió—. Desde que dejó el ejército ha conseguido dominar casi por completo la red mafiosa de San Antonio. Pero el verdadero bicho raro es su hermano, el senador.

—¿Bicho raro? ¿Por qué?

Los ojos oscuros de Rick brillaron.

—Bueno, digamos que le falta un tornillo.
—¿Está loco?
Rick sacudió la cabeza.
—Es imbécil —puntualizó—. No parece actuar con malicia, pero se muestra muy protector con su hermano pequeño, y además así tiene a quien cargarle el muerto. A la policía no le gusta Hank, por eso se empeñan en detenerle por cosas que en realidad no ha hecho.
—¡Venga ya!
—Según tengo entendido, el senador utiliza a su hermano para tareas de poca monta, como intimidar a otros políticos o engatusar a jovencitas para llevarlas a conocer al senador. Lo más asombroso de todo es que nunca le han acusado de nada —añadió—, salvo una vez de violación, y retiraron la denuncia.
—Sí, me lo dijo Jon. ¿Cómo es que la prensa no se ha cebado con él?
—El senador tiene en nómina a un antiguo gánster que, a su vez, contrata a matones profesionales. Y uno de esos matones va por ahí haciendo amenazas veladas a las familias de los periodistas.
—Qué cosa tan ruin —dijo Kilraven con frialdad.
—Pues sí, pero funciona. Hemos intentado cooperar con algunos periodistas para pillarle in fraganti, pero cuesta encontrar uno que esté dispuesto a poner en peligro a su familia para quitar de la circulación a la mano derecha del senador. Acuérdate de lo que le sucedió a esa chica que trabajaba para el senador Fowler cuando pasó información sobre la víctima del asesinato de Jacobsville a Alice Jones. Todavía no hay ningún imputado, y seguramente no lo habrá nunca.
—Tengo entendido que el senador Sanders estaba en una fiesta en casa del senador Fowler cuando Alice Jones interrogó a la chica —dijo Kilraven—. Seguramente dedujo lo que

estaba pasando. Puede que sea estúpido, pero también es muy astuto.

—Como la mayoría de los políticos. Creo que pronto descubriremos que el hermano pequeño del senador Sanders está metido hasta el cuello en este caso. Lo que no sé aún es cómo exactamente.

—Al parecer, el difunto tío de Winnie Sinclair estaba involucrado tangencialmente en el caso.

Rick asintió con la cabeza y miró a Kilraven con los ojos entornados.

—Yo no he dicho nada al respecto. Me lo comentó la detective que está trabajando con nosotros en el caso.

—Vino a verme hace poco.

Rick parecía pensativo.

—Espero que no corra peligro —dijo—. Se ha involucrado más que yo en la investigación y ha pasado mucho tiempo libre revisando archivos y buscando pistas. Está muy enfadada porque la sacaran del caso y la mandaran a tráfico.

—El senador Fowler intervino para que le devolvieran su puesto, por interés propio —dijo Kilraven—. Y habló con su protegido, el senador Sanders, sobre los peligros políticos que entrañaba intentar reabrir una investigación de asesinato, al margen de que su hermano pequeño estuviera o no implicado.

—Confío en que Gail no los presione demasiado —dijo Rick—. Es una buena detective, con un expediente magnífico. Tiene muchos problemas personales, pero nunca han afectado a su trabajo.

—Todos tenemos muchos problemas personales.

Rick frunció los labios.

—Los tuyos parecen tener el pelo rubio.

Kilraven lo miró con fastidio.

—Ella no es un problema personal. Es una amiga.

—Si tú lo dices.

—Sí, lo digo —bebió un sorbo de café—. Voy a tomarme una temporada libre para investigar el caso cerrado y se me ha ocurrido pasarme por San Antonio para ver a Gail.
—Dale recuerdos y dile que juro que no volveré a ir solo a una cita con un confidente, en un callejón y en plena noche —dijo Rick, señalando su cabestrillo.
—Lo haré.

CAPÍTULO 5

Jon estaba en medio de una larga conversación telefónica sobre un caso pendiente cuando Joceline asomó la cabeza por la puerta. Sus ojos azules tenían un brillo extraño, pero al ver que Jon estaba al teléfono levantó una mano y retrocedió.

Lleno de curiosidad, Jon puso fin a la conversación y salió a la oficina de fuera.

–¿Alguna noticia? –preguntó.

Ella sonrió y le tendió una hoja de papel.

Jon la tomó y levantó las cejas, sorprendido.

–¿Dan Jones? –la miró fijamente–. ¿Quién es Dan Jones y qué hago mirando este expediente?

–Es la víctima hallada en el río Little Carmichael, en Jacobsville –contestó ella–. He revisado los archivos estatales en busca de alguien que hubiera salido hace poco en libertad condicional. Al final, reduje la lista a diez ex reclusos que últimamente no habían acudido a la cita con su oficial de seguimiento y pedí que mandaran muestras de su ADN a Alice Jones para que las cotejara con el ADN de la víctima. Y aquí está: Dan Jones.

Jon sonrió. Era raro que sonriera, y extraordinario que sonriera a Joceline, su bestia negra. Ella lo miró como si no lo reconociera: estaba tan distinto cuando sonreía... Había un destello en sus ojos negros. Y sus dientes blancos y perfectos brillaban.

—Recuérdeme que solicite un aumento para usted, señora Perry —dijo—. Dejaré constancia por escrito de su contribución al caso.

—Gracias —tartamudeó ella.

—Dan Jones —Jon se volvió y entró en su despacho, pensando aceleradamente—. Póngame con mi hermano, ¿quiere?

—Sí, señor.

Cuando recibió la noticia, Kilraven se puso frenético. Pasó las dos horas siguientes intentando localizar a Gail Rogers, la compañera de Rick Márquez en el caso. Gail había acudido al escenario de un suicidio, le dijo la operadora, y le dio la dirección después de que Kilraven le dijera, no del todo sinceramente, que estaba trabajando con ella en el caso. Los policías uniformados que montaban guardia en la puerta del apartamento intentaron impedirle pasar, pero Kilraven les enseñó su placa federal y siguió adelante.

La víctima estaba boca abajo en el sofá. Tenía un enorme cuchillo clavado en la espalda.

Kilraven miró a la sargento detective.

—Creía que habían dicho que era un suicidio, Rogers —comentó.

—Sí, claro. Un suicidio. Obviamente, se apuñaló a sí mismo en la espalda —ella hizo girar los ojos.

—Claro. Es fácil, sólo hay que tener los brazos muy largos —le dijo Alice Jones, cuyo apellido era ahora Fowler, al entrar en la habitación con la bolsa de pruebas que había ido a buscar. Tras ella iba el fotógrafo que estaba tomando instantáneas del lugar de los hechos. Otro técnico forense usaba una aspiradora para succionar cualquier posible rastro en forma de pelos y fibras de la moqueta alrededor del cuerpo, y otro más, provisto con una linterna de luz ultravioleta, buscaba rastros de sangre y fluidos corporales sobre las superficies cercanas.

—¿Qué haces aquí, Kilraven, enredando en mi escena del crimen? —añadió Alice con una sonrisa—. Esto no es un suicidio federal.

—Desde aquí no parece un suicidio y punto —contestó Kilraven.

—Su mujer dice que lo es —murmuró Alice—. De hecho, lo vio hacerlo.

Él entornó los ojos.

—No me digas.

—Sí. Fue justo antes de que el gato con dos cabezas entrara por la ventana y la atacara.

Kilraven dejó escapar un silbido.

—Se la han llevado a la cárcel del condado —dijo la detective—, pasando primero por el hospital.

—¿Para una evaluación psiquiátrica? —preguntó él.

—Para desintoxicarla. Daba la impresión de haber tomado suficiente metanfetamina para mandar a dos tíos al depósito.

—A la gente que toma metanfetamina habría que colgarla por la nariz y dejar que se pudriera —contestó él con frialdad.

—Crea una necesidad y luego súplela. Así son las cosas —dijo Gail solemnemente. Sus ojos oscuros tenían una mirada fría—. Mi ex marido conocía todas las drogas habidas y por haber, y las probó casi todas. Yo no me enteré hasta que, cuando estábamos de luna de miel, intentó convencerme para que me pinchara. Lo planté esa misma semana.

—Es cierto que el amor nos vuelve ciegos —comentó Alice.

—Si lo sabrás tú, Alice la recién casada —bromeó él.

Ella sonrió.

—Harley y yo tenemos terneras —dijo—. Cy Parks, su jefe, nos regaló un semental y un par de novillas, y estaban llenas.

Kilraven parpadeó.

—¿Cómo dices?
—Bueno, si cuando una novilla no está preñada se dice que está abierta, ¿no es lógico que cuando está preñada se diga que está llena? —preguntó ella.

Kilraven sacudió la cabeza.

—Todos los días se aprende algo nuevo.

—¿Sabes cuál es la diferencia entre un toro y un novillo? —continuó ella con una sonrisa satisfecha.

Él la miró con sorna.

—Alice, soy dueño de la mitad del rancho ganadero más grande de Lawton, Oklahoma. Me crié en un caballo.

—¿De veras? —exclamó ella.

—Mi hermano acaba de llamarme para contarme lo de Dan Jones —le dijo Kilraven—. Buen trabajo.

—Ya te dije que soy muy hábil —le recordó Alice—. Me sorprende que no me llamen para trabajar como asesora en esos programas sobre autopsias que hay en la tele —frunció el ceño, pensativa—. Qué caray, me sorprende que no anden detrás de mí para que presente alguno. Soy joven, guapísima y... ¿Alguien me está escuchando? —abrió los brazos de par en par.

—Intentamos no hacerlo, Alice —respondió Kilraven con una sonrisa irónica.

—Está bien. Seguiré resolviendo crímenes yo sola, sin el cariño ni el reconocimiento de nadie...

—¿Puedo decirle eso a Harley? —preguntó él.

Ella le hizo una mueca y salió de la habitación.

—¡Muy buen trabajo, de veras, Alice! —gritó él.

—¡No hace falta que intentes dorarme la píldora, Kilraven! ¡No te estoy haciendo caso!

—Es un buen trabajo, pero de momento no ha servido de gran cosa —dijo la detective Rogers un momento después—. Tenemos el nombre de la víctima y sus antecedentes, pero queda mucho trabajo por hacer para relacionarlo con alguien.

—Ya llegará. Quería saber si tuviste suerte al interrogar a los testigos del motel donde vivía la víctima.

—Nadie sabe nada —ella suspiró—. Bueno, digámoslo de otra manera: nadie sabe nada si no es a cambio de dinero, y yo estoy en la ruina hasta que cobremos.

—Yo puedo financiarte, si estás dispuesta a volver —dijo él.

—Odio a los confidentes de pago, pero no se me ocurre ningún otro modo de conseguir información en este caso. De todos modos, no estoy segura de que vayan a decirnos nada, aunque les paguemos —añadió—. Uno de los tipos con los que hablé me dijo que estábamos metiendo la nariz en sitios donde ni la policía debería meterla.

—Eso suena interesante.

—Yo que vosotros iría armado —sugirió Alice desde la otra habitación.

—Yo siempre voy armado —contestó Kilraven.

—Cuando acabe aquí —dijo Rogers—, podemos volver al motel y ver si alguien se decide a hablar al ver un billete con la cara de Ben Franklin.

—De acuerdo. ¡Hasta luego, Alice! —gritó él, dirigiéndose a la mujer de la otra habitación, que le saludó con la mano sin levantar la mirada.

El motel donde se había alojado Dan Jones era un edificio pequeño, triste y desastrado, en el peor barrio de la ciudad. Su único atractivo era el módico precio de las habitaciones. Los clientes, no obstante, se veían obligados a compartir espacio con un sinfín de pequeños roedores y bichos de largas patas.

Había cinco hombres viviendo en el motel, sólo dos de los cuales llevaban allí algún tiempo. Uno de ellos conocía a Dan Jones, pero hicieron falta varios retratos de Ben Franklin para conseguir que los dejara entrar en su habitación, y varios más para que se sobrepusiera a su instinto de supervivencia.

Era mayor, parecía medio muerto de hambre y llevaba unas gafas tan gruesas que Kilraven dudaba de que viera con claridad a sus visitantes.

—Iba con mala gente —les dijo el viejo—. Muy mala. Decía que no podía quedarse mucho tiempo en un sitio porque alguien intentaba liquidarlo. Sabía cosas, ¿comprenden? No decía qué, pero decía que quería enmendarse y que no iban a permitírselo. Tenía una hija, una chica estupenda, decía. Era muy religiosa y quería que fuera con ella a la iglesia. A él le gustaba ir. Decía que creía que podía rectificar algunas cosas que había hecho —sacudió la cabeza—. Yo sabía que iban a matarlo. En cuanto dijo ese nombre, supe que lo matarían —miró a Kilraven con dureza—. No vaya por ahí contando que se lo he dicho yo, o me encontrarán muerto en algún callejón.

—No se lo diré a nadie —prometió Kilraven—. ¿Qué nombre dijo Jones? —el viejo titubeó—. ¿Qué nombre?

El viejo suspiró.

—Hank Sanders —dijo por fin.

Kilraven tensó la mandíbula.

—El hermano pequeño del senador Sanders —masculló.

—El mismo. La ley no puede tocarlo. Tiene amigos muy poderosos. Ya verán, jamás atraparán a los que mataron a Dan. Esa gente puede encubrir cualquier crimen. Y ustedes vigílense las espaldas, o también se los cargarán.

—Nadie con dos dedos de frente mata a un policía —le dijo Kilraven.

—Sí, bueno, esos tipos no construyen cohetes —contestó el viejo con sorna.

Kilraven le pasó otro billete y salió con la detective.

—¿Y ahora qué? —preguntó ella con un suspiro.

—Sí, ahora qué. ¿Cómo investigamos al hermano de un senador por posible homicidio?

—¿Llamamos a algunos periodistas...?

—No, no —la interrumpió él—. No quiero aparecer en las noticias mientras la gente come un aperitivo. Si la toman con este caso, empezarán a aparecer fotografías de la autopsia de mi mujer y mi hija en todos los tabloides de aquí a Nueva York —añadió con acritud—. No, tenemos que jugar esta mano con discreción. Veré qué puedo averiguar sobre el hermano del senador. Tú puedes intentar averiguar si alguno de tus confidentes sabe algo sobre Dan Jones y sus colegas.

—Lo haré —ella se quedó callada y pensativa un minuto. Estaba frente al motel, en medio de la noche helada. Al letrero de neón le faltaban dos letras de la palabra «motel», y ello parecía enfatizar lo destartalado del edificio, viejo y necesitado de un sinfín de reparaciones que el dueño, obviamente, no podía o no quería permitirse.

—Espero no acabar nunca en un sitio así —dijo Kilraven sombríamente.

—Yo también, aunque hace años viví en sitios peores —repuso ella con una risa suave. Miró el cielo oscurecido—. Me apetece hacer algo peligroso.

—¿Tirarte de un edificio o algo así? —preguntó él con un destello en la mirada.

Gail sacudió la cabeza.

—No. Quiero reabrir el caso de esa adolescente que fue encontrada en condiciones similares a las de la víctima de ese asesinato ocurrido en Jacobsville hace siete años.

Él se puso serio de inmediato.

—¿Crees que puede haber alguna relación?

Ella asintió con la cabeza.

—Es sólo una corazonada. No tengo información privilegiada ni nada por el estilo, pero sí una especie de pálpito.

—Tengo una amiga en Jacobsville que también tiene ese tipo de corazonadas. Una vez me salvó la vida —recordó él, pensando en Winnie.

—La mía podría acabar en tragedia —dijo ella en un repentino fogonazo de lucidez—. Es muy arriesgado. Pero creo que podría ser una pieza del rompecabezas.

Él entornó los ojos.

—Crees que puede haber algo que lo vincule con el senador.

—No tengo ni una sola prueba que apunte hacia él. Sólo es un presentimiento. La chica era muy joven —recordó—. Salió supuestamente a encontrarse con su novio y acabó muerta en condiciones inimaginables justo antes de que tú perdieras a tu familia, y en un estado muy similar al que presentaba Dan Jones cuando encontramos su cadáver. Puede que sea una coincidencia. Aunque por otro lado...

—Nunca viene mal asegurarse —contestó él.

—Me pondré enseguida con ello. Tú ándate con ojo —añadió con una sonrisa—. No me gustaría tener que identificarte por tu ADN.

—A mi hermano tampoco —contestó Kilraven, sonriendo.

Gail asintió con la cabeza.

—Estaremos en contacto.

Winnie sabía que pasaba algo, pero no sabía qué. Kilraven había ido a San Antonio a ver a su hermano y a la compañera de Márquez. Antes, había pasado un rato en casa de Rick. A Winnie le habría gustado tener más confianza con él para poder preguntarle qué estaba pasando. En el trabajo no estaban recibiendo información interna, y eso era de por sí inquietante. Normalmente se filtraban datos sobre los casos que estuvieran investigándose, incluso en San Antonio.

Winnie seguía flotando a causa de aquel beso tierno y apasionado, y confiaba en que no fuera a ser un incidente aislado. Kilraven era el primer y el único hombre por el que había sentido algo así. Esperaba que él sintiera lo mismo, pero no la había llamado, ni se había pasado por la cafetería de Barbara, donde ella comía casi todos los días. De hecho, brillaba por su ausencia.

Las fiestas habían acabado. Keely y ella habían guardado los adornos del hermoso árbol de Navidad, junto con el resto de la decoración navideña y el propio árbol. La casa parecía fría y desnuda. En Jacobsville aún quedaban campanas y espumillón, y árboles de Navidad en las farolas, además de guirnaldas de pino y acebo. Pero aquellos restos artificiales no solían desaparecer hasta mediados de enero. A Winnie le entristecían. Confiaba en ver a Kilraven durante las fiestas, pero si su caso se estaba calentando, era lógico que quisiera estar al corriente.

Winnie no se daba cuenta de hasta qué punto estaba obsesionado con el pasado.

Kilraven apenas había reparado en el día de Navidad. Jon se pasó por su casa y le llevó un alfiler de corbata con un diamante. Él también le hizo un regalo: una rara litografía de caballos cabalgando que Jon llevaba tiempo buscando. Kilraven la había encontrado en Internet hacía meses y la había comprado; después la había hecho enmarcar y la había tenido guardada en un armario hasta el gran día.

—¿Ni siquiera poner un árbol? —había preguntado Jon mientras echaba un vistazo a su desangelado apartamento. No había una sola fotografía a la vista, ni cuadros, ni nada personal. Sólo equipamiento de gimnasia en un dormitorio, ordenadores y pantallas en otro, consolas de videojuegos y los muebles imprescindibles en el cuarto de estar y el comedor, y una cocina totalmente equipada en la que Jon preparaba a veces platos de gourmet para los dos.

—Sólo es un sitio donde dormir. He estado muy ocupado, intentando encontrar pistas.

Jon entornó los ojos.

—O sea, que has estado volviendo loca a la gente intentando que se pongan a trabajar en tu caso, en vez de dedicarse a asesinatos recientes mucho más urgentes.

—Oye, es la primera pista que tenemos en siete años —contestó Kilraven a la defensiva, y su rostro se endureció—. No deberían haber parado hasta resolverlo cuando sucedió.

—Eso no te lo discuto, pero tú sabes cómo son estas cosas. Intentas hacer todo lo que puedes, pero llevas doce casos a la vez y todos los familiares de las víctimas quieren que los asesinos paguen con lágrimas y sangre.

—Lo sé —dijo Kilraven, crispado—. Pero esto es personal.

Jon se acercó a él.

—No empieces a obsesionarte otra vez —dijo con calma—. Después de que sucediera, dominó tu vida por completo durante tres años. No quiero verte caer otra vez en ese abismo.

—Voy a resolverlo —le dijo su hermano—. Cueste lo que cueste. El que mató a mi niña va a pagar por ello con su sangre.

Jon entendía cómo se sentía. No sabía qué decir. Era una cuestión tan personal...

—¡Llevan semanas con esto! —estalló Kilraven—. Saben el nombre de ese tipo, dónde vivía, que estaba liado con una mujer que trabajaba para el senador Fowler, que iba a una iglesia cercana... Por el amor de Dios, hay miembros de la misma parroquia, hay otros empleados que trabajaban para el senador, hay gente que vivía en el motel donde se alojaba...

—He oído hablar de cierto residente al que, por decirlo de alguna manera, se compensó por ofrecer información —dijo Jon en tono cortante—. Un buen policía no trabaja así.

—Pues a mí me vale —replicó su hermano—. Mi detective no encontró a nadie más que estuviera dispuesto a hablar, y ese tipo estaba tan asustado que hasta le daba miedo susurrar ciertos nombres.

—¿Como el del hermano pequeño del senador? —preguntó Jon.

—Exacto.

Jon se metió las manos en los bolsillos.

—Mac, no digo que sea una mala pista, pero si el caso llega alguna vez a los tribunales, ese confidente de pago se convertirá en un calvario para ti. Un eslabón roto en una cadena de pruebas puede impedir que se condene a un asesino.

Kilraven tenía una mirada rebelde.

—¿Quién dice que vaya a ir a los tribunales? —preguntó en un tono tan suave y cargado de amenazas que a Jon se le erizó el pelo de la nuca.

—Si actúas fuera de la ley, irás a prisión —dijo su hermano en voz baja—. No lo hagas. Ni lo pienses siquiera. La ley manda, y funciona.

—No siempre.

—A veces, cuando se toma la justicia por su mano, acaban muriendo inocentes —le recordó Jon—. No querrás señalar a quien no es, ¿verdad?

La cara de Kilraven parecía de piedra.

—Quiero justicia.

—Bien. Yo también. Así que deja de hablar como un justiciero del Oeste.

Kilraven levantó una ceja.

—¿Alguna vez has leído una historia auténtica sobre los policías de la frontera texana a principios del siglo XIX? —preguntó Jon.

—¿Y quién no?

—Cuando un texano con insignia de alguacil entraba en una población del otro lado de la frontera, a la gente le bastaba ver su insignia para huir despavorida —contestó su hermano.

—En esos tiempos había que ser duro para sobrevivir —dijo Kilraven.

—No es eso lo que quería decir.

—¿Y qué es?

—Que puedes llevar una amenaza tan lejos que, en lugar de respeto por la ley, sólo consigas crear angustia y miedo.

—A mí me vale con eso —repitió Kilraven.

Jon suspiró, irritado.

—Puedo hablar contigo de muchos otros temas y siempre eres el colmo de la racionalidad. Pero tratándose de este asunto ni siquiera piensas con coherencia.

—Si quieres coherencia, mira las fotos de las autopsias.

Jon se había acercado y le había puesto una mano sobre el hombro.

—Nadie saber mejor que yo por lo que pasaste —dijo con calma—. Te ayudaré en todo lo que pueda. Pero si quebrantas la ley, nadie podrá ayudarte. ¿Entendido?

Kilraven se ablandó un momento. Jon era muy terco, pero quería sinceramente a su hermano, y Kilraven lo sabía. Consiguió sonreír.

—He tenido suerte: podría haberme tocado un hermano peor —dijo.

Jon se rió.

—Sí. A mí también.

Aquélla era su forma de expresar el profundo cariño que se tenían. Ninguno de ellos era célebre por manifestar en público sus emociones íntimas.

Había llegado enero, frío, seco y yermo. Kilraven miraba el horizonte plano, con su cielo gris y sus árboles desnudos, que alzaban las ramas despojadas de hojas sobre un suelo helado. Daba la impresión de que todo estaba muerto, como lo estaba él por dentro. Lamentaba no haber llamado a Winnie durante las fiestas, pero cada vez que surgía una nueva pista del caso se pasaba el día paseándose de acá para allá por la habitación, a la espera de que sonara el teléfono. Y había tenido que esperar mucho. Todos los detectives de homicidios de San Antonio conocían ya el número de su móvil y colgaban en cuanto lo veían aparecer en las pantallas de sus teléfonos.

—¡Maldita sea! —masculló, arrojando el teléfono al sofá de cuero, tras intentar contactar de nuevo y oír un rápido chasquido seguido por el pitido de una línea ocupada.

Pero el teléfono empezó a sonar nada más caer sobre el sofá. Kilraven lo agarró. Tal vez alguno de los detectives tuviera poderes psíquicos.

—¿Diga? —preguntó.

—Tengo noticias —dijo Jon con orgullo—. ¿Recuerdas que te dije que la señora Perry estaba haciendo averiguaciones sobre los conocidos de Dan Jones?

—Sí. ¿Has encontrado algo?

—Sí, en efecto. El hermano del senador utilizaba al señor Jones como recadero —contestó su hermano.

—¡La conexión! ¡Por fin!

—Bueno, no te precipites —dijo Jon con firmeza—. No puedes intervenir y echar por tierra la investigación. Hay que proceder con cautela, reunir pruebas y...

—¡Maldita sea!

—Sé que estás impaciente —le dijo Jon con calma—, pero no querrás estropear un caso de asesinato sirviéndote de amenazas e intimidación, ¿verdad?

Kilraven se quedó callado.

—¿Quieres?

—Claro que no —contestó Kilraven con un profundo suspiro.

—Bien. Ahora respira hondo y prométeme que no te irás corriendo a la guarida del hermano, que no le molerás a golpes ni intentarás cargarle los asesinatos.

Kilraven dejó escapar el aire que estaba conteniendo.

—Te lo prometo.

—Debemos abordar este asunto con cautela. Primero averiguamos qué hacía exactamente Dan Jones para él, y si sus labores incluían la intimidación o algo peor. Y luego buscamos testigos que estén dispuestos a hablar.

—Puede que el confidente del motel sepa algo más.

—Todo lo que consigas con sobornos será un festín para la defensa del acusado —repuso Jon severamente.

Kilraven se calmó.

—Supongo que sí —dijo, exasperado.

—Sabes que sí. Lo que puedes hacer es encontrar un modo de hablar con la esposa del senador —añadió Jon—. Sabemos que teme al hermano de su marido. Pero ignoramos por qué. Necesitamos algún modo de sonsacarle información sin que sospeche nada.

—Tienen una casa de vacaciones en las Bahamas —dijo Kilraven, y entornó los párpados—. Podría ir allí y...

—No querrá hablar contigo —dijo Jon—. Lo sé porque lo he intentado. Tendrá que ser una mujer.

A Kilraven le dio un vuelco el corazón.

—Los Sinclair tienen una casa en las Bahamas.

—Sí, así es —dijo Jon—. De hecho, su casa está en la misma playa que la del senador. Mandé a la señora Perry que se informara al respecto.

—Y nosotros tenemos un rancho en Lawton, cerca del lugar donde vive el senador y de donde nació su abuelo. A veces también pasan las vacaciones allí. Puede que Winnie Sinclair esté dispuesta a ayudar. Podríamos ir juntos.

A Jon se le heló la voz.

—Si te la llevas a Nassau y te alojas en su casa de la playa, las habladurías llegarán hasta Jacobsville. Winnie tiene una reputación impecable. Sería una pena mancharla.

Kilraven no podía pensar racionalmente.

—Podríamos casarnos en el ayuntamiento la víspera de nuestro viaje a las Bahamas y anular el matrimonio en cuanto regresemos.

Jon lo miró con enfado.

—Esa mujer está loca por ti, según me han dicho. Ni siquiera tú tienes el corazón tan frío. ¡Casarte con ella temporalmente sólo para que te ayude a investigar un asesinato! ¡Qué ocurrencia!

—Era una broma —dijo Kilraven—. Puede que le pida que me acompañe a las Bahamas y que se encuentre casualmente con la esposa del senador y coma con ella o algo así. Quizás ella averigüe algo que a nosotros se nos escapa.

—Pero correría peligro —arguyó Jon.

Kilraven frunció los labios.

—Razón de más para que yo esté cerca, sólo por si acaso.

Jon levantó las manos.

—¡No se puede hablar contigo!

—Claro que sí. Es una idea estupenda. Voy a ponerla en práctica.

—No lo decía en ese sentido —dijo Jon—. Mac, no puedes utilizar a la gente que te quiere.

—¿Por qué no? Todo el mundo lo hace —su rostro se endureció—. Mi hija está muerta. Alguien la mató y escapó, como si nunca hubiera pasado. Quiero que alguien pague por ello. Y alguien va a pagar. No pararé hasta conseguir que detengan a alguien.

—¿No te importa a quién tengas que sacrificar para ello? —preguntó Jon suavemente.

—Estás tergiversando lo que digo.

—No es verdad. Kilraven cuadró los hombros.

—Winnie se ha encaprichado de mí. Es demasiado joven para tener sentimientos más fuertes —dijo, desdeñando sus sentimientos—. Le encantará tener en sus manos una licencia matrimonial, aunque sólo sea un par de semanas. Resolvemos el caso, conseguimos la anulación y seguimos con nuestras vidas.

—¡Mac!

—Será como una cita, sólo que viviremos juntos unos días.

—Tiene un hermano capaz de comerse viva a una víbora —replicó Jon—. Conozco a Boone Sinclair. No creo que quieras enemistarte con él. En Iraq participó en operaciones especiales. Sus habilidades pueden rivalizar con las tuyas. Y protege mucho a su hermana.

—No pienso hacer daño a Winnie —dijo Kilraven, enfadado—. Por el amor de Dios, nos iremos juntos de vacaciones. ¿Qué tiene eso de siniestro?

—Que durante las vacaciones la utilizarás como cebo para atrapar a la esposa del senador.

—Acabas de decir que no podíamos hacerle hablar porque somos hombres. Bueno, pues Winnie es mujer.

—Ni siquiera sabes si estará dispuesta —dijo Jon—. Pero si se lo pides, dile la verdad, por favor. Y adviértela de que es arriesgado. Porque lo es. Podrías poner su vida en peligro.

—¿Sólo por hablar con la esposa de un senador? —preguntó Kilraven—. No seas tan alarmista.

—Tengo que serlo. Tú no piensas con claridad. Estás tan obsesionado con este caso que eres incapaz de utilizar la lógica.

—Y tú eres demasiado lógico para buscar venganza.

Jon sacudió la cabeza.

—No, no lo soy. Yo también las vi —añadió en voz baja—. Melly era una niña muy especial. Puede que su madre no me gustara, pero a ella la quería. Igual que tú. Yo tampoco quiero que quien la mató quede impune.

Kilraven se relajó, pero sólo un poco.

—Hablaré con Winnie.

—Sí, hazlo. Pero sé sincero, ¿de acuerdo?

—De acuerdo.

Durante el trayecto a Jacobsville, Kilraven no dejó de pensar en un modo de persuadir a Winnie sin contarle demasiado. Jon hablaba desde un punto de vista profesional, pero a él le sangraba el corazón cuando se acordaba de lo que vio aquella noche lluviosa, cuando interceptó un aviso de homicidio y encontró a su familia muerta. Llevaba años teniendo pesadillas. Oía a Melly llamarlo, gritarle que la salvara, e intentaba levantarse, pero unas cuerdas lo aprisionaban y no lograba moverse. El mismo sueño noche tras noche, con los gritos de su hija en los oídos.

Después de aquello pasó varias semanas borracho. Jon lo salvó de hundirse más aún llevándolo a una residencia para recibir tratamiento. Por suerte, sus jefes entendieron su comportamiento. Los psicólogos y el tiempo que pasó de baja le dieron la oportunidad de fingir que había superado los asesinatos, que lo había asumido y que estaba listo para volver al trabajo. Distaba mucho de ser verdad, pero Kilraven aprendió a ocultar sus emociones. Y ahora se le daba muy bien.

Aceptó los trabajos más peligrosos que pudo encontrar, en un vano esfuerzo de quitarse aquellas horribles imágenes de la cabeza. La CIA lo aceptó con reservas, pero pronto descubrió que era un valor seguro por sus conocimientos de idiomas extranjeros. Al igual que su hermano Jon, hablaba farsi y varios dialectos árabes, además de español, francés, ruso, alemán y hasta sioux lakota. Si se ponía lentes de contacto coloreadas, era lo bastante moreno para pasar por un árabe de Oriente Medio, y lo había hecho: había trabajado en misiones encubiertas, a veces en colaboración con gobiernos extranjeros, para recabar información vital para la seguridad nacional.

Se había especializado en casos de secuestro. Por eso empezó a trabajar en Jacobsville en misión secreta más o menos en el momento en que el general Emilio Machado desapareció y dio de nuevo señales de vida en México. El general había secuestrado primero a Gracie Marsh y luego a Jason Pendleton en su afán por recuperar su gobierno en Sudamérica. No era enemigo de Estados Unidos, ni el mismo tipo de tirano que gobernaba ahora el país. Kilraven llevaba algún tiempo buscándolo, pero no descubrió dónde estaba hasta que comenzó a colaborar con Rodrigo Ramírez y la DEA en un caso de narcotráfico. Y *voilà*, allí estaba Machado. Ese caso lo había resuelto.

Ahora tenía que investigar un caso que le tocaba mucho más de cerca. Lo único que necesitaba eran herramientas para resolverlo. Una de ellas era Winnie Sinclair. Y estaba decidido a conseguir que lo ayudara, costara lo que costase, aunque para ello tuviera que servirse de lo que Winnie sentía por él. Lo único que le importaba era llevar al asesino de su hija ante la justicia de la forma que fuese.

Todavía podía verla, el último día de su corta vida. Había echado a andar hacia el coche donde su madre la esperaba impaciente para llevarla a la guardería. Pero de pronto se volvió. Corrió hacia Kilraven con el pelo negro al viento y los brazos tendidos, riendo. Kilraven la levantó en brazos, giró con ella, la besó.

—Te quiero, papá —le susurró Melly, y lo besó—. Recuérdalo siempre.

Kilraven apenas podía ver la carretera. Tenía los ojos empañados. «Recuérdalo siempre». Aquéllas eran las palabras más dolorosas de todas, porque Kilraven se acordaba también de lo que pasó unas horas después. Nunca volvería a ver brillar de nuevo aquellos ojos negros, ni oiría su risa musical, ni abriría los brazos para aupar a Melly. Respiró hondo y tragó saliva con esfuerzo. Tenía un nudo en la garganta. Agarraba con tanta fuerza el volante que tenía las manos blancas. Un desalmado había asesinado a su hija de tres años. Él había jurado que algún día, fuera como fuese, alguien pagaría por ese asesinato, e iba a lograrlo. Le traía sin cuidado que le costara el trabajo, o hasta la vida. Iba a llevar al asesino ante la justicia.

CAPÍTULO 6

Winnie estaba comiendo algo rápido en la cafetería de Barbara al salir del trabajo. Ese día había tenido turno partido: había trabajado cinco de sus diez horas antes de medianoche y había vuelto a entrar a las tres de la madrugada. El servicio de emergencias estaba organizado de tal modo que las operadoras trabajaran en turnos de diez horas, y como siempre había alguien que llegaba cuando otra tenía que marcharse, sus turnos se solapaban. Así las que entraban podían ponerse al día de lo que estaba pasando y se ahorraban largas y farragosas explicaciones sobre las incidencias que estuvieran teniendo lugar.

A Winnie le encantaba su trabajo. A veces estaba tan estresada que tenía que tomarse un descanso en la «sala de reposo» del centro de emergencias, un cuarto habilitado para aquellos que necesitaban un momento de soledad después de un periodo de especial ajetreo en el trabajo. El suyo era un oficio muy estresante: había vidas en juego. Winnie se había sometido a un adiestramiento intensivo, pero tras las prácticas se sentía capaz de afrontar casi cualquier situación que surgiera. Y si necesitaba ayuda la tenía por todas partes. Aquellas personas entregadas y generosas la hacían sentirse orgullosa de formar parte de su grupo.

—Pareces agotada —le dijo Barbara al ponerle delante un plato de ensalada y un sándwich de queso gratinado, junto con una taza de café caliente. Winnie puso leche y azúcar al café, cosa que sólo hacía cuando comía queso gratinado.

—Ha sido una mala noche —contestó con una débil sonrisa—. He tenido turno partido para sustituir a otra operadora a la que se le ha muerto un familiar. Y ha habido mucho jaleo. Más de lo normal.

Barbara se sentó con ella un minuto.

—¿Por lo del chico de los Tate? —preguntó suavemente.

Winnie vaciló; luego asintió con la cabeza. Era absurdo negar que estuviera al corriente. En Jacobsville, todo el mundo sabía lo que estaba pasando. Además, saldría en el periódico al día siguiente. Si no, las operadoras jamás hablaban de las incidencias que surgían en el trabajo.

—Qué tragedia —dijo, apesadumbrada—. Su pobre madre...

—Tiene amigos. Saldrá adelante.

—Sí, pero ha sido tan absurdo... —dijo Winnie.

Barbara puso una mano sobre la suya.

—Nada es absurdo, sólo que a veces no entendemos por qué ocurren las cosas. Como cuando pegaron a Ricky —sacudió la cabeza—. Menos mal que tiene la cabeza muy dura.

Winnie asintió.

—Tuvo suerte. Pero ese chico sólo tenía quince años —comentó Winnie—. Pensó que sería divertido robar un coche y darse una vuelta. Al parecer, atropelló a una niña de diez años a la que ha dejado paralítica de por vida y luego chocó contra un poste de la luz y se mató —sacudió la cabeza—. No entiendo nada.

—A eso me refería —dijo Barbara—. Creo que a veces no estamos hechos para entender las cosas —levantó la vista—. Tienes que animarte.

—Para eso hace falta algo más que una ensalada y un café, me temo.

—¿Qué te parece un tiarrón de metro noventa y muy guapo?

—¿Qué?

—¿Qué te parece si me traes lo que está tomando ella? —preguntó Kilraven al apartar una silla y sentarse junto a Winnie, a la que le dio un vuelco el corazón a pesar de lo cansada que estaba—. Pero con café solo.

Barbara sonrió.

—Marchando.

Se marchó y Kilraven miró a Winnie con descaro. Ella llevaba unos pantalones oscuros y un polo azul, y el pelo recogido en una pulcra trenza. Parecía muy joven, muy cansada y muy desilusionada.

—Ya me he enterado —dijo Kilraven.

Ella miró sus ojos plateados. Kilraven vestía pantalones de traje, polo negro y americana de lana. Sin uniforme, tenía un aspecto mundano y elegante. Winnie logró sonreír.

—Todavía estamos todos aturdidos. Hasta que llegaron las ambulancias, teníamos esperanzas.

—Hicisteis todo lo posible. Valió la pena.

—Hicimos todo lo posible y aun así murió.

—Eso no es culpa vuestra —contestó él con calma—. La gente se muere. A todos nos llega la hora, tarde o temprano.

Ella esbozó una sonrisa cansada.

—Eso dicen.

Barbara volvió con su ensalada, su sándwich y el café.

—Tienes que aprender a no tomarte las cosas tan a pecho, niña —le dijo a Winnie con ternura.

El cariño con que le habló reconfortó a Winnie.

—Eso intento —dijo con un suspiro.

—Tener corazón no es malo —comentó Kilraven.

—Sí que lo es —murmuró Winnie. Respiró hondo y apartó su plato—. Estaba muy bueno, Barbara, pero tengo sueño y estoy agotada. Estuve a punto de irme a casa directamente, pero no había comido nada desde la cena, ayer por la tarde.

—En el centro de emergencias hay cafetería —dijo Kilraven.

—Sí, pero para comer hay que tener tiempo —le recordó

ella–. Hemos tenidos otras emergencias, además de ésa. Ha sido la noche más ajetreada de todo el mes.

–Había luna llena –dijo Kilraven mientras empezaba a comer su ensalada.

–Es verdad –exclamó Barbara–. Pero ¿qué tiene eso que ver?

–No lo sé –contestó él–, pero a algunas personas las desquicia.

Barbara sacudió la cabeza.

–Si necesitáis algo más, decídmelo.

A Winnie no se le cayeron los cubiertos, ni derramó el café por los nervios al ver llegar a Kilraven, señal de lo deprimida que estaba. Bebió un sorbo de café y miró inexpresivamente su ensalada a medio comer.

Pasado un minuto, miró a Kilraven con el ceño fruncido.

–¿Qué haces aquí? –preguntó de pronto–. Habíamos oído que estabas en San Antonio, colaborando con los detectives para encontrar pistas relacionadas con el cadáver que apareció en el río Little Carmichael.

–Así es, y las he encontrado –contestó él–. Necesito un favor.

A Winnie le dio un vuelco el corazón.

–¿Cuál?

–Aquí no. Termina tu café y daremos una vuelta en el coche.

Winnie miró a su alrededor. La gente los miraba a hurtadillas mientras comía.

–Si me voy contigo, seremos la comidilla del pueblo todo el fin de semana –dijo.

Él se rió.

–No me importa –la miró a los ojos oscuros–. ¿A ti sí?

Ella alzó los hombros.

–Creo que no.

—Mientras hablan de nosotros, dejarán en paz a otros —comentó él.

—Supongo —se acabó el café—. ¿Crees que hay alguna relación con el caso de tu familia? —preguntó abruptamente.

La cara de Kilraven se tensó.

—Podría ser. Tenemos una pista. Es pequeña, pero puede que dé frutos más adelante. Antes de que esto acabe algunos peces gordos van a llevarse un disgusto.

Ella ladeó la cabeza.

—Ahora sí que tengo curiosidad.

—Bien. Vámonos —apuró su café y pagó la consumición de Winnie, además de la suya. Luego la condujo a través de la puerta, hacia un Jaguar deportivo negro.

Ella se sorprendió. Estaba acostumbrada a verlo en un coche de policía, y aquello era una novedad.

—No me digas que nunca has visto uno de éstos —Kilraven se rió.

—Claro que sí. Pero no te imaginaba conduciendo uno.

—Por curiosidad, ¿qué coche creías que tenía? —preguntó él junto a la puerta del copiloto.

—Un coche patrulla —contestó ella con una sonrisa.

Él se rió.

—Uno a cero, señorita Sinclair —comenzó a abrir la puerta y luego vaciló y frunció el ceño—. Sinclair... ¿Conoces la historia de tu familia?

—Más o menos —respondió, desconcertada—. Procedemos de Escocia —los ojos de Kilraven brillaron—. ¿Por qué te hace gracia?

—Lord Bothwell se casó con la reina María de Escocia tras la sospechosa muerte de su anterior esposo, lord Darnley. La madre de Bothwell era una Sinclair.

—¿Por qué te interesa tanto Bothwell? —preguntó ella.

Él frunció los labios.

—Yo desciendo de los Hepburn.

—Vaya, qué pequeño es el mundo —exclamó ella.

—Cada vez más, sí. Sube.

Rodeó el coche y al montar a su lado se fijó, satisfecho, en que se había abrochado enseguida el cinturón de seguridad. Él hizo lo mismo.

—¿Adónde vamos? —preguntó Winnie.

—A algún sitio sin cámaras de vídeo, ni público —contestó, señalando con la cabeza las caras que los observaban desde la cafetería.

—Podríamos ir a mi casa —dijo ella.

—Keely estará trabajando, pero imagino que tus hermanos andarán por allí.

—Boone, sí. Clark está en Iowa, comprando ganado para él.

—A eso me refería. Quiero hablar contigo a solas.

Winnie dio la vuelta a su bolso entre las manos.

—Está bien. Intentaré mantenerme despierta.

—Pobrecilla —dijo él compasivamente—. Trabajas mucho por muy poco dinero. Y no tendrías por qué trabajar, ¿verdad?

Ella sacudió la cabeza.

—No, pero nos educaron a todos con una fuerte ética del trabajo. No somos de los que se quedan de brazos cruzados, o se pasan la vida jugando a las cartas o yendo a fiestas.

—Tu padre murió hace bastante tiempo, ¿no?

Winnie asintió.

—Era un buen hombre en muchos aspectos, pero tenía defectos terribles. Supongo que se debía a que mi madre se fugó con su hermano. Nunca lo superó.

—Eso te hace polvo el orgullo —comentó él. Miró su expresión inflexible—. ¿No tienes curiosidad por saber dónde vive o con quién?

—No —respondió ella precipitadamente, y se sonrojó al ver que la miraba fijamente.

—La gente comete errores, Winnie —dijo él con suavidad.

La visita de su madre aún le escocía.

—Sí, así es, y se supone que hay que perdonarlos. Lo sé. Pero podría haber pasado la vida entera sin volver a verla, y habría sido feliz.

—¿Se ha vuelto a casar?

Ella lo miró, ceñuda.

—¿Que si se ha vuelto a casar?

—Dijiste que se casó con tu tío. Y tu tío ha muerto.

—Espera un momento —dijo ella—. ¿Cómo sabes eso?

—Por eso, entre otras cosas, he venido a verte. Puede que tu tío esté relacionado tangencialmente con este caso.

—Boone me comentó algo de eso, pero no dijo que estuviera implicado. ¿No sería un asesino? —exclamó, horrorizada.

—No, no creemos que fuera él quien mató a ese hombre —dijo enseguida Kilraven—. Pero encontraron un termo en el lugar donde el coche cayó al río. Era idéntico a uno que, según parece, tenía tu tío en su casa. Una detective de San Antonio que trabaja con nosotros en el caso fue a su casa a comprobarlo. Habló con su compañera de piso.

Winnie estaba perpleja. Jamás se le había pasado por la cabeza que su tío pudiera estar implicado en un asesinato.

—Su compañera de piso —parpadeó. Miró a Kilraven—. Mi madre dijo que su novia era drogadicta.

Él pareció sorprendido.

—Así es. En fin, supongo que tuvo que pasarse por allí si recuperó vuestras joyas, ¿no? El caso es que la detective también hizo una visita a la chica para comprobar lo del termo. Casi no estaba lúcida, la chica, quiero decir, pero identificó el termo por una fotografía.

—¿El termo de mi tío estaba en la orilla del río, junto al coche de una persona asesinada, y no crees que esté involucrado? —preguntó ella, pasmada por la falta de sueño y la impresión.

Kilraven tomó aire.

—Por eso he dicho que creo que lo está tangencialmente. Creo posible que conociera al asesino.

Winnie se recostó en el asiento mientras reflexionaba sobre cómo se entrelazaban las vidas de distintas personas. Arrugó el entrecejo.

—¿Crees que mi tío fue asesinado? –preguntó.

Kilraven se quedó callado un momento.

—Es una pregunta interesante. Creo que no nos cuestionamos que su muerte no fuera natural. Consumía muchas drogas.

—El hermano del sheriff Hayes murió de una sobredosis sin saber lo que tomaba –dijo ella–. Y también la cuñada de Stuart York. Les dieron la droga en estado puro, no diluido, sin saberlo ellos.

—Lo comprobaremos –dijo él enseguida.

Winnie miró el bolso que tenía sobre el regazo.

—¡Cuántos muertos! ¿Qué sabían? ¿Por qué los mataron?

—No lo sé, Winnie –contestó él en voz baja–. Pero voy a averiguarlo.

Paró en un parquecillo, al lado de la carretera. En aquella época del año estaba desierto. Era un sitio muy bonito cuando hacía mejor tiempo. Estaba junto a un afluente del Little Carmichael, y los niños jugaban allí en verano. Ahora, los árboles pelados se recortaban sobre un cielo gris. Todo parecía muerto. Incluso la hierba.

—Hará frío, pero no creo que aquí seamos una atracción turística –comentó Kilraven, riendo, al salir del coche.

El viento soplaba áspero y frío, y Winnie se ciñó el abrigo de ante gris. Caminó junto a Kilraven, embutido en su chaqueta negra de lana, hasta el riachuelo. Al mirar hacia abajo vio que él llevaba botas negras, tan bruñidas que reflejaban el cielo. Era muy propio de él ser tan puntilloso.

—¿Por qué sonríes? –preguntó Kilraven.

—Por tus botas –contestó Winnie–. No tienen ni una mota de polvo. Eres muy elegante, para ser un ganadero convertido en agente de la ley.

Kilraven se rió.

—Supongo que sí.

Ella se preguntó por qué. Pero era demasiado educada para preguntárselo.

Kilraven la miró con una leve sonrisa.

—Tienes curiosidad, pero no preguntas. Eso me gusta de ti.

—Gracias.

Él metió las manos en los bolsillos y miró el agua burbujeante del riachuelo entre el suave talud de sus orillas.

—Mi madre era blanca —dijo escuetamente—. Dejó a mi padre cuando yo tenía unos dos años. Me llevó consigo, pero le gustaba ir de fiesta. No podía permitirse una niñera, pero tampoco se le ocurrió que fuera peligroso dejar solo a un niño. La verdad es que de vez en cuando parecía olvidarse de mi existencia. Mi padre fue a buscarme cuando recibió una llamada de la policía de un pueblecito a las afueras de Dallas. Un vecino había oído gritos procedentes de una casa abandonada que había alquilado mi madre. La policía entró por la fuerza y encontró una tarjeta con su nombre y su número de teléfono, y lo llamaron.

Winnie esperó. No quiso insistir.

Kilraven respiró hondo.

—Mi madre había estado de juerga con un hombre al que al parecer le gustaba mucho el alcohol y poco las mujeres. La mató de una paliza. Supongo que tuve suerte de que no me matara a mí también, pero seguramente pensó que era demasiado pequeño para identificarlo. Cerró la puerta con llave y nos dejó a los dos dentro. Pasaron dos días antes de que yo empezara a gritar por el hambre.

—Dios mío —musitó ella.

Kilraven la miró con ojos vacíos.

—Mi padre me llevó a casa y me bañó. Estaba saliendo con una chica más joven a la que le encantaban los niños. Ella se pegó a mí como si fuera el único niño sobre la faz de la tierra —se rió—. Se casaron y tuvieron a Jon. Pero nunca he tenido la impresión de que seamos hermanos sólo a medias. Mis recuerdos más tempranos son de Cammy, mi madrastra.

—¿Cammy?

—Se llama Camelia, pero nadie la llama así —exhaló un largo suspiro—. Es muy conservadora y profundamente religiosa, así que Jon y yo tuvimos una educación muy estricta. Nuestro padre trabajaba fuera, para el FBI, y a veces tenía que viajar al extranjero, así que básicamente fue Cammy quien nos crió a los dos —la miró, un tanto divertido—. A ti seguramente te haría picadillo, chiquitina. Es muy dura de pelar, como puede atestiguar al menos una de nuestras ex novias.

—¿Vuestras, en plural? —preguntó ella.

—Jon y yo estuvimos saliendo una temporada con la misma chica. La cosa acabó con una enérgica pelea de la que ambos salimos con los dientes rotos. La chica, como era de esperar, descubrió que seguía enamorada de su ex novio. Lo cual a nosotros nos sirvió de poco —se rió.

—Tu madrastra debe de ser una señora muy agradable —comentó ella.

—Lo es, aunque sea difícil vivir con ella.

—Siento lo de tu madre.

—Y yo lo de la tuya —respondió él. Se volvió hacia ella y se acercó—. Nunca le había hablado a nadie de mi madre.

Winnie se sintió halagada. Sonrió.

—Yo tampoco de la mía. Sólo a la familia.

—¿Se parece a ti? —preguntó, curioso.

—Mucho, sí. Aunque ya es mayor.

—Vivirá por aquí cerca.

—No lo sé —Winnie pareció encerrarse en sí misma.

—No, no hagas eso —dijo él suavemente, y la atrajo hacia sí—. Estábamos haciendo progresos y de pronto te conviertes en una planta sensitiva y cierras tus hojitas.

Ella sonrió.

—Lo siento —puso las manos sobre su ancho pecho, bajo

la chaqueta. Sentía el calor de su cuerpo a través de la suave tela de su camisa.

Su contacto, a pesar de ser muy leve, hizo arder a Kilraven. Su respiración se alteró. El olor del cuerpo de Winnie lo seducía. Hacía años que no sentía el cuerpo de una mujer en la oscuridad, años que no recordaba lo que era ser un hombre. Y allí estaba, con una mujer que ni siquiera sabía lo que ocurría cuando se apagaban las luces, salvo por lo que había oído o leído.

Winnie levantó la mirada.

—¿Qué ocurre?

Kilraven alzó las cejas.

—Pues estaba pensando en lo agradable que sería tumbarte sobre la hierba y... —carraspeó—. Lo siento.

Ella se rió, encantada.

—¿De veras?

Él ladeó la cabeza.

—¿No te enfadas?

—Claro que no. La verdad es que me pregunto cómo es y qué se siente —confesó—. Una vez estuve a punto de descubrirlo, pero mi hermano Boone apareció y arrojó al chico por la escalera de casa, a un charco de barro —suspiró—. Yo tenía quince años. Boone pensaba que era demasiado joven para caer en las garras de un vaquero de veintitantos. Así que el vaquero se fue a trabajar para otro, yo volví a mi vida virginal, y ahí acabó mi educación sexual.

Él rompió a reír.

—Boone hizo muy bien.

—Siempre ha cuidado de mí. Y también Clark, a su modo —suspiró—. Ninguno de los dos sabía lo que pasaba en casa cuando no estaban, y yo no podía decírselo. Mi padre odiaba a mi madre, y la odió más que nunca después de que se vieran y hablaran, cuando sólo hacía una semanas que ella se había ido. Volvió a casa maldiciéndola. No nos contó qué había pasado.

—Es una pena que no consiguieran arreglar las cosas.

—Me habría gustado tener una madre —dijo ella. Lo miró—. Me porté fatal con ella cuando se presentó en casa. Supongo que podría haberme mostrado más generosa.

—Cuesta perdonar a quien nos abandona —respondió Kilraven.

Ella asintió con la cabeza. Dejó escapar un largo suspiro.

—Todo esto es muy interesante, pero no tiene mucho que ver con que hayas venido a buscarme, ¿no?

Kilraven tomó su cara entre las manos y la levantó.

—Puede que sí —la miró detenidamente, y el corazón de Winnie se aceleró—. Perdona —murmuró al inclinar la cabeza—, pero tengo mono de ti...

Su boca chocó con la de Winnie como un muro, se abrió y se movió sobre la de ella, ansiosa e insistente, cálida a pesar del frío que los envolvía en la orilla del riachuelo. Winnie se derritió, deslizó los brazos alrededor de su pecho, clavó los dedos en su espalda, sintió su sólida musculatura y zozobró en el ansia que Kilraven suscitaba en ella sin ningún esfuerzo.

A él le gustó su respuesta: inmediata, desprovista de afectación, totalmente entregada. Le encantó sentirla en sus brazos. La atrajo hacia sí y sintió que un súbito arrebato de deseo tensaba su cuerpo fornido.

Winnie sofocó un gemido de sorpresa al sentirlo. Intentó apartarse, pero él bajó las manos y le apretó las caderas contra su cuerpo. Levantó la cabeza y miró sus grandes ojos llenos de asombro. No dijo nada, pero tampoco la dejó retroceder.

—No debes... —musitó ella.

—¿No has dicho que querías saber qué se sentía? —preguntó él, frunciendo los labios. No sonreía, pero tenía una mirada divertida.

—Bueno, sí —balbució ella—. Pero no ahora mismo.

—No ahora mismo.

Ella asintió con la cabeza. Se sonrojó.

Kilraven se rió maliciosamente y la dejó apartarse a distancia prudencial. Le gustaba que se pusiera colorada. Le gustaban muchas cosas de ella.

—Gallina —bromeó.

—Clo, clo, clo, clo, clo, clo, clo —dijo ella imitando el cacareo de una gallina, y le sonrió.

—La verdad es que se me estaba ocurriendo un modo de que sacies esa curiosidad —dijo él al tiempo que la enlazaba por la cintura.

—¿Ah, sí?

—No del todo, claro —añadió, cauteloso. Sería muy fácil lanzarse de cabeza e intentar reparar el daño después—. Tenéis una casa de veraneo en Nassau.

Aquel súbito cambio de tema fue como un mazazo para Winnie.

—Eh, sí.

—Linda con una finca propiedad de ese nuevo senador de Texas.

—Sí.

—Su mujer no le tiene mucha simpatía. El senador es aficionado a las chicas muy jovencitas y eso hiere su orgullo, así que se va a la casa de veraneo para escapar de la atención mediática. Y del senador.

—Eso he oído.

—¿La conoces? —preguntó él de repente, interesado.

—Pues sí —contestó ella—. Coincidimos una vez en una fiesta de la embajada americana, y también he ido a fiestas a su casa, antes de que su marido fuera senador. Es muy simpática.

Kilraven sonrió.

—¿Qué te parece si vamos a Nassau y nos quedamos en la casa de verano mientras vemos si a la esposa del senador se le suelta un poco la lengua sobre su cuñado?

Ella se enfrió enseguida y se apartó.

—Yo no soy así.

—¿Perdona? —preguntó él, desconcertado.

—Quiero decir que puedo coquetear contigo y puede que parezca desenvuelta y que intento ligar contigo. Pero no es cierto. Quiero decir que no puedo, que no voy a... Mi hermano te mataría —añadió, sonrojándose.

Kilraven comprendió enseguida y rompió a reír.

—No tiene gracia —masculló ella, enfurruñada.

—No me río por eso. No estaba pensando en pasar un fin de semana loco contigo —le aseguró. Sus ojos también sonreían—. Yo también soy bastante conservador, por si no lo has notado. No soy un mujeriego. De hecho —dijo con un suspiro—, sólo he estado con una mujer en mi vida, y me casé con ella.

Ella se puso muy colorada.

—Ah.

—Así que me importa tanto mi reputación como la tuya —continuó él—. Estaba pensando que podíamos casarnos en el juzgado de paz. Sólo para el viaje —dijo enfáticamente—. No busco un matrimonio duradero, ni fundar una nueva familia. No puedo... No volveré a correr ese riesgo. Pero podemos estar casados el tiempo justo para investigar un poco.

Ella lo miraba boquiabierta.

—¿Quieres que nos casemos para poder hacerle unas preguntas a la esposa de un senador en las Bahamas? —preguntó, atónita.

Kilraven se rió.

—Suena mal, dicho así.

—Pero es lo que quieres hacer.

—No, no es eso —la miró pensativamente—. No voy a decirte lo que me gustaría hacer. Pero ése es el motivo por el que quiero que nos casemos. Sólo por si acaso.

Ella enarcó las cejas. Sus ojos empezaron a brillar.

—¿Sólo por si acaso qué?

—Por si acaso no puedo resistirme a la tentación de lo que

me apetece hacer —explicó él con sorna—. En cuyo caso no sería una anulación, sino un divorcio.

Ella ladeó la cabeza.

—Puede que acabe gustándote.

—Estoy seguro de que sí. Pero no quiero volver a casarme.

—Acabas de decir que sí —contestó ella.

—Temporalmente —dijo con énfasis.

—Te da miedo que me quede temporalmente embarazada si vamos sin casarnos —dijo Winnie.

Kilraven la miró con enfado.

—Yo no dejo embarazada a una mujer temporalmente.

—Más te vale, porque creo firmemente que, si se engendran, los bebés deben nacer —repuso ella con firmeza.

Él suspiró.

—Winnie, he pasado siete años durísimos —dijo—. Ahora mismo, lo único que quiero es descubrir quién mató a mi mujer y a mi hija. No estoy preparado para mantener una relación de pareja, de la clase que sea.

Winnie sintió que se cerraba en banda. Kilraven era de una sinceridad brutal. Pero tal vez creía que tenía que serlo. No quería darle falsas esperanzas.

Él entornó sus ojos plateados.

—Pusiste esa misma cara el día que nos encontraste al Sheriff Hayes y a mí en la cama con tu hermano y con Keely —dijo.

—¿Perdona?

—Dejaste de jugar conmigo —añadió él sombríamente—. Dejaste de mirarme con esos grandes ojos marrones, como si te murieras por estar conmigo.

—Yo nunca te he mirado así —contestó a la defensiva—. Me parecías atractivo. Igual que a muchas otras mujeres, seguramente.

—Cuando otras me miraban así, me molestaba —dijo él, sorprendiéndola.

—¿Sí?

—Eres como una violeta que florece bajo una escalera —contestó Kilraven con voz suave, y tocó su cara con las yemas de los dedos mientras la miraba intensamente—. Tienes veintidós años y yo treinta y dos, Winnie. Eso es casi una generación.

—Son diez años y yo soy muy madura para mi edad.

Él frunció los labios.

—No en todos los sentidos, pequeña —dijo en tono insinuante.

Ella lo miró enfadada.

—Nadie aprende si alguien no le enseña —dijo tajantemente—. Y mi padre y mi hermano mayor se aseguraron de que nadie se acercara a mí.

—Hicieron bien —contestó Kilraven.

—Mira, yo tengo madera de mujer fatal. Sólo me hace falta aprender lo básico —le dijo—. Pero los libros no cuentan nada. Dan por sentado que esas cosas ya se saben.

—¿Qué tipo de libros has leído? —preguntó él, entre burlón y sorprendido.

—Los mismos que los chicos esconden debajo de los colchones, imagino, pero a mí no me basta con fotografías. Y estás cambiando de tema —le empujó por el pecho—. No pienso casarme temporalmente. Búscate a otra con la que ir a las Bahamas y te presto nuestra casa de veraneo.

—No pienso acostarme con una perfecta desconocida —contestó Kilraven, cortante.

—Pues conmigo tampoco, Kilraven —le dijo ella.

—¡Por eso intento que te cases conmigo!

Winnie se apartó de él y se acercó al riachuelo. Tenía el estómago revuelto. Kilraven quería un matrimonio sin ataduras para intentar resolver el caso. Para él, ella sólo era un medio para alcanzar un fin. En realidad no sentía nada por ella. Nunca lo sentiría. Vivía acompañado de fantasmas. Aquella idea repentina le dio más frío que el tiempo invernal. Cruzó los brazos alrededor del pecho.

Kilraven la observaba con creciente exasperación. Típico de una mujer, intentar obtener algún compromiso sentimental. Él sólo necesitaba que lo acompañara para acercarse a la esposa del senador. ¿Por qué se lo ponía tan difícil? Porque sentía algo por él, pensó, irritado. Como si él pudiera plantearse el futuro con una chica que prácticamente acababa de salir del instituto. No quería tener más hijos, así que era absurdo volver a casarse.

—Estás complicando las cosas —dijo secamente, y se metió las manos en los bolsillos—. ¿Por qué no te lo tomas como una broma? Nos casamos, pasamos unos días en la playa y nos llevamos unos recuerdos que no nos dejen mala conciencia.

Ella se volvió y lo miró horrorizada.

—Podríamos divertirnos —añadió Kilraven, vacilante.

—Podemos dormir en habitaciones separadas y comportarnos como solteros sin compromiso —dijo ella—. O no voy.

—¿Qué clase de vacaciones son ésas?

—Las únicas que vas a tener conmigo —replicó ella, ruborizándose—. Crees que puedes pasártelo bien conmigo y luego marcharte como si tal cosa. Pues yo no soy así. No puedo... ¡No quiero, maldita sea! —dio media vuelta—. ¿Puedes llevarme a la cafetería ahora mismo, por favor? —echó a andar hacia el coche.

Kilraven se quedó mirándola.

—¿Qué demonios he dicho? —le preguntó al árbol que tenía al lado.

—Eso es, habla con los árboles —masculló ella cuando no la oía—. Pero ten cuidado. Puede que empiecen a contestarte.

CAPÍTULO 7

Kilraven pensaba en cómo había reaccionado Winnie. Tal vez tuviera razón. Si podían ir juntos a Nassau y pasar unos días de sol y playa, y él no la presionaba para que hiciera algo que no quería hacer, tal vez su relación funcionara mejor. Funcionar en el sentido de sonsacar a la esposa del senador. Porque, dijera lo que dijese, su única intención era averiguar si el hermano del senador tenía un esqueleto en el armario. Quería atrapar a quien había asesinado a su familia. Eso era mucho más importante que el futuro, que los sentimientos de Winnie o que cualquier otra cosa. Tal vez estuviera utilizándola, pero no le importaba. Era una obsesión, como decía su hermano. Iba a atrapar al asesino, y le traía sin cuidado quién sufriera por ello.

La siguió hasta el coche.

—Está bien —dijo al abrir la puerta y ayudarla a montar—. Lo haremos a tu manera. Pero si me tiro del tejado de tu casa de verano de pura frustración y me mato, será culpa tuya.

—Nada de eso —replicó ella.

—Tú no tienes corazón.

Winnie lo miró.

—Tampoco me visto provocativamente.

—Es asombrosa tu fuerza de voluntad —murmuró él—. Qué suerte tienes.

Winnie suspiró.

—Además, no pienso decírselo a Boone. Tendrás que decírselo tú.

Kilraven se quedó paralizado. Aquélla era una perspectiva muy poco halagüeña. Conocía a Boone y sabía que había estado en el ejército. Iba a ser complicado explicarle por qué iba a casarse con su hermanita. No hacía falta que nadie le dijera que Boone se pondría furioso.

—No te dará miedo, ¿verdad? —dijo ella con leve malicia.

Kilraven suspiró.

—No, qué va —contestó.

—Puedes decirle que quieres casarte conmigo para que podamos retozar de habitación en habitación en las Bahamas y además utilizarme para sacarle información a la esposa del senador —prosiguió ella.

Él la miró con enfado.

—Estás tergiversando las cosas —masculló.

—¿Sí? —preguntó ella—. Quieres que estemos casados unos días para obtener alguna pista que pueda conducirte al asesino de tu familia —se puso seria—. No es que te lo reproche. Si yo estuviera en tu lugar, también haría cualquier cosa por descubrirlo. Pero es a mí a quien quieres usar. Y me parece una cochinada.

Él la miró con verdadero enfado.

—¿Una cochinada?

Winnie hizo una mueca.

—Bueno, eso no ha sonado muy bien —dijo lentamente.

Él cerró la puerta del copiloto sin decir nada más. Rodeó el coche, se sentó tras el volante y arrancó. Su cara podría haber estado labrada en piedra.

Winnie sintió que se le saltaban las lágrimas. No estaba acostumbrada a discusiones desde que había muerto su padre. Nunca se peleaba con sus hermanos. Boone le daba un poco de miedo, aunque no lo demostrara. Los hombres eran de temer cuando se enfadaban. Miró a Kilraven y le recordó a un glaciar. Sabía tan poco de él... La mayoría de lo que sabía procedía de otras personas, aunque en cierto modo él hubiera sido muy franco con ella. Sus verdaderos sentimientos, sin embargo, se los callaba. Parecía feliz estando solo.

Winnie miró incómoda por la ventanilla mientras circulaban velozmente por la carretera, camino de la cafetería de Barbara, donde había dejado aparcado su coche. Se arrepentía ya de haberle contestado precipitadamente. ¿Qué mal podía hacerle casarse con él, aunque fuera sólo para una temporada? Estaba loca por él. Tal vez así pudiera acumular recuerdos suficientes para pasar el resto de su vida, porque sabía que no volvería a querer a un hombre como lo quería a él.

Kilraven, sin embargo, no parecía dispuesto a pedírselo otra vez. De hecho, parecía desear no haberla conocido.

Winnie quería disculparse. Sabía que era inútil. Había ofendido a Kilraven. Aunque él la había ofendido primero. ¿Qué clase de mujer se creía que era?

Apretó los labios. Sabía que él jamás le habría propuesto que se fueran de vacaciones si no fuera porque la esposa del senador vivía al lado de la casa que su familia tenía en la playa. Ella era sólo un medio para alcanzar un fin. Todo era muy impersonal. A Kilraven le gustaba. Tal vez le gustaba besarla, pero detrás de aquel deseo no había verdadera emoción, como no fuera física. Había química, desde luego. Él la sentía tanto como ella. Pero Kilraven no la quería. Tal vez no pudiera volver a querer a nadie. El trauma que había sufrido lo había vuelto frío, le había hecho temer volver a intentarlo. No quería tener más hijos. Y tampoco quería volver a casarse. Ella era una herramienta. Kilraven la utilizaría para conseguir la información que necesitaba y luego volvería a dejarla en la estantería y se olvidaría de su existencia. Saberlo era muy doloroso.

Él detuvo el coche frente a la cafetería de Barbara y dejó el motor al ralentí.

Winnie quería decir algo, pero no se le ocurría nada que expresara sus confusas emociones.

Él también quería decir algo, pero estaba enfadado. Si decía cualquier cosa, se pasaría de la raya.

Ella acercó la mano a la puerta del coche.

—Gracias por el paseo —dijo en tono crispado.

—De nada.

Winnie esperó un segundo, pero él no dijo nada más. Ni siquiera la miró. Ella abrió la puerta, salió y cerró. Se acercó a su coche sin mirar atrás. Las lágrimas apenas le dejaban ver cuando oyó que él se alejaba.

—Qué mala cara tienes —dijo Keely con ternura esa noche, cuando estaban preparando la cena.

Winnie logró esbozar una sonrisa mientras hacía una ensalada de pasta.

—Me siento fatal.

—¿Quieres hablar?

Winnie dio los últimos toques a la ensalada y tapó la fuente antes de meterla en la nevera.

—No serviría de nada —dijo por fin.

—Bueno, si quieres hablar, ya sabes dónde me tienes —contestó Keely.

—Eres la mejor amiga que he tenido —le dijo Winnie—. Qué suerte tuve el día que Boone se casó contigo —la abrazó cariñosamente.

—Yo podría decir lo mismo. Me salvaste la vida cuando me picó esa serpiente. Me vi con un pie en la tumba.

Winnie se rió.

—Pobre serpiente —dijo, intentando contener las lágrimas que había provocado el abrazo.

—No debió morderme.

—Y no te habría mordido, si no te hubieras sentado encima de ella —repuso Winnie.

—Supongo que no.

—¿No se lo dirás a Boone, si te lo cuento? —preguntó Winnie.

Los ojos verdes de Keely brillaron. Hizo un gesto jurándole guardar silencio.

—Kilraven quiere casarse conmigo.

—¡Winnie! ¡Eso es fantástico! —exclamó su cuñada.

Winnie levantó una mano.

—No lo es. Quiere que me case con él y que pasemos unos días en nuestra casa de Nassau para intentar sacar información a la esposa del senador Sanders acerca de ese mafioso de su cuñado. Luego quiere que pidamos la anulación cuando volvamos. A no ser que esté dispuesta a, ¿cómo dijo?, a que nos divirtamos un poco, en cuyo caso tendríamos que pedir el divorcio.

Keely se limitó a mirarla.

—Ese hombre es un demonio —exclamó—. Espero que le mandaras a paseo.

—No con esas mismas palabras, pero le dije que no —contestó Winnie con calma.

—Muy bien hecho. No puedo creer que te haya pedido eso.

—Yo tampoco.

—Pobrecilla —dijo Keely—. Sé lo que sientes por él.

—Él también lo sabe —Winnie suspiró—. Ése es el problema, en parte. No debería notárseme tanto.

—Esas cosas no pueden evitarse.

—Sí, es cierto.

—Los hombres son un incordio. Hasta los mejores.

Winnie se apoyó en la encimera con los brazos cruzados sobre el pecho.

—Yo creía de verdad que estaba empezando a gustarle. Lo parecía. Y luego me sale con ese plan absurdo —miró a su amiga–. Entiendo lo que siente. Quería muchísimo a su niña...

–¿A su niña? –exclamó Keely–. ¿Ya está casado?

Winnie tenía una mirada triste.

–Lo estuvo. Su mujer y su hija murieron asesinadas. La niña tenía tres años recién cumplidos. Le hizo un dibujo. Se parecía mucho al que le hice yo para regalárselo en Navidad.

Keely se quedó callada.

–Tú tienes poderes paranormales, Winnie.

–Debe de ser eso –se rió suavemente–. Se puso furioso. Por eso me llevó a su casa aquel día, para averiguar por qué había pintado un cuervo. Ni yo misma lo sabía. Cuando me enseñó el dibujo que su hija había pintado con los dedos, casi me desmayo.

–No es la primera vez que te pasan cosas así. Aquella vez presentiste que Kilraven estaba en peligro y mandaste refuerzos mucho antes de que los pidiera.

–Da un poco de miedo, ¿verdad?

–Miedo, no –dijo Keely con delicadeza–. Es un don. Seguramente le salvaste la vida cuando mandaste a otro coche patrulla para que le ayudara.

–Después de aquello, me miraba raro.

–Creo que no sabe muy bien qué es lo que siente –dijo Keely–. Es difícil superar un trauma como ése.

–Ha tenido siete años.

–Sí, pero en realidad no lo ha afrontado, ¿verdad? –preguntó Keely–. Quiere venganza. Sólo vive para eso. Pero la venganza es una cosa hueca.

–Algún día lo descubrirá.

–Sí –Keely la abrazó–. Pero a ti eso no te sirve de mucho, ¿verdad?

Winnie le devolvió el abrazo.

–No, no me sirve de mucho.

–Dale tiempo –le aconsejó Keely–. Tienes que estar ahí

cuando necesite a alguien con quien hablar. Parece que te ha contado cosas que no le había contado a nadie. Es un solitario.

—Sí.

—¿Por qué quería casarse contigo para ir a las Bahamas? —preguntó Keely.

—Tendríamos que quedarnos juntos en la casa. Y le preocupaba su reputación —añadió con sorna.

—¿La suya?

Winnie se sonrojó al recordar lo que le había dicho él.

—Bueno, la suya y la mía —puntualizó sin dar más explicaciones—. Dijo que no estaría bien que nos alojáramos bajo el mismo techo si no estábamos casados.

—Vaya, sí que está chapado a la antigua —exclamó Keely.

—Y lo dices tú, que diste calabazas a mi hermano porque creías que sólo quería pasar un buen rato —dijo Winnie, y sonrió.

Keely hizo una mueca.

—*Touché*. Supongo que Kilraven es como nosotros. No avanza con los tiempos. Pero eso no es malo. A mí me gustan tan poco los hombres promiscuos como las mujeres promiscuas, y me trae sin cuidado que para el resto del mundo sea un comportamiento aceptable.

—¿Quieres que te traiga papel y hacemos una pancarta? —bromeó Winnie.

Keely se rió.

—Parezco una fanática, ¿verdad? Yo no voy dando sermones a la gente, ni les digo lo que creo que deberían hacer. Pero nunca me he dejado llevar por la corriente. Ni tú tampoco.

—Vivimos en una comunidad de dinosaurios —comentó Winnie—. Incluido Kilraven.

Keely sonrió.

—Ya volverá.

—¿Tú crees? —preguntó ella, abatida—. Ni siquiera me miró cuando me dejó en la cafetería de Barbara. Simplemente se fue.

—Se lo pensará y volverá a llamarte.

—Imposible.

Keely frunció los labios.

—Me apuesto contigo unos panecillos caseros.

—Tú no sabes hacer pan —contestó Winnie.

—Eso demuestra lo segura que estoy de que Kilraven volverá —repuso su cuñada—. Espera y verás.

Winnie sólo sonrió. Pero no se lo creía.

Kilraven fue a ver a Jon. Estaba enfadado por la negativa de Winnie, y no sabía como hacerla cambiar de idea. Tal vez a Jon se le ocurriera algo.

Pero a Jon no se le ocurrió nada. Y lo que era peor: no paraba de sonreír, como si todo aquello fuera una broma.

—¡No tiene gracia! —gruñó Kilraven.

Jon lo miró, tumbado en el sofá.

—Sí que la tiene.

Kilraven se sentó en la tumbona. Había un partido de fútbol. Dos equipos europeos se disputaban la pelota sobre el inmenso campo de césped.

—Tienes que verlo desde su punto de vista —dijo Jon tranquilamente—. Siempre ha vivido muy protegida. No sabe casi nada de hombres. Si conoces a su hermano Boone, ya sabrás por qué. Imagino que la actitud de Boone ahuyentó a muchos chicos cuando Winnie empezó a salir por ahí. A muchos hombres hechos y derechos les da miedo enfrentarse a él. Y por lo que me has contado de ella, te garantizo que Winnie ni siquiera lo intentará.

Kilraven se recostó en la silla y cruzó las largas piernas. Soltó un suspiro cargado de frustración.

—No voy a tener una oportunidad mejor de averiguar si

la mujer del senador sabe algo –dijo–. Lo único que quiero es que Winnie vaya conmigo a Nassau unos días.

–No, quieres que viva contigo unos días, y que haga lo que es natural en esos casos. Y ella no quiere entrar por el aro. Es de esas mujeres que sólo se conforman con el matrimonio, pero con un matrimonio permanente, no con uno fingido. Te ha calado. Y eso es lo que no soportas.

Kilraven se encogió de hombros.

–Es un fastidio.

–¿El qué?

Kilraven miró la pantalla del televisor.

–Que sea tan atractiva.

–Pero tú no quieres una relación duradera.

–Ése es en parte el problema.

–¿Es que hay algo más?

Asintió con la cabeza.

–Tiene veintidós años, Jon.

–Ah. Ahora empiezo a ver la luz.

–Ella veintidós y yo treinta y dos –continuó su hermano–. Winnie ya sabe por sus padres lo que supone esa diferencia de edad. Su madre era doce años más joven que su padre. Y se fugó con su hermano pequeño. Winnie sabe que es arriesgado.

–¿Entonces por qué sigue interesada en ti?

–Sabe Dios. Soy un lobo viejo y maltrecho –dijo con pesadumbre, mirándose los zapatos–. Y ella es muy ingenua, tiene muy poca experiencia –se rió–. Tiene gracia. Cuando la conocí, pensé que era una niña bien que se aburría y jugaba a hacerse la ingenua. Pero nada más lejos de la verdad. Es muy inocente, pero no va por ahí tonteando, y sabe muy poco del mundo. No sé cómo ha conseguido mantener el candor tanto tiempo, en los círculos en los que se mueven su familia y ella.

–Lo cual nos remite de nuevo a Boone, su hermano mayor, capaz de partirte los dientes por tontear con su hermanita.

Kilraven sonrió.

—Supongo que no puedo reprochárselo. Ha sido una idiotez proponerle eso. Pero aun así no quiero ir con ella a Nassau y alojarme en su casa si no nos casamos legalmente. Es una chica estupenda. No quiero manchar su reputación.

—Ni la tuya —comentó Jon, pensativo.

Kilraven le lanzó una mirada.

—Yo por lo menos no mando a la policía a sacar a mujeres esposadas de mi despacho.

Su hermano alzó los hombros.

—¿Qué quieres que te diga? Intentó tumbarme sobre mi propia mesa —sacudió la cabeza—. Mi madre necesita terapia.

—Yo jamás habría dicho eso —contestó Kilraven, y sonrió—. Pero me alegro de que lo hayas dicho tú.

—Deberíamos haberle enseñado a reconocer a una chica de alterne.

—Ya es demasiado tarde para eso —frunció los labios—. ¿La señora Perry sigue amargándote la vida en la oficina?

—Ahora que lo pienso, no —Jon arrugó el ceño—. No sé por qué. La felicité por haber encontrado información sobre la víctima del caso. Y desde entonces está distinta.

—¿Distinta?

—La verdad es que no lo había pensado, ¿sabes? —dijo Jon—. Pero ha dejado de fastidiarme. Y sonríe de vez en cuando. Cosas así.

—Ándate con ojo.

Jon se rió.

—No hace falta. No le intereso. No le gustan los hombres.

—Tiene un hijo.

—Eso es lo raro. Parecen darle miedo los hombres, si se le acercan mucho físicamente.

—¿Dónde está su marido?

—No era su marido —contestó Jon sombríamente—. Se fue al extranjero y lo mataron. Puede que la relación fuera un poco violenta. Pero antes de liarse con él tampoco salía mucho.

—Puede que prefiera otras cosas.

—Podría ser, pero no creo. Es muy reservada.

—¿Qué tal es el crío?

—No lo sé —contestó Jon—. No lo he visto nunca.

—¿No tenéis días en los que los empleados pueden llevar a sus hijos a la oficina?

Jon le miró con fastidio.

—Trabajo en una oficina del FBI. No animamos a los empleados a usarla como guardería —Kilraven levantó las manos—. No me gustan los niños.

Kilraven le miró extrañado.

—¿Por qué?

—Sencillamente, no me gustan.

—Ah. Ya me acuerdo. Es por lo de la pintada.

—No, no es por lo de la pintada —puntualizó Jon—. Además, ese crío me llenó un lado del coche de obscenidades, y yo no me di cuenta hasta que uno de mis compañeros entró partiéndose de risa por los pasillos.

—Creía que para trabajar para el FBI había que ser muy observador —comentó Kilraven cándidamente.

—¿Observador? ¿Quién mira el lado derecho del coche todas las mañanas? —preguntó Jon con vehemencia.

—El personal de la CIA, en busca de bombas —contestó Kilraven.

—En tu caso, yo analizaría hasta el spray por si es explosivo —contestó su hermano—. Pero a mí nadie ha intentado hacerme saltar por los aires.

Kilraven se rió.

—Como bomba no era gran cosa —recordaba claramente el incidente al que aludía su hermano—. El sobre marrón en el que había metido el artefacto estaba rajado y se veían los cables.

—Una suerte para ti.

—Y también para él. Sólo va a cumplir entre cinco y diez años por intento de homicidio. Y podrían haberlo condenado a muerte por asesinato.

—Tengo entendido que su abogado insinuó mirándote a la cara que los delincuentes debían recibir una educación más esmerada.

—Y yo me encargué de incluir un par de borrones en su historial como abogado defensor –gruñó Kilraven–. Uno de los tipejos a los que defendió violó a una chica al día siguiente de ser absuelto. Ese caradura sabía que era culpable, le defendió de todos modos y consiguió que lo dejaran en libertad. Yo simplemente me aseguré de que los fiscales se enteraran de que había animado a un testigo a no testificar en el primer juicio. El colegio de abogados le sancionó —miró a Jon—. Es una lástima que la picota haya caído en desuso.

—Deberías dejar de leer libros sobre la Escocia del siglo XVI —le aconsejó Jon—. ¿Por qué no lees algo más moderno?

—Lo leo. Manuales de combate y libros sobre lucha antiterrorista.

Jon levantó las manos.

Jon consiguió, al menos, convencer a su hermano de que no iba a llegar a ninguna parte con Winnie si seguía en ese plan. Kilraven regresó a su apartamento en el centro de la ciudad para pensar qué pasos debía dar.

Era un apartamento bonito, grande y luminoso. Tenía tres habitaciones, una de las cuales usaba como despacho. En aquel cuarto guardaba toda su equipación tecnológica, sus pesas y sus cosas de viaje, incluida una maleta siempre hecha, por si acaso le enviaban en misión urgente al extranjero. Le había pasado alguna vez pero de momento no correría el riesgo de que volviera a pasarle, porque estaba oficialmente en excedencia.

Había una cama en el cuarto, además de una mesa en la que conectaba a Internet el ordenador portátil, siempre protegido contra el ataque de piratas informáticos.

Junto a su dormitorio había una habitación de invitados con el mobiliario mínimo. Era sólo un sitio donde quedarse, por si algún agente de paso no tenía dónde pasar la noche.

Su dormitorio era espartano: sólo contenía una cama grande, porque le gustaba tener espacio para moverse, una cómoda y una librería. La librería era casi del tamaño de la cama y estaba repleta de libros de historia. En un rincón había un gran telescopio Schmidt-Cassegrain que casi nunca tenía tiempo de usar.

En el cuarto de estar había un sofá amplio, de piel blanca, y un sillón a juego. Enfrente había un televisor de cincuenta pulgadas, último modelo, un receptor satélite y tres consolas de videojuegos, de las cuales su favorita era la Xbox 360, provista de Xbox Live. Tenía casi todos los juegos que salían al mercado, pero su preferido era *Call of Duty*, seguido de la serie *Halo*. Tenía un juego de magos y caballeros (*Elder Scrolls IV: Oblivion*) al que jugaba de vez en cuando, por cambiar un poco.

Se dejó caer en el sofá y encendió el televisor. A través de la Xbox podía descargarse películas de estreno. Antes de irse a ver a Jon había descargado la última entrega de *Star Trek*. Puso la película, abrió la tapa de un refrigerador de vino que había sacado de la nevera y se acomodó para ver una nueva aventura de Kirk, Spock y McCoy. Sonrió mientras veía la película. De las series de televisión antiguas, *Star Trek* era su favorita.

Al día siguiente subió al coche y regresó a Jacobsville. No estaba seguro de cómo iba a convencer a Winnie de que fuera con él a Nassau, pero quería hacer un último intento. No podía darse por vencido ahora, estando tan cerca de encontrar la pista decisiva que resolvería por fin el trágico asesinato de su familia.

Se detuvo ante la puerta de Winnie. Ya había hablado con el centro de emergencias para asegurarse de que esa mañana no estaba trabajando. Efectivamente, cuando llamó al timbre, abrió ella misma la puerta.

Lo miró con recelo. Iba vestida con vaqueros y una camiseta roja que ponía *Presidenta de la Asociación de Persecutores y Maldecidores de Perros de Jacobsville*.

Kilraven leyó la camiseta y rompió a reír.

Winnie no se había dado cuenta de qué llevaba puesto porque todavía estaba tomando su primera taza de café, así que su risa la pilló por sorpresa. Luego miró hacia abajo y se acordó de la leyenda de la camiseta, y ella también se rió, rompiendo así el hielo.

—¿Se puede saber de dónde has sacado esa camiseta? —preguntó él.

—Encargué que me la hicieran —contestó con sencillez—. Había tenido un día horroroso. Tres personas distintas me echaron la bronca a gritos porque no mandé a un agente a vérselas con un perro callejero —sonrió—. Fue el día que robaron en la sucursal del banco, y todos los agentes estaban ocupados. No estaban las cosas como para ir en busca de un perro perdido.

—Y menos aún de un chihuahua pastor alemán gigante que era gris, negro y blanco y tenía tres patas, según los testigos —dijo Kilraven, citando el informe.

—Ése mismo —Winnie sacudió la cabeza—. Cuando recibes llamadas así, te preguntas por qué se le da tanta importancia a los testigos presenciales.

—Exacto.

Ella abrió la puerta.

—Pasa. Pero si vienes a intentar convencerme de que me vaya contigo de viaje, te advierto que Boone está en el cuarto de estar —era una amenaza.

—No, no. Pero tengo que hablar contigo.

Sorprendida, ella le llevó a la habitación de al lado.

Boone estaba viendo las noticias. Levantó la vista al entrar Kilraven. Frunció los labios y apagó el televisor.

—Sé a qué has venido —dijo—, y la respuesta es no.

Kilraven se dejó caer en un sillón, frente a él.

—Es mayor de edad —contestó—. Puede decidir por sí misma.

Boone se inclinó hacia delante. Tenía un aspecto formidable.

—Quieres que alguien te ayude a abrir una lata de gusanos. Pero es una lata muy grande, y puede que contenga víboras, en vez de gusanos. Podrías estar poniendo su vida en peligro sólo con pedirle que te acompañe.

Kilraven tenía una expresión impasible.

—Conozco tu trayectoria. Creo que tú deberías conocer la mía. Estos últimos años he trabajado como agente especial. Me mandan a mí cuando consideran que la situación es demasiado peligrosa para que la maneje personal sin experiencia. Estoy adiestrado en todos los métodos de combate conocidos, y en algunos de mi invención. He tenido cuatro compañeros, a uno de los cuales salvé de una muerte segura en tres ocasiones. Puedo desactivar una bomba o construirla, reducir a un hombre armado, volar un puente y reclutar a gente que trabaje para mí en países que apenas aparecen en el mapa. Sé de armas y de artes marciales, y estoy especializado en innovación tecnológica. No hay un hombre sobre la faz de la tierra con el que tu hermana pudiera estar más segura. Ni siquiera contigo, probablemente. Y si crees que permitiría que alguien le hiciera daño a pesar de lo mucho que me interesa resolver este caso, estás muy equivocado.

Se echó hacia atrás y esperó la respuesta a Boone.

El hermano de Winnie parecía sorprendido. Sabía muy poco sobre Kilraven, aparte de que trabajaba en labores encubiertas para algún organismo federal. Ahora sabía más. Le respetaba por no andarse con rodeos, pero seguía preocupándole que Winnie se metiera en aquel asunto.

Mientras sopesaba lo que iba a decir, Winnie entró con dos tazas de café. Dio una a Kilraven y se sentó junto a su hermano.

—Digas lo que digas —le dijo a Boone sin mirarlo a los ojos, y le temblaron las manos—, voy a ir con él.

Kilraven y su hermano pusieron la misma expresión de perplejidad.

—Es peligroso —dijo Boone con calma.

Las manos de Winnie temblaban algo menos. Aquello era un farol, pero parecía haber dado resultado. Boone no estaba intentando dominarla, como había hecho toda su vida. Winnie le tenía mucho miedo, pero no podía quitarse de la cabeza la expresión de Kilraven al hablar de su hijita asesinada. Era aquella mirada, más que cualquier otra cosa, lo que la había hecho cambiar de idea. Había estado esperando con la esperanza de que él volviera a pedírselo. Y Keely tenía razón: Kilraven había vuelto.

—La vida es peligrosa —dijo—. Conozco a la esposa del senador Sanders, y no le parecerá raro que me presente en nuestra casa de la playa. Ni que me haya casado —al decir aquello, se sonrojó ligeramente. Había soñado con que algún día Kilraven quisiera casarse con ella, pero nunca había imaginado que el suyo fuera a ser un matrimonio ficticio. Sin embargo, pasar unos días con él era más de lo que podía esperar en circunstancias normales. Tenía que aprovechar la oportunidad, con la esperanza de que Kilraven acabara por querer quedarse con ella.

Boone miró a Kilraven, que la observaba impasible. Sus ojos plateados, sin embargo, brillaban llenos de emoción. Boone percibió su angustia. Cash Grier le había contado algo más sobre el caso de lo que sabía Winnie. No tenía valor para intervenir, a pesar de que su instinto lo impulsaba a hacerlo. En todo caso, si había peligro, sabía cómo enfrentarse a él. Y Kilraven también. No era justo que el asesinato de una niña quedara impune.

—Keely y yo podemos serviros de testigos, si os hace falta —dijo por fin.

Winnie le sonrió.

—Gracias. Pero primero Kilraven y yo tenemos que debatir los parámetros de nuestra nueva relación —le dijo a Kilraven con firmeza.

Él sonrió.

—Está bien. Iremos a San Antonio y te enseñaré a pasar a los Cazadores de *Halo ODST*.

—A esos malditos Cazadores no hay quien los pase —refunfuñó Boone.

—Yo sí —dijo Kilraven con una sonrisa.

—Más te vale enseñarme —le dijo Boone a Winnie, sonriendo.

Ella se rió.

—Trato hecho. Voy a por mi abrigo —no podía creerlo. Por primera vez en su vida adulta, le había dicho a Boone lo que quería hacer. Y se había salido con la suya. Tal vez lo único que hacía falta era armarse de valor y decir no. Aunque te temblaran las rodillas y te castañetearan los dientes.

CAPÍTULO 8

Winnie y Kilraven estaban casi en San Antonio cuando él recibió una llamada. Activó el teléfono móvil desde el volante y puso el manos libres.

–Kilraven –dijo.

–Márquez –contestaron al otro lado de la línea–. He pesando que querrías saber que se ha abierto la veda de detectives. Sobre todo, de los que investigan tu caso.

–¿Han agredido a alguien más? –preguntó Kilraven.

–Han disparado a mi compañera –dijo Márquez sin rodeos–. Acaban de llevársela a la clínica Marshall. Yo voy para allá.

–Enseguida voy –cortó el teléfono y miró a Winnie–. Lo siento, pero esto me concierne. Es amiga mía.

–¡Vamos, corre! –dijo ella, haciéndole señas de que siguiera.

Kilraven pisó el acelerador.

Por suerte no tuvo que pararse a explicar por qué había sobrepasado el límite de velocidad. Llegó al hospital y aparcó cerca de la entrada de urgencias. Winnie y él corrieron hacia la puerta.

Márquez los esperaba en el vestíbulo. Parecía muy preocupado. Levantó la vista cuando entraron.

—¿Alguna noticia? —preguntó Kilraven.

Márquez sacudió la cabeza.

—Sólo me han dicho que no parecía que su vida corra peligro —respondió. Se encogió de hombros—. Pero cualquiera sabe. He visto a algunos morirse por una herida supuestamente superficial.

—Yo también —dijo Kilraven en voz baja.

Márquez miró a Winnie.

—Hola.

—Hola —contestó ella.

—¿Os conocéis? —preguntó Kilraven. Al ver que Márquez fruncía el ceño, añadió—: Es Winnie Sinclair.

—¡Ah! —exclamó Márquez—. Trabajas en el centro de emergencias —añadió justo cuando ella creía que iba a decir algo sobre su adinerada familia.

—Sí —dijo, gratamente sorprendida—. Trabajo con Shirley. Y casi todos los días como en la cafetería de tu madre. Cocina de maravilla.

—Sí —Márquez iba a añadir algo, pero en ese momento un médico se acercó a él, vestido todavía con la bata del quirófano.

Márquez dio un paso adelante.

—¿Y bien?

El doctor sonrió.

—Es dura de pelar —dijo—. Hemos extraído la bala. Se ha despertado, me ha mirado y ha dicho: «Remiéndeme rápido, que tengo que ir en busca del cretino que me ha hecho esto».

Márquez se echó a reír.

—Muy propio de ella. ¿Se pondrá bien?

El médico asintió.

—Sólo tendrá que pasar un par de días en el hospital, aunque no le haga ninguna gracia, y un par de semanas más de baja —ladeó la cabeza mirando a Márquez—. ¿Hay alguna posibilidad de que dejéis de tocarles las narices a los delincuentes de por aquí? Me vendría bien un descanso.

—No paras de quejarte, y eso que gracias a nosotros puedes practicar y perfeccionar tu oficio —bromeó Márquez.

El médico se rió.

—Es verdad.

—¿Cuándo puedo verla?

—Dentro de una hora, más o menos. Van a bajarla a planta. La operación ha ido como la seda —sacudió la cabeza—. Ojalá pudiera decir lo mismo de todos mis pacientes.

Se alejó.

—Esperamos contigo —le dijo Kilraven a Márquez, y miró a Winnie para asegurarse de que estaba de acuerdo—. Me siento responsable.

—¿Por qué? Reabrir el caso fue idea mía y suya. Tú te resistías —le recordó.

Kilraven aún se sentía culpable. Rogers era una buena mujer. Y una buena investigadora. Había estado ayudándolo. Él no se había dado cuenta de que corría peligro, hasta ahora. Y quería poner a Winnie en la línea de fuego. ¿Y si le disparaban? ¿Y si el tirador tenía mejor puntería la próxima vez? Sintió que se le encogía el estómago.

Un ruido a su espalda anunció la llegada de dos agentes de uniforme y un detective de paisano que se fueron derechos hacia Márquez para preguntar por la paciente. Se relajaron cuando les dijo que había salido del quirófano y el diagnóstico era bueno.

—Rogers es dura como el pedernal —dijo uno de los policías, riendo.

—Que te lo digan a ti —contestó Márquez—. Fue tu instructora antes de que la ascendieran a homicidios.

—Menudo ascenso —masculló el detective de paisano—. Vosotros, los investigadores, tenéis descansos para tomar café y dormís toda la noche. A nosotros nos arrancan de la cama cada vez que encuentran un muerto, aunque no estemos de servicio.

—Nosotros siempre en guardia —añadió Márquez, riendo.

El detective miró a Kilraven y arrugó el ceño.

—¿No te conozco?

—Deberías —contestó Kilraven, tendiéndole la mano—. Me entrenaste cuando trabajaba para el Departamento de Policía de San Antonio.

—¿Kilraven? ¡Vaya, sí que has envejecido! —bromeó el detective.

—Los buenos vinos no envejecen —contestó Kilraven altivamente.

—¿Qué haces por aquí? ¿Conoces a Rogers?

Winnie atendía distraídamente, sin participar en la conversación. El apellido de soltera de su madre era Rogers. Qué extraña coincidencia. Pero era un apellido bastante corriente. De todos modos, estaba segura de que la detective no era familia suya. Su madre no tenía parientes en Texas. Sólo tenía primos, y eran todos de Montana.

—Márquez me llamó cuando venía para acá. Rogers y él están investigando el caso de mi familia —dijo Kilraven—. Es una mujer muy obstinada. Después de lo que le pasó a Márquez, siguió adelante con más empeño todavía. Es una detective excelente.

El detective se puso serio.

—Es una pena lo de ese caso. Yo entonces no estaba en homicidios, era un agente de a pie, igual que tú. Pero al menos un detective dejó el cuerpo por culpa de ese caso. Decía que le rompía el corazón.

—A mí también me lo rompió —dijo Kilraven apesadumbrado.

El detective le dio una palmada en el hombro.

—Hasta los casos más difíciles acaban por resolverse. Ya verás. En cuanto Rogers salga de aquí se pondrá a buscar pistas y no dejará una piedra sin remover en todo San Antonio. Esa gente lamentará no haber mandado a uno con mejor puntería.

—No vamos a darles una segunda oportunidad, ni con ella ni conmigo, te lo aseguro —dijo Márquez solemnemente.

—Es muy bueno en lo suyo —le dijo el hombre trajeado a Kilraven—, pero va por ahí persiguiendo desnudo a los delincuentes —sacudió la cabeza mientras Márquez empezaba a protestar—. Es una vergüenza para todo el departamento.

—¡Ese tío me robó el portátil en mi propio apartamento! —protestó Márquez—. ¿Qué querías que hiciera, vestirme antes de salir tras él?

—Podrías haber pedido refuerzos, Márquez —contestó el detective con sorna.

—Podría, si no me hubiera dejado el móvil en el coche.

—¿Lo ves? —le dijo el detective a Kilraven—. En nuestros tiempos habríamos llamado desde el fijo. Supongo que no tienes fijo, ¿verdad, muchacho? —le preguntó a Márquez.

Márquez lo miró con enfado.

—¿Para qué quiero un fijo? ¡Es como llevar una cabina telefónica de acá para allá!

—Para salvar policías, hace falta una línea fija —terció Winnie, y el policía la miró, sorprendido—. Trabajo en el centro de emergencias del condado. Soy operadora del 911.

—Tú sí que sabes, Kilraven —dijo con admiración el detective de paisano, y sonrió a Winnie—. Si necesitas que te salven, aquí está ella.

Kilraven se rió.

—Una vez me salvó —dijo—. Mandó refuerzos antes de que yo los pidiera, y evitó que un borracho me llenara la cara de perdigones.

—Qué bien —dijo el detective, asintiendo con la cabeza.

—Bueno, valía la pena el esfuerzo —bromeó Winnie, y sonrió a Kilraven—. En Jacobsville vamos a echarle mucho de menos.

—¿En Jacobsville? —preguntó el detective, sorprendido—. ¿Es que ahora trabajas en pueblecitos?

Kilraven sacudió la cabeza.

—Estaba trabajando de incógnito, investigando una red de secuestradores.

—Me he enterado. El general Machado estaba metido hasta el cuello, ¿no es eso? —preguntó Márquez.

Kilraven se rió.

—Sí. Lo último que sabemos de él es que cobró el rescate de Jason Pendleton y regresó a Sudamérica para intentar recuperar el gobierno de su país.

—A acumular más poder —comentó el detective sombríamente—. Aunque los que dirigen la junta que lo derrocó también son unos bestias. Mi sobrina está casada con un profesor de allí. La oposición a Machado lo metió en prisión. Mi sobrina confía en darle publicidad al caso para obligarlos a liberarlo, pero de momento no ha habido suerte.

—¿Qué os parece si tomamos un café? —preguntó Márquez—. Tengo que irme a las cuatro a investigar un intento de asesinato en unos apartamentos de la zona sur. Si sigo aquí de pie, voy a quedarme dormido.

—¿Y qué tiene eso de raro? —preguntó el detective con una sonrisa. Levantó las dos manos—. Está bien, ya paro. De hecho, te invito a ese café, Márquez.

—No, Hicks, te invito yo —respondió Márquez, echando a andar hacia la cafetería—. Lo pondré en mi cuenta de gastos.

Kilraven condujo a Winnie por el pasillo de la mano. Ella se sentía como pez en el agua entre policías. Al sentir que los dedos de Kilraven se entrelazaban con los suyos, se le aceleró el corazón. Miró sus ojos grises, que le sonreían. Nunca se había sentido tan cerca de él.

Habían pasado casi dos horas cuando Márquez fue a preguntar por la detective Rogers y volvió contando que ya estaba en planta y que no paraba de quejarse del diagnóstico del médico.

–Más vale que subamos antes de que intente fugarse por una ventana –dijo Márquez, riendo.

–¿Vas a dejarnos entrar a todos? –preguntó Kilraven.

–Claro que sí –dijo Hicks con sorna–. Uno de nosotros puede distraer a las enfermeras mientras los demás se cuelan en la habitación.

–Tengo una idea mejor –dijo Kilraven–. Les enseñaré mi placa y les diré que es un asunto federal.

–Los federales, siempre intentando ser el centro de atención –respondió Hicks.

–Está bien, enséñales tú tu placa y diles que es un asunto policial, a ver qué consigues –dijo Kilraven.

Hicks se rió mientras entraban en el ascensor.

–Con la suerte que tengo, me harán detener por suplantar a un agente de la ley. Lo haremos a tu modo.

Kilraven podía ponerse muy serio y parecer muy sincero, pensó Winnie, admirada. Consiguió que las enfermeras los dejaran pasar, aunque a ella la miraron extrañadas al verla pasar.

Tenía curiosidad por conocer a aquella detective tan valiente, que estaba dispuesta a arriesgar la vida por resolver el caso de Kilraven. Había tenido pocos modelos femeninos a lo largo de su vida, y aquél parecía interesante. Estaba deseando conocerla.

–¡Ah, ahí estás, tan emperifollada y tan guapa como siempre! –le dijo Hicks a la mujer que ocupaba la cama.

–Tú por tu parte sigues pareciendo un buitre con traje –contestó ella sarcásticamente–. ¿Quieres hacer el favor de sacarme de aquí? ¡Quiero encontrar al cerdo que me disparó!

Winnie estaba detrás de los hombres y no veía a la mujer, pero le sorprendió lo mucho que le sonaba su voz.

Entonces pasó junto a Kilraven y se llevó la impresión de su vida. Allí, en la cama, vendada, magullada e indignada, ¡estaba su madre!

La detective Rogers no la vio. Estaba furiosa porque el médico no quisiera darle el alta.

—¡Dice que no puedo volver al trabajo hasta que él lo considere oportuno! —exclamó, rabiosa—. Y mientras tanto esa alimaña que me disparó andará por San Antonio fanfarroneando con sus amigotes.

—Lo mismo me pasó a mí, y no te compadeciste nada —dijo Márquez.

—A ti te dieron una paliza, Márquez. ¡A mí me han pegado un tiro! —replicó ella. Respiró hondo y se pasó una mano por el pelo revuelto—. ¡No puedo quedarme aquí! Tengo que irme a casa...

—Vuelve a la cama —dijo Márquez con firmeza, y se acercó, por si tenía que obligarla—. Seguramente todavía estás en estado de shock. Y está claro que estás aturdida por la anestesia.

—Está solo en casa —dijo ella, angustiada—. Y la niñera tendrá que irse a trabajar. Dios mío, ¿qué hora es?

—Las ocho —contestó Márquez.

—Se irá dentro de media hora. ¡No puede quedarse solo!

—¿Quién? —preguntó Kilraven con curiosidad, acercándose a ella—. ¿Tu novio?

—Mi hijo —respondió ella con pesar—. Matt.

¿Su hijo? Winnie sintió que la cabeza le daba vueltas. Su madre era detective de policía y tenía un hijo. Un hijo de su tío. Nadie en la familia lo sabía. Recordó que había otra persona en el coche de su madre la noche que fue a verlos. ¡Era su hijo!

Winnie se acercó. Su madre la miró sobresaltada.

—Genial. Justo lo que me hacía falta para que el día fuera perfecto.

Winnie no sabía qué decir. Se había quedado sin habla.

A Kilraven le sorprendió el comentario de Rogers, pero no dijo nada.

—Me pasaré por tu apartamento y buscaré a alguien que se quede con él —dijo, sin saber todavía qué relación unía a Winnie con la detective Rogers—. Tú ponte bien.

Rogers observó la cara pálida de Winnie.

—¿Qué haces aquí?

—He venido con él —dijo Winnie con voz débil, señalando a Kilraven.

—Sí. Vamos a casarnos —le dijo Kilraven, extrañado por cómo había reaccionado Rogers al ver a su rubia acompañante.

Rogers los miró con pasmo.

—¿Vas a casarte con él? —exclamó—. ¿Es que te has vuelto loca?

—Muchísimas gracias —gruñó él.

—Tú no estás en condiciones de casarte con nadie, y mucho menos con mi hija —masculló Rogers.

Kilraven se quedó paralizado.

—¿Tu hija? —miró a Winnie. Poco a poco fue atando cabos y reparando en el parecido entre las dos—. Tu hija.

—Sí. Dejé a su padre hace doce años.

—Y te casaste con mi tío —añadió Winnie con frialdad.

—Por poco tiempo —contestó Rogers con leve humor—. Me divorcié de él seis días después.

Winnie la miró boquiabierta.

Rogers alzó los hombros.

—Estaba tan colgado de la cocaína que no se acordaba ni de su nombre.

—Y así estuvo hasta el final —comentó Kilraven—. Pero sigo sin estar seguro de que no lo mandaran al otro barrio. Puede que él también supiera algo.

—En efecto. Pero aún tenemos que comprobarlo —Rogers conservó la compostura—. Hay una mujer hispana, la señora Del Río, que vive dos puertas más allá de mi casa. Es la abuela de Juana, la chica que está cuidando de Matt hoy –le dio la dirección–. Pregúntale si puede quedarse con Matt hasta que salga de aquí, y ya me las arreglaré yo con ella. Juana tiene seis hijos –añadió con una débil sonrisa–, y adoran a Matt. Los deja jugar con su vieja Nintendo. Pero Juana no puede quedarse con él por las noches porque trabaja. Los niños se quedan con su tía.

Videojuegos. A Kilraven se le iluminaron los ojos.

–La encontraré, descuida.

Rogers se dejó caer en la almohada con una mueca.

–Odio las balas.

–Yo también –respondió Kilraven–. Me acuerdo de cómo duelen. No hagas ninguna tontería, como intentar escapar de aquí, por ejemplo, porque te volveremos a traer a la fuerza.

Ella le hizo una mueca.

–Está bien.

–¿Puedo hablar contigo un momento? –le preguntó Márquez a Kilraven.

–Claro.

Los agentes de uniforme se despidieron y salieron mientras Márquez y Kilraven estaban en el pasillo. Winnie se acercó a la cama, con la mirada fija en su madre.

–No dijiste a qué te dedicabas –le dijo.

Rogers la miró sin sonreír. Tenía muy mala cara; estaba pálida y demacrada.

–No teníais por qué saberlo.

–Tienes un hijo –comenzó a decir Winnie, vacilante–. Papá no nos dijo que...

Rogers la miraba con sus gélidos ojos marrones, del mismo color que los de Winnie.

–Mi vida no es asunto tuyo. Cometí un error y pagué por ello. Sigo pagando. No hace falta que te quedes para echármelo en cara. Me dijiste muy claramente lo que pensabas la última vez que te vi.

Winnie titubeó. Había estado tan segura de sí misma, tan convencida de que su indignación era justificada... Ahora, de pronto, tenía la impresión de haberse equivocado.

—¿Necesitas algo de tu casa? —preguntó educadamente.

—Si lo necesito, le diré a algún compañero que me lo traiga.

Winnie no se ofendió por su rechazo. La cabeza aún le daba vueltas.

Kilraven volvió a entrar.

—Nos vamos. ¿Necesitas algo?

Rogers sacudió la cabeza.

—Sólo salir de aquí. Imagino que no aceptas sobornos.

Él levantó una ceja.

—¿Con qué pensabas sobornarme?

—Estoy sin un centavo hasta que cobremos, así que tendrás que conformarte con mi afecto sincero —contestó Rogers, riendo—. Dile a Matt que me prepare un par de pijamas, mi bata y mis zapatillas de estar en casa. Le diré a uno de los chicos que pase a recogerlo mañana.

—Volveré esta noche —le dijo Kilraven con firmeza—. Pero me debes una.

Ella le hizo otra mueca.

Kilraven tomó a Winnie de la mano.

—Luego nos vemos —le dijo a la detective.

—No te dejarán entrar —contestó Rogers.

—Soy agente federal. Claro que me dejarán entrar.

—Fanfarrón —murmuró Rogers, pero los efectos de la anestesia empezaban a pasarle factura. Cerró los ojos y se adormiló. Winnie seguía aturdida por la impresión. Tenía un medio hermano del que ni sus hermanos ni ella sabían nada, y su madre era policía. Menuda sorpresa.

Estaban a medio camino del apartamento cuando Kilraven dijo:

—No me habías dicho que era tu madre.

—No la relacioné contigo —dijo ella—. Lo último que sabíamos era que estaba viviendo con mi tío en Montana. Luego, el otro día, se presentó en casa con las joyas. Me porté fatal con ella —añadió en voz baja—. No fue premeditado. Pensé que venía a pedirnos dinero —sacudió la cabeza—. Y es policía. No puedo creerlo.

—Es detective —puntualizó él—. Y muy buena, por cierto.

Winnie no conseguía asimilarlo. No estaba preparada para tener un nuevo hermano, y odiaba tener que vérselas con un niño.

—Me pregunto cuántos años tiene —dijo en voz alta.

—¿Quién?

—El hijo de mi madre.

Kilraven la miró entornando los ojos.

—Tu hermano —dijo—. Jon y yo no somos hijos de la misma madre, y nos consideramos hermanos.

Ella tensó la mandíbula.

—Sí, bueno, tú has tenido toda la vida para hacerte a la idea. Yo lo descubrí hace cinco minutos.

Él suspiró.

—Tienes razón. Supongo que habrá sido todo un shock.

Ella sacudió la cabeza.

—Mi padre no nos dijo ni una palabra. Tenía que saberlo, sobre todo si ella ha vivido en San Antonio todo este tiempo.

—Puede que se sintiera humillado porque su hermano tuviera un hijo con su ex mujer —aventuró Kilraven.

—Su hijo estaba con ella cuando vino a casa —dijo Winnie con voz apagada—. Vimos que había alguien en el coche, pero no entró.

—Tu madre fue a verme a casa ese mismo día, creo. Yo también vi a alguien en su coche, pero no pensé que fuera su hijo. Sabía que había estado casada y que tenía problemas personales. Pero Márquez no me explicó nada más —la miró–. Supongo que él tampoco te relacionó con ella. Desde luego, Rogers nunca nos ha dicho que tuviera familia en Jacobsville.

Era casi, pensó Winnie, como si la avergonzara reconocerlo. Y tal vez la avergonzaba. Había dicho que había cometido un error por el que seguía pagando. Winnie sólo había pensado en cuánto habían sufrido sus hermanos y ella por el abandono de su madre. Nunca se le había ocurrido que tal vez su madre no fuera feliz, o que se hubiera divorciado de su tío tan rápidamente.

–¿Hasta qué punto crees que estaba implicado mi tío en el caso? –preguntó en voz alta, acordándose de la conversación que había mantenido sobre su tío.

–No lo sé. El termo indica que tuvo algo que ver –le dijo Kilraven–, pero no sé cómo encaja en todo esto, a no ser que tuviera alguna relación con Hank Sanders, ese mafioso hermano del senador –la miró–. Tu tío estaba metido en la droga. Puede que Hank fuera su camello. O que tu tío hiciera algún trabajillo para él. Todavía no lo sé.

–Es horrible pensar que un miembro de mi familia pueda haber matado a alguien.

–Winnie, eso no te hace a ti responsable de nada –contestó él con suavidad–. No lo pienses.

Ella se mordió el labio inferior.

–Perdona, es que estoy un poco nerviosa –miró a los coches que pasaban velozmente por el otro carril. Los carteles de neón brillaban a su paso–. Su hijo se va a llevar un susto de muerte cuando sepa lo que le ha pasado.

–Está claro.

–Pero tendrá que quedarse varios días en el hospital, ¿no? ¿Y si esa señora no puede hacerse cargo de él?

–Cruzaremos ese puente cuando lleguemos a él, ¿de acuerdo? –Kilraven dobló una esquina–. Si esa señora no puede, encontraré a alguien que pueda. El chico no debe quedarse solo.

—No, claro que no.

Kilraven circulaba lentamente por la calle, buscando el número que le había dado Rogers. Se detuvo delante de una casita adosada y apagó el motor.

No era un buen barrio. Las casas necesitaban una buena mano de pintura. Los letreros de los números estaban descoloridos. Daba la impresión de que las tejas no se habían cambiado nunca. Y el letrero de la calle estaba cubierto de pintadas.

Winnie se fijaba en todo ello, pensando en lo deprimente que tenía que ser para una mujer que había vivido con un millonario hallarse en un barrio así.

—Vamos —dijo Kilraven al abrir su puerta.

Se acercaron al minúsculo porche de cemento y llamaron a la puerta.

—¿Quién es?

—Somos amigos de la señora que vive aquí —contestó Kilraven en su elegante español.

Una joven hispana, de cabello oscuro, entornó la puerta. Sus ojos negros los observaron atentamente. Pareció llegar a la conclusión de que eran de fiar, porque quitó la cadena y abrió la puerta.

Había tres niños pequeños reunidos en torno a un pequeño televisor en color, jugando con una vieja Xbox. Dos de ellos eran hispanos. El tercero tenía el cabello espeso y moreno, los ojos castaños y la tez olivácea. Llevaba pantalones vaqueros y una camiseta negra descolorida. Levantó la vista.

—Hola —los saludó con curiosidad—. ¿Venís a ver a mi madre? No ha llegado aún. Juana y sus hijos se han quedado conmigo, pero Juana tiene que irse a trabajar.

A Winnie le sorprendió el aspecto del muchacho. Su tío era casi rubio, como su madre. Y el chico era el vivo retrato de Boone y Clark.

—¿Tú eres Matt? —preguntó Kilraven.

El muchacho pareció notar algo. Dejó el mando y levantó la barbilla.

—Es por mi madre, ¿no? Le ha pasado algo —esperó la respuesta con los labios apretados.

—Le han disparado, pero está bien —se apresuró a decir Kilraven.

—¿Le han disparado? —el chico pareció desfallecer un momento, pero luego se repuso. Respiró hondo, como si intentara calmarse—. Le han disparado. Pero ¿no se va a morir? —añadió, esperanzado.

Kilraven sonrió.

—Nada de eso. Es muy dura de pelar.

Matt contuvo la respiración. Sonrió, indeciso. Tenía unos dientes blancos y perfectos. Aquella sonrisa cambiaba por completo su cara.

—De acuerdo —miró a la mujer que había junto a él—. Juana tiene que irse. Ya llega tarde al trabajo, y tiene que llevar a los niños a casa de su tía. No pasa nada —le dijo a la mujer—. Puedo quedarme solo. Tengo doce años.

—No, no puedes —respondió Juana.

—Su madre ha dicho que la señora Del Río, que vive aquí cerca, quizá pueda quedarse con él —dijo Kilraven.

—No, no puede —contestó Juana enseguida—. Es mi abuela. Se ha ido a ver a su hermana esta mañana. ¡Y su hermana vive en Juárez!

—Ya te he dicho que no necesito que nadie me cuide —dijo Matt. Se removió en el sofá, arrastrándose hacia el brazo.

Fue entonces cuando Winnie se fijó en la silla de ruedas. Matt la atrajo hacia sí, la colocó a su alcance y se sentó en ella hábilmente.

—Puedo hacer de todo, excepto caminar —masculló—. Incluso sé cocinar. Y tengo el teléfono. Puedo pedir ayuda, si la necesito.

Winnie sintió que el alma se le caía a los pies. El chico era orgulloso, y no le gustaba que le tomaran por un inútil. Pero no podía quedarse solo, eso estaba claro.

—Tengo que irme —dijo Juana—. Lo siento muchísimo.

—Nosotros cuidaremos de Matt —dijo Kilraven tranquilamente, y sonrió—. Seguro que su madre le está muy agradecida por haberse quedado tanto.

—No es nada. Ella se quedó conmigo cuando mi marido estaba en el hospital. En este barrio miramos los unos por los otros. Díganle que rezo por ella, ¿quieren?

—De su parte —contestó Kilraven.

Juana y sus hijos se marcharon, pero no sin que antes Juana se inclinara para abrazar a Matt y asegurarle que su madre iba a ponerse bien.

La puerta se cerró tras ella.

—¿Sois policías? —les preguntó Matt a sus invitados.

—Yo sí —contestó Kilraven—. Ella es operadora en el servicio de emergencias —señaló a Winnie.

—Yo de mayor quiero ser detective —le aseguró Matt a Kilraven—. Si me lo propongo, puedo hacer cualquier cosa. Eso me lo ha enseñado mamá. ¿De verdad va a ponerse bien?

—Claro que sí —dijo Kilraven. Miró la videoconsola—. Es vieja.

—Sí —contestó Matt con una sonrisa—, pero funciona muy bien. Yo juego casi siempre a *Halo*, pero al primero, y para ése es genial.

—¿Juegas online?

Matt sacudió la cabeza.

—No puedo permitírmelo —dijo tranquilamente—. ¿Tú juegas?

Kilraven sonrió.

—A todo —contestó—. Tengo tres consolas y unos cuarenta juegos en casa.

—Vaya —exclamó Matt—. Tiene que ser genial —añadió con una sonrisa melancólica. Apartó la silla del sofá—. Tenía una motorizada que mamá me compró las Navidades pasadas —dijo—, pero mi padre se pasó por aquí un día y dijo que la necesitaba para un amigo suyo. La vendió para comprar drogas —añadió—. Mamá se puso furiosa, pero no consiguió que me comprara otra, así que le pidió prestada ésta a una vecina cuyo padre la había usado hasta que se murió.

Winnie se sentía peor por momentos.

—¿Tu padre se llevó la silla? —preguntó, pasmada.

—Sí. Siempre que venía por aquí se llevaba algo, normalmente sin preguntar. Vendía todo lo que podía para comprar drogas —sacudió la cabeza—. Yo nunca voy a tomar drogas. No quiero acabar como él.

—¿Qué te pasó? —preguntó Kilraven, señalando sus piernas.

—A papá se le ocurrió estrellar el coche para conseguir el dinero del seguro —contestó Matt—. Se cruzó delante de un camión, y el camión dio en mi lado del coche. Mamá dijo que me había hecho una póliza por un montón de dinero y que quería matarme —evitó mirarlos—. No le dieron ni un centavo. Mamá intentó que lo detuvieran, pero no aceptaron mi palabra como testigo.

Winnie recordó que su madre había dicho que aún seguía pagando por su pasado, y de pronto entendía por qué. No podía creer que su tío hubiera tratado así a su propio hijo, pero los drogadictos no eran precisamente gente razonable.

—Te pareces a mi madre —dijo Matt de pronto, mirándola.

—Supongo que es lógico —contestó ella, y sonrió a pesar del nudo que tenía en la garganta—. Soy tu hermana.

CAPÍTULO 9

Matt la miraba con franca curiosidad.

—Fuimos a verte a Jacobsville —recordó—. Mamá dijo que a lo mejor podía conocerte, pero cuando volvió estaba muy callada. Dijo que había sido duro.

Winnie quería que se la tragara la tierra. Mientras ella gritaba a su madre y la maldecía por su pasado, aquel chico discapacitado tenía esperanzas de conocer a su familia. Nadie sabía nada de él. Sus hermanos y ella desconocían su existencia. Winnie nunca se había sentido tan ruin.

—Sí, fue duro —dijo, tragándose su mala conciencia.

Él ladeó la cabeza mientras la miraba.

—Mamá me ha dicho que también tengo hermanos.

—Sí, dos —Winnie sacó su móvil—. Y creo que ya va siendo hora de que los conozcas —empezó a marcar.

Mientras esperaban la llegada de Boone, Keely y Clark, Kilraven se sentó a jugar con Matt. Matt tenía un mando de más que le había regalado una compañera de trabajo de su madre.

—Oye, eres muy bueno —Matt se rió cuando Kilraven lo eliminó.

—A veces trabajo en sitios donde no hay muchas cosas con las que entretenerse.

—¿A qué te dedicas?

Kilraven sonrió.

—Lo siento, es confidencial.

Matt estaba impresionado.

—¿Puedes decirme para quién trabajas?

—Claro. Para la CIA.

—¡Vaya! ¡Eres un espía!

—No, qué va —contestó Kilraven tranquilamente—. Hago toda clase de trabajos encubiertos. El último ha sido un caso de secuestro.

—¿Has disparado a alguien?

—Yo no disparo a nadie —le aseguró Kilraven.

—Entonces, ¿por qué vas armado? —contestó el chico con ironía, porque la funda de la pequeña pistola automática se adivinaba bajo la chaqueta de Kilraven cuando usaba el mando.

—Para que no me disparen —contestó Kilraven con una sonrisa.

Matt se rió y empezaron a jugar otra partida.

Winnie los miraba, sentada en el sofá desvencijado. La casa era muy austera. Las láminas de las paredes eran baratas, como todos los muebles. Lo único caro que había en la habitación era la videoconsola y sus juegos. Las prioridades de su madre eran obvias: Matt era lo primero. Aquello la conmovió y la hizo sentirse muy culpable por tener todo lo que quería mientras su medio hermano y su madre malvivían con el salario de policía de ella. Era un trabajo bien pagado, Winnie lo sabía por Márquez, pero tener un hijo discapacitado era mucho más costoso que tener un hijo sano.

Cuando llamaron a la puerta, se sobresaltó. Boone debía de haber conducido a toda velocidad desde Jacobsville.

Winnie fue a abrir la puerta. Sonrió a su hermano.

—¿Qué has hecho, ponerle un reactor al Jaguar? —preguntó.

Boone se rió.

—Algo así. He visto el coche de Kilraven fuera —hizo una pausa—. ¿Dónde está el chico?

Winnie abrió la puerta de par en par. Matt dejó de jugar y se volvió para mirar a sus invitados con los ojos llenos de sorpresa.

—Te pareces a mí —dijo cuando Boone entró en la habitación con su cabello negro y sus ojos oscuros. Llevaba botas camperas y un Stetson blanco, y estaba imponente.

—Sí —dijo Boone, sorprendido. Se acercó, con los ojos fijos en la silla de ruedas.

—No te dejes engañar por la silla —dijo Matt con tranquilidad al ver que Boone la miraba—. Soy más rápido que tú.

—Te gustan los videojuegos, ¿eh? —preguntó Clark, acercándose. Sonrió a Matt—. No nos han presentado. Yo soy Clark. Éste es Boone —señaló a su hermano—. Y ésta es Keely, su mujer —dijo refiriéndose a una mujer más baja que ellos que estaba abrazando a Winnie—. Somos los Sinclair.

—Supongo que soy vuestro hermano —dijo Matt, titubeante.

—Supongo que sí —contestó Boone. Miraba la habitación, fijándose en todo.

—¿Por qué no sabíais que existía? —preguntó Matt en tono razonable.

—Porque no nos hablábamos con tu madre —contestó Winnie—. Y ahora lo siento mucho, Matt. La juzgamos sin saber.

—Sí, porque se fugó con vuestro tío —contestó Matt con una mueca—. Mamá dice que es la mayor estupidez que ha hecho nunca. Se dio cuenta el día que se casaron, cuando él empezó a pincharse. Lo abandonó. Luego vuestro padre vino a verla, pero yo ya estaba de camino y él pensó que era hijo de papá.

Los tres Sinclair mayores se quedaron inmóviles.

—¿Qué quieres decir? —preguntó Winnie.

—Bueno, veréis, mamá nunca se acostó con mi padre —contestó Matt con mucha madurez—. Le dio tanto asco que no permitió que la tocara.

Lo cual significaba, obviamente, que Matt era hijo del padre de Winnie, Boone y Clark.

—Ah, Dios —dijo Clark, apesadumbrado. Estaba pensando, como todos ellos, que su madre había soportado años de calvario sola con un hijo, intentando sobrevivir, por culpa de una falsa creencia.

—Ya verás —le dijo Matt a Kilraven con cierto sarcasmo—. Ahora vendrán los abrazos y todos se echarán a llorar y dirán que soy idéntico a mi verdadero padre y todo el mundo se sentirá culpable. ¡Venga ya!

Boone rompió a reír.

—Está claro que es un Sinclair.

Matt levantó una ceja.

—Bueno, tú no pareces llorón —le dijo a Boone.

—No lo es —le aseguró Clark—. Estuvo en el ejército, en las Fuerzas Especiales.

—Caray —exclamó Matt, admirado. Miró a Kilraven—. ¿Eso significa que es mejor que tú en la lucha cuerpo a cuerpo?

Kilraven lanzó a Boone una sonrisa compungida.

—No. Yo formaba parte de las fuerzas de asalto de la policía de San Antonio antes de hacerme federal. Y soy entrenador de lucha cuerpo a cuerpo.

—¿De las fuerzas de asalto? ¿En serio? Yo veo en la tele esos programas sobre lo que hacen las fuerzas de asalto en distintas partes del país. Son muy valientes —dijo Matt. Suspiró—. Ojalá pudiera dedicarme a esas cosas cuando sea mayor, pero creo que tendré que conformarme con el trabajo de oficina. De todos modos, quiero ser policía, como mamá. Aunque confío en que a mí no me peguen un tiro, como a ella.

—¿A tu madre le han pegado un tiro? —preguntó Boone, impresionado.

Winnie comprendió entonces que no les había contado casi nada al hablarles de Matt.

—Sí, pero no es grave —se apresuró a decir—. Su madre... nuestra madre —se corrigió— es sargento detective de la policía de San Antonio —añadió—. Trabaja en homicidios. Le dispararon cuando estaba de servicio. Está en el hospital, pero va a recuperarse.

Boone estaba sorprendido, igual que los demás.

—Además, es muy buena —dijo Matt—. A veces tiene presentimientos, corazonadas sobre los casos en los que trabaja, y los resuelve aunque otros detectives no puedan. Dicen que tiene poderes.

Winnie se sonrojó porque ella tenía también aquellas corazonadas, y ahora sabía de dónde procedía su don.

—¿Tú tienes esos... presentimientos? —le preguntó Boone a Matt.

—A veces —contestó el chico—. Esta noche tenía la sensación de que había pasado algo malo, pero no sabía qué.

—Va a quedarse solo aquí —dijo Winnie—. Alguien que no quiere que se reabra ese caso cerrado está atacando a los investigadores. A Márquez le dieron una paliza, a nuestra madre le han disparado. Va a recuperarse, pero pasará unos días en el hospital. Matt necesita un sitio donde quedarse.

—Puede venir al rancho —dijo Boone, mirando al chico—. Tenemos muchos caballos. Podemos montar juntos.

—Yo no puedo montar —exclamó Matt—. ¡Mírame!

Boone sonrió.

—Una vez por semana vienen chicos discapacitados a montar al rancho. Es una forma de terapia. Tenemos medios para subirte al caballo y mantenerte en él, y los caballos son muy dóciles. Además, siempre habrá alguien vigilándote.

Matt se acercó a él en la silla de ruedas.

—Me encantaría —dijo suavemente—. Nunca he visto un caballo de cerca. ¿También tenéis ganado?
—Claro.
—¿No seré un estorbo?
—En absoluto —le aseguró Keely con una sonrisa.
—Podemos jugar a la consola —dijo Clark—. Tengo toda la serie de *Halo*, incluido *Halo ODST*...
—¿El nuevo? —exclamó Matt, admirado—. He leído sobre él en las revistas de videojuegos que mamá trae del trabajo cuando sus compañeros acaban de leerlas. Me encantaría jugar al nuevo, pero en mi consola sólo puedo poner juegos viejos. Aunque no me importa —se apresuró a decir, defendiendo a su madre—. Mamá hace lo que puede.

Los Sinclair se miraron con expresión culpable.
—Claro que sí —dijo Winnie—. Es muy valiente, Matt. Tuvieron que obligarla a volver a la cama —se rió—. Quería marcharse de allí para ir a buscar a quien le disparó.

Matt se echó a reír.
—Sí, así es ella. El verano pasado, un tipo del barrio intentó llevarse nuestra cortadora de césped del porche y mamá lo vio. Salió corriendo detrás de él, saltó un seto para atajar, se abalanzó sobre él, lo esposó y pidió refuerzos para llevarlo a comisaría —se rió—. Es mi modelo. Y no es que quiera ser mujer de mayor —añadió rápidamente, y todos se rieron.

—Vamos a hacer tu maleta, si vas a venir con nosotros —dijo Keely.

—¡Vale! —exclamó Matt con entusiasmo. Entró en su dormitorio y Keely lo siguió.

Los Sinclair se agruparon. Todos ellos parecían preocupados.

—Ojalá lo hubiera sabido hace doce años —comentó Winnie con pesar.

—Lo mismo digo —dijo Boone.
—Hemos estado ciegos —añadió Clark con un suspiro.
Kilraven se reunió con ellos.

—Es un chico estupendo —dijo—. Ojalá me hubiera dado cuenta de que Rogers era vuestra madre, pero ella nunca habla de su familia. Sólo sabíamos que tenía un montón de problemas personales. Veréis, su ex marido la acosaba continuamente —añadió—, intentando conseguir cosas de ella para comprar drogas. Ese tipo se llevó la silla motorizada de Matt y la vendió.

—Menudo impresentable —dijo Winnie, enfadada.

—Le compraremos una nueva a Matt —dijo Boone—. No hay problema.

—También podemos comprarle una Xbox 360 y algunos juegos —añadió Kilraven. Miró el pequeño televisor—. Y una tele más grande para que juegue.

—Y quizá también la tarjeta dorada de Xbox Live —sugirió Clark.

Kilraven se quedó pensativo.

—Puede quedarse con Winnie y conmigo unos días, después de que nos casemos —dijo—. Mi apartamento tiene tres habitaciones. No podremos irnos a Nassau hasta dentro de un par de semanas. La esposa del senador cambió de idea y se fue a visitar a su hermana a Nueva York, pero se espera que vuelva a las Bahamas dentro de quince días.

—Vosotros los espías lo sabéis todo —comentó Clark.

Kilraven sonrió.

—Claro que sí.

Winnie se acercó a él.

—Podríamos esperar para casarnos...

—No —contestó Kilraven con firmeza, mirándola.

Ella evitó sus ojos, pero su respuesta la alegró. Tal vez Kilraven empezaba a acostumbrarse a la idea de estar casado con ella, y tal vez, sólo tal vez, no querría divorciarse cuando acabara aquella farsa.

Metieron Matt en el enorme Jaguar de Boone, junto a una desvencijada maleta llena de cosas que el chico consideraba necesarias, y cerraron la puerta de la casa.

—Mañana te llevaremos al hospital a ver a tu madre —le aseguró Matt—. Yo también quiero verla.

Los otros asintieron.

—Dentro de un rato llevo a Winnie a casa —les dijo Kilraven—. Todavía tenemos cosas de las que hablar.

—Dejaremos una luz encendida —contestó Keely con una sonrisa.

Dijeron adiós a los Sinclair y volvieron a montar en el Jaguar de Kilraven.

—Qué noche tan extraña —comentó Winnie, cansada—. Tengo un hermano del que no sabía nada, y una madre que es detective de policía. Tengo la sensación de que mi vida acaba de dar un vuelco.

—Es lógico —Kilraven se incorporó al tráfico—. Es un chaval estupendo —dijo, sonriendo.

—Sí, lo es. Y es asombrosa la naturalidad con la que habla de su minusvalía.

—Sólo es una minusvalía si él así lo cree. En Iraq tuve un amigo que perdió las dos piernas en un ataque con morteros. Le pusieron dos prótesis y ahora gana carreras. Decía que, mientras conservara la vida, no iba a deprimirse por nimiedades. ¡Nimiedades! —se rió—. ¿Te imaginas?

—Los militares son muy duros —dijo Winnie—. Boone volvió del ejército con heridas mucho peores de lo que nos dijo. Keely me ha dicho que algunas llegaban hasta los huesos. Y nunca dijo nada. No nos enteramos.

—Todos tenemos cicatrices de una u otra clase

Ella lo miró.

—Tú has dicho que te habían extraído balas del cuerpo.

—Sí —contestó con cierta amargura—. Una del pulmón, otra de la cadera y otra del brazo. Probablemente tendré artritis cuando sea viejo. Hicieron lo que pudieron, pero cuando una pieza original se estropea, no hay repuesto que valga.

—Cicatrices de guerra —dijo ella en voz baja.

—Sí.

Ella entornó los ojos. Lo miró fijamente.

—Querías las misiones más peligrosas que pudieran encomendarte —dijo en voz alta, como si estuviera obteniendo información de alguna fuente intangible—. Las pedías. Una vez te metiste en un campamento enemigo y te fuiste derecho a un hombre que disparaba con una ametralladora... —se interrumpió porque él pisó de golpe el freno. Por suerte no había tráfico.

—¿Quién te lo ha dicho? —preguntó, cortante—. ¿Quién?

Ella estaba desconcertada.

—Nadie —dijo por fin.

Kilraven entornó los ojos. No se lo creía.

—No conozco a nadie que haya estado contigo en el extranjero, Kilraven —dijo Winnie en tono razonable.

—Entonces, ¿cómo sabes eso?

Ella hizo una mueca y apartó la mirada.

—No lo sé.

Kilraven estaba recordando lo que se decía sobre la intuición de su madre, y enseguida recordó que Winnie había pintado aquel cuervo y había enviado refuerzos cuando él estaba en grave peligro en Jacobsville.

—Tienes la misma habilidad que tu madre —dijo en voz alta.

Ella hizo una mueca.

—Supongo que sí. No sabía de dónde venía, hasta esta noche —lo miró compungida—. Da miedo, ¿no?

Él suspiró y puso de nuevo el Jaguar en marcha.

—No mucho. Sólo cuesta un poco acostumbrarse a ello.

—Y a ti no te gusta hablar de cosas personales.

—No —contestó él enseguida—. No me gusta —la miró—. Pero a ti te he contado más cosas sobre mi vida privada que a nadie, quitando a Jon. Así que supongo que confío en ti.

Winnie sonrió.

—Gracias.

Kilraven entró en el aparcamiento de su edificio y la condujo dentro, donde un guardia de seguridad vigilaba desde una mesa.

Él se acercó a la mesa.

—Kilraven —dijo—, apartamento 5A. Traigo a una mujer con intenciones aviesas —señaló a Winnie, que sofocó un gemido de sorpresa, se sonrojó e hizo amago de protestar.

—No pasa nada, señorita —dijo riendo el guardia—. Dice lo mismo cuando trae a algún agente a casa. Estamos acostumbrados.

Winnie rompió a reír y dio una palmada a Kilraven en uno de sus musculosos brazos.

—Bruto —masculló.

—La verdad es que voy a casarme con ella —le dijo él al guardia con una sonrisa—. Salta a la vista por qué. Y además es del gremio. Es operadora del número de emergencias en Jacobsville.

—Estoy impresionado —dijo el guardia de seguridad—. Mi hermana trabaja en el centro de emergencias de San Antonio. Un trabajo duro. Tiene que gustarle a uno.

—Ni que lo diga —repuso Winnie.

—No estaremos mucho tiempo aquí —dijo Kilraven—. Sólo el justo para convencerla de que soy un buen partido. Está un poco reticente.

—Bueno, yo podría ayudarte a convencerla, si no trabajaras en misiones secretas, no fueras por ahí pegando tiros y no volvieras a casa herido. Seguramente piensa que dentro de un par de meses estará viuda —contestó el guardia.

—Cállate o le diré a todo el mundo que llevas ropa interior femenina debajo del uniforme.

—No te atreverás —dijo el guardia indignado.

—Ponme a prueba.

El guardia le hizo un gesto con la mano.

Kilraven se echó a reír.

Entraron en el ascensor y subieron en silencio. Kilraven abrió su apartamento con dos llaves y la invitó a pasar.

La casa era asombrosamente elegante y ordenada, para ser de un hombre. Había cuadros originales en las paredes y los sofás eran de cuero de buena calidad, blancos e impolutos. La televisión era último modelo. Había varias videoconsolas conectadas a ella. La alfombra era beis y las cortinas de color tierra.

—Dijiste que no veías la televisión —dijo Winnie en tono de reproche.

Kilraven se rió.

—Y no la veo. Pero tengo dos, una aquí y otra en la casa que tengo alquilada en Jacobsville, para jugar —miró a su alrededor—. ¿Te gusta el apartamento?

—Es muy bonito —contestó, sorprendida.

—¿Creías que vivía en una cueva? —preguntó él.

Winnie sonrió.

—No me habría extrañado.

—Pues ésta es mi cueva, y como verás sé valerme solo.

—Sí, ya lo he notado. Lo haces muy bien.

—No seas condescendiente o no me casaré contigo —le aseguró él—. ¿Te apetece un café?

—Me encantaría.

—Ven, vamos.

La condujo a una espaciosa cocina con electrodomésticos empotrados. Había un microondas y, a su lado, una enorme cafetera.

—Bebo mucho café —explicó él mientras hacía el café—. La mayoría de las noches no duermo.

Winnie comprendía por qué, pero no quería hablar de su pasado en ese momento.

—La cocina es muy bonita.

—Es espaciosa —dijo él—. Y soleada. No uso la mitad de los trastos de cocina que tengo, pero mi hermano viene de vez en cuando y cocina para los dos. Es un cocinero excelente.

—Eso me han dicho.

Kilraven sacó tazas y se sentó con ella a la mesa de la cocina.

—Tienes un hermano del que no sabías nada.

—Ha sido un shock. Como lo de la profesión de mi madre. He pasado años odiándola por lo que me hizo mi padre —dijo, abatida—. Él la odiaba. Supongo que creía que el niño era de mi tío y no pudo perdonarla por eso. Estoy segura de que ella intentó decirle que Matt era suyo. Está claro que él no la creyó. Mi padre era un hombre orgulloso, y también inflexible. No perdonaba a nadie. Boone se parece mucho a él, aunque sea menos temperamental.

—Me caen bien tus hermanos.

—A mí también.

El café estaba listo. Kilraven lo sirvió, solo, en dos tazas y le dio una mientras se sentaba.

—Vamos al grano. Podemos casarnos en un juzgado de paz aquí o en Jacobsville. ¿Dónde prefieres tú?

—En Jacobsville —contestó ella sin pararse a pensarlo.

—Nada de celebraciones —añadió él con firmeza—. Es un matrimonio temporal.

Ella asintió.

—Entendido.

—Y no quiero la sala llena de testigos. Sólo Boone y Keely. Podría habérselo pedido a Jon, pero está de viaje.

—De acuerdo.

Él frunció el ceño.

—Te lo estás tomando con mucha calma, y hace unos días, cuando te lo propuse, quisiste pegarme.

—He cambiado de idea —repuso ella.

Kilraven bebió su café.

—Yo no voy a cambiar de idea, Winnie —dijo de pronto—. Si estás pensando que quizá no quiera divorciarme cuando cierre el caso, te equivocas. Hablaba en serio cuando dije que no quería volver a casarme, ni tener más hijos.

—Lo sé.

Él exhaló un largo suspiro. De pronto parecía más viejo.

—A Rogers le han disparado por trabajar en este caso. A Márquez le dieron una paliza. Y un hombre que quería hablar del caso fue asesinado y quedó irreconocible —la miró con preocupación—. No estoy seguro de que sea buena idea meterte en esto. Puede que Boone tenga razón. Podría estar poniéndote en peligro.

Era halagador que se preocupara por ella.

—También le dijiste a Boone que no hay un hombre sobre la faz de la tierra capaz de protegerme mejor que tú.

—Bueno, es la verdad.

—Claro que sí. Y de todos modos yo no voy a caminar derecha hacia una ametralladora en marcha —añadió con sorna—. Sólo voy a ayudarte a ponerte en contacto con la esposa del senador.

Él volvió a beber, pensativo.

—La esposa de Sanders es nuestra única esperanza de conseguir información de primera mano. El flamante senador ya ha intentado parar la investigación. De no ser por la ayuda del senador Fowler, ya nos habríamos visto obligados a dejarlo. Aunque de todos modos creo que vamos a encontrar más obstáculos. Si el hermano del senador Sanders está implicado en esos asesinatos, seguramente el senado hará todo lo posible por intentar salvarlo. Es la naturaleza humana —añadió solemnemente—. Yo haría cualquier cosa por proteger a Jon, aunque jamás vaya a necesitarlo. Es el hombre más decente que conozco.

—Tú también lo eres —dijo Winnie.

Él sonrió.

—Gracias.

—¿Por qué le dijiste a Matt que podía quedarse con nosotros? —preguntó ella.

Kilraven le lanzó una sonrisa sardónica.

—Como medida preventiva para evitar embarazos.

Ella se sonrojó.

Kilraven se rió.

—A ese chico no se le escapa nada. Gracias a él nos mantendremos castos. Además —añadió—, se le dan muy bien los videojuegos.

—A mí también —repuso ella.

—¿Y si me lo demuestras? —preguntó él con una sonrisa desafiante.

Encendió el televisor y la videoconsola y cargaron la nueva versión de *Halo*. Se sentaron, empuñaron los mandos inalámbricos y empezaron a jugar.

Pero, como siempre, los malditos Cazadores se cargaron a Winnie en cuanto aparecieron. Kilraven le lanzó una mirada de lástima y procedió a eliminar a los Cazadores como si fueran las pequeñas alimañas que aparecían en el videojuego, en lugar de fortísimos villanos.

—¿Cómo lo haces? —exclamó ella, atónita.

—No es tan difícil. Mira —y le enseñó sus trucos.

Dos horas después seguían jugando, sólo que ahora a Winnie no la eliminaba un Cazador cada dos por tres.

Cuando miró el reloj, se quedó boquiabierta.

—¡Son las dos de la mañana!

—Vaya, y el carruaje se ha convertido en calabaza, ¿no? —preguntó él mientras derribaba una barricada.

—Tú no lo entiendes. ¡Entro a trabajar a las ocho!

Él parpadeó. La miró.

—¿A las ocho?

Ella asintió con la cabeza.

Kilraven suspiró y apagó la consola.

—Qué lata.

Ella se rió.

—Lo sé, pero tengo que ir.

Él dejó el mando. Luego la tomó en sus brazos y la miró con sus ojos penetrantes y serenos. A ella le latía el corazón en la garganta.

—Eres guapa, valiente y además sabes jugar —murmuró Kilraven. Fijó los ojos en su boca—. Y sabes de maravilla...

Se inclinó y la besó. Nunca le había dado un beso como aquél: suave, tierno, incitante. Luego, de pronto, se volvió feroz, ansioso y exigente. La rodeó con sus fuertes brazos y la apretó contra su cuerpo cada vez más tenso. Gruñó mientras la besaba insistentemente, intentando abrirle los labios.

Unos segundos después, Winnie estaba tumbada sobre el sofá de piel y Kilraven yacía sobre ella. Él había metido una pierna entre las suyas y deslizado las manos bajo su blusa y su sujetador, ansioso por explorar su cuerpo.

Winnie quiso protestar, pero no logró apartar la boca de la suya. Luego, Kilraven la desnudó hasta la cintura e, irguiéndose sobre ella, miró sus pechos pequeños, firmes y rosados y sus pezones oscuros y puntiagudos, y la expresión de su cara la dejó sin habla.

Kilraven la acarició tan delicadamente como si tocara las alas de una mariposa.

—Dios mío —musitó, extasiado.

A Winnie le faltaba la respiración. Lo observaba mientras la miraba, y sus ojos oscuros tenían una mirada blanda y suave.

Apoyado en un codo, él siguió el contorno de uno de sus pezones duros mientras intentaba dominarse.

—Me preguntaba cómo serías desnuda —susurró con voz honda. Sus ojos plateados brillaban mientras la miraba con tierna admiración.

—Soy... pequeña —logró decir ella.

Él se rió. Su risa sonó voraz.

—Me gustan las mujeres pequeñas —se inclinó para rozar muy suavemente con los labios su piel cálida, y Winnie dejó escapar un gemido. Él levantó la cabeza y escudriñó sus ojos—. Es la primera vez —dijo, sorprendido.

—Ya te dije que no hacía estas cosas —dijo Winnie.

—Sí, pero la mayoría de las mujeres se deja tocar en algún momento.

Ella tragó saliva.

—A mí me han presionado, me han intentado manosear, se me han echado encima... —Escrutó sus ojos—. Tú haces que parezca...

—Una cochinada —preguntó él escuetamente.

Winnie recordó lo que le había dicho en el parque, junto a la carretera, e hizo una mueca.

—Eso no lo dije en serio —contestó—. Tenía miedo.

—¿De mí? —preguntó él, sorprendido.

—Eres como una apisonadora, Kilraven —le dijo—. Avasallas a la gente. Me daba miedo que me presionaras para hacer algo para lo que no estoy preparada, y me defendí como pude. Cuando tú me tocas, no me parece algo sucio —musitó, y logró esbozar una sonrisa avergonzada—. Me gusta.

Él levantó una ceja.

—¿Sí?

Ella asintió con la cabeza.

—Podría añadir que estoy aquí desnuda... —comenzó a decir ella.

—No, no —contestó él—, estar desnuda es no llevar nada encima —sonrió—. ¿Quieres que te lo demuestre? —preguntó con un brillo en los ojos.

Ella le apartó las manos cuando se disponía a quitarle los pantalones, pero se rió.

—¡No!

—Eres una aguafiestas —él suspiró—. Está bien, haré lo que pueda por dominarme —mientras lo decía, se quitó la camisa.

Winnie se quedó sin aliento al ver el ancho y espejo triángulo de vello negro y rizado que cubría su torso hasta la hebilla del pantalón, y posiblemente más abajo.

Él frunció los labios.

—¿Impresionada?

—Oh, sí —contestó, incapaz de fingir lo contrario.

—Pues te aseguro que probarlo es mejor que verlo —murmuró él, y se tumbó sobre ella de modo que notara el cosquilleo de su vello sobre los pechos. Después, le separó las piernas—. No, no, no debes rechazarme. Herirás mis sentimientos —bromeó al inclinarse sobre su boca—. ¿Y no querrás hacer llorar a un hombre hecho y derecho?

Winnie no habría podido responder, aunque hubiera querido. De pronto, Kilraven la besó apasionadamente. El impacto de su sexualidad fue tan intenso que destrozó por completo las defensas de Winnie. Ella se arqueó contra su cuerpo duro y lo rodeó con los brazos, clavándole las uñas en la espalda mientras la besaba como si no quisiera parar nunca.

Al mismo tiempo, sintió que Kilraven movía las caderas. Notó un abultamiento amenazador en el lugar en el que sus cuerpos se unían, y comenzó a protestar cuando él se movió. Pero la fricción febril de sus caderas le produjo una oleada de placer tan inesperada e intensa que dejó escapar un grito sofocado.

Kilraven sintió aquella explosión de aire contra su boca y levantó la cabeza. Winnie estaba temblando. Tenía los ojos muy abiertos. Él los miró y vio su inocencia, su asombro, su gozo al tiempo que se frotaba sensualmente contra ella.

—¿Lo notas? —preguntó en voz baja.

Winnie dejó escapar un gemido de sorpresa. ¡Qué pregunta!

—Pues imagínate lo que sería sentirlo meterse lentamente en tu cuerpo, empujando poco a poco —susurró él junto a sus labios—, y hundirse hasta el fondo en esa oscuridad cálida y húmeda...

—¡Kilraven! —exclamó ella.

Él se echó a reír, pero el deseo aumentaba por momentos. Apretó con fuerzas las caderas contra las de ella para que notara lo bien dotado que estaba. Gimió suavemente y se estremeció.

—Hay una cama grande y mullida a unos pasos de aquí.

Ella también gimió, pero sus manos lo empujaban, no tiraban de él.

—No —logró decir con una vocecilla ronca. Tenía la cara ardiendo, y no sólo por aquella postura tan íntima. ¡Jamás había imaginado que los hombres pudieran decirles cosas tan descaradas a las mujeres!—. No tomo la píldora.

Kilraven se paró en seco. Su mente no funcionaba. Estaba dominada por el ansia que palpitaba en la mitad inferior de su cuerpo. Respiró hondo, entrecortadamente, una y otra vez. Él tampoco tenía preservativos. Nunca llevaba encima, porque no se acostaba con nadie. Winnie podía quedarse embarazada. Pensó por un instante en verla con un bebé en brazos, y sintió que una lanza le atravesaba el alma. No. ¡Nunca jamás!

Se incorporó hasta sentarse y, apoyando la cabeza entre las manos, intentó refrenar las náuseas y el dolor. Había estado a punto de perder el control. No se atrevía a mirarla. Debajo de la ropa, era aún más perfecta de lo que imaginaba.

Winnie volvió a vestirse, intentando tragarse su vergüenza. Tardó en darse cuenta de que Kilraven todavía estaba intentando recuperar la compostura. Aquello la hizo sentirse mejor, porque ella también la había perdido. Se sentó a su lado, un poco inquieta.

Kilraven levantó la cabeza y miró sus ojos grandes y acongojados.

—Soy malo, lo sé. Atraerte aquí con videojuegos, seducirte con la promesa de trucos y atajos... —se rió cuando ella le dio un golpe, juguetona.

—Seducir a mujeres con trucos para jugar a la videoconsola —dijo Winnie, aliviada porque no estuviera enfadado—. Serás perverso.

—Oye, si funciona... —bromeó él.

—Llévame a casa, a ver si puedo dormir un poco antes de irme a trabajar —se levantó, riendo.

Recogió su bolso y esperó mientras Kilraven apagaba el televisor y las luces y abría la puerta.

—Es asombroso —dijo él.

—¿Qué? —preguntó ella.

—Lo inocente que eres —contestó en voz baja, mirando sus ojos oscuros.

Ella se puso colorada.

—Lo soy cada día menos —dijo, tensa.

Él sonrió.

—¿No sabías que los hombres les hablan así a las mujeres?

Ella se puso aún más colorada.

—¡Kilraven!

Él se rió.

—No debería provocarte, pero no puedo evitarlo. Me fascinas —dijo involuntariamente. Asió su nuca y le levantó la cara hacia él—. Tienes unos pechos preciosos —susurró, y la besó con ímpetu antes de que ella pudiera protestar—. Será mejor que nos vayamos.

Iban de camino al coche. Kilraven la observaba admirado.

—Estás forrada, toda tu familia lo está, y sin embargo trabajas por el salario mínimo.

—Desde muy pequeños nos inculcaron que había que trabajar —contestó ella con sencillez—. Boone también trabaja en el rancho, con sus hombres.

—Lo sé. Leí ese artículo que apareció en la revista —se rió—. De hecho, tengo un ejemplar sobre la mesa. Tu hermano es único. Y también Clark, a su modo.

—Clark siempre está intentando emular a Boone, y sabe que nunca será como él —dijo Winnie con tristeza—. Debe de ser horrible ser el hermano pequeño de un triunfador.

—Eso no se lo digas a mi hermano. Él no lo entendería.

Winnie se rió.

—Tu hermano es como tú, un triunfador, inteligente y lleno de valentía. Es imposible que se sienta un segundón.

—Es cierto —contestó Kilraven, halagado por lo que opinaba de él—. Jon destaca en su profesión.

—Igual que tú en la tuya.

Él se encogió de hombros.

—Pero yo tenía motivos para consagrarme en cuerpo y alma a mi trabajo.

—Sí, lo sé —contestó ella con empatía. Se paró junto al Jaguar y se volvió para mirarlo—. Resolverás el caso —dijo—, estoy segura.

Kilraven tocó suavemente su mejilla.

—¿Es una premonición, o simplemente fe ciega? —bromeó.

—No lo sé. Puede que ambas cosas.

Él suspiró.

—Puede. Más vale que nos vayamos ya.

La llevó a la gran mansión de los Sinclair en Comanche Wells y la dejó en la puerta.

—No entro —dijo sentado tras el volante—. Es muy tarde.

Winnie vio que aún había luz en el cuarto de Clark.

—Me parece que van a pasarse toda la noche jugando —dijo con envidia—. Clark también tiene la nueva versión de *Halo*. Y también Boone.

—Puedes decirle a Boone cómo pasar a los Cazadores —contestó, riendo.

—Claro que se lo voy a decir. Hasta luego.

—Hasta mañana —dijo Kilraven—. Os llevaré a Matt y a ti a ver a vuestra madre. ¿A qué hora sales?

—Mañana, a las cuatro —respondió ella—. Suelo tener turnos más largos, pero una de las chicas quería estar en casa porque sus hijos tienen fiesta en el colegio, y me ha hecho el turno de noche.

—Qué bien.

Ella sonrió.

—Sí.

—Nos vemos a las cuatro. Al final, no hemos fijado la fecha de la boda —añadió—. ¿Qué te parece el viernes?

A ella se le aceleró el corazón. Se puso a pensar en todos los preparativos que tenía que hacer, en las invitaciones, el vestido y las flores. Pero enseguida se acordó de que la suya no iba a ser una boda tradicional. Iba a ser una farsa. Un matrimonio temporal.

Logró sonreír, de todos modos.

—Está bien. El viernes, entonces.

—Hasta mañana.

—Hasta mañana.

Kilraven no se movió. Esperó. Winnie se dio cuenta de que no iba a marcharse hasta que entrara en casa. Resultaba halagador. Entró y cerró la puerta. Sólo entonces oyó alejarse el coche.

Cruzó la casa a oscuras, camino de su cuarto. La única habitación en la que había movimiento era la de Clark. Asomó la cabeza. Matt estaba sentado delante de la videoconsola, en su silla de ruedas, y Clark en una butaca anatómica, a su lado. Estaban jugando a *Halo*.

—¿Os divertís? —preguntó Winnie.

Le sonrieron. Se parecían tanto que podrían haber sido gemelos.

—Cuidado con las granadas pegajosas —les advirtió ella.

—Se las pegamos a los Cazadores —contestó Matt.

—¿Y funciona? —preguntó Winnie, que nunca lo había intentado.

—Mira —dijo Matt. Su avatar arrojó una granada a un gigantesco Cazador. Un momento después, la temible criatura estaba en el suelo.

—Estupendo —dijo Winnie, levantando el pulgar—. Tendré que probarlo. Kilraven va a venir mañana a buscarnos para ir a ver a mamá, cuando salga del trabajo, a las cuatro —le dijo.

—Tu hermano... digo, Boone llamó para ver cómo estaba. Le dijeron que estaba durmiendo y que se encontraba bien —contestó Matt.
—Me alegro mucho. Que durmáis bien.
—Si dormimos —dijo Clark.
Winnie sacudió la cabeza y se fue a la cama.

CAPÍTULO 10

Winnie se aburrió en el trabajo. Era normal tener un par de días seguidos de llamadas rutinarias y luego una que ponía al personal de emergencias al límite de su resistencia. Durante un turno difícil, podía haber accidentes espantosos, intentos de robo, suicidios y absurdas persecuciones de sospechosos que no daban ningún resultado. Podía haber agentes heridos, sospechosos que se resistían al arresto, borrachos armados que desafiaban a la policía a sacarlos de la casa donde habían maltratado a su esposa. Incluso podía haber ataques de perros, o de animales salvajes. Aquel día, sin embargo, transcurrió sin incidentes, salvo por la persecución de un coche robado que acabó en detención.

—¿A que no adivinas quién detuvo a ese tipo? —le preguntó Winnie a Kilraven cuando Matt y ella iban en su Jaguar, camino del hospital de San Antonio.

—Me rindo —dijo Kilraven.

—Macreedy —contestó ella.

Él la miró boquiabierto.

—¿Macreedy?

—El mismo —dijo Winnie. Miró a Matt, que iba en el asiento trasero y que fruncía el ceño, lleno de curiosidad—. Es un ayudante del sheriff famoso porque siempre se pierde cuando guía a un cortejo fúnebre y acaba apareciendo en sitios inaccesibles. No tiene sentido de la orientación. Así que cuando hace algo así, nos llevamos una sorpresa.

Matt sonrió.

—Ya entiendo.

—Puede que Carson Hayes tenga razón. Quizá lo único que necesita Macreedy es un poco de confianza en sí mismo —dijo Kilraven.

—Puede que sí —Winnie se rió.

El hospital estaba lleno de gente. Kilraven conducía la silla de ruedas de Matt mientras Winnie los seguía de cerca, camino de la habitación de la detective Gail Rogers.

—¡Mamá! —exclamó Matt, levantando los brazos.

Gail se rió y se inclinó hacia él, pero hizo una mueca de dolor al abrazarlo.

—¿Estás bien, entonces? —preguntó, intentando contener las lágrimas.

—Claro que estoy bien —contestó él, ofendido. Se recostó en la silla y le sonrió—. Tienes muy buen aspecto —dijo. Él también intentaba contener las lágrimas, procurando que no se le notara.

—Sólo me pegaron un tiro —dijo Gail—. No es para tanto.

—Sí, ya —contestó Matt con sorna.

Gail miró a Winnie y a Kilraven.

—Creo que me he perdido algo. Las enfermeras me dijeron que se había ido a casa de los Sinclair. ¿Cómo acabó en el rancho?

—Comprendimos quién era su padre nada más verlo —contestó Winnie con suavidad—. Intentaría disculparme, pero no sé por dónde empezar. Boone y Clark sienten lo mismo.

Gail se reclinó en la almohada y miró a su hija con sereno orgullo.

—Nunca intenté explicároslo —dijo pasado un momento—.

Tu padre se puso furioso cuando supo que estaba embarazada. Intenté decirle que era suyo, pero no conseguí que me escuchara. Al final, dejé de intentarlo. Sabía que no tenía sentido intentar ponerme en contacto con vosotros. Él lo habría impedido y os habría hecho la vida imposible. Tuve a Matt y seguí con mi vida. Él ha sido mi gran alegría –dijo, mirando a su hijo pequeño con una sonrisa.

–Y su tormento –Matt se echó a reír–. Me llama así.

–Le gusta tirarse cuesta abajo con la silla de ruedas –dijo su madre, haciéndole una mueca–. ¿Ves estas canas? –le preguntó mientras se señalaba la coronilla–. Me salieron por tu culpa.

–Me gusta ir deprisa –protestó Matt–. Aunque este cacharro viejo no alcanza mucha velocidad –masculló–. No es que me queje –se apresuró a añadir–. Así se me fortalecen los brazos.

–Ya hemos pedido una con motor –dijo Winnie, y todos se sorprendieron. Ella sonrió–. La ha encargado Boone. Llegará mañana.

–¡Vaya! –exclamó Gail.

–No digas nada –añadió Winnie con firmeza–. Ya sabes cómo son los Sinclair cuando se les mete algo en la cabeza. Boone y Clark quieren verte –dijo–. Pero no vendrán hasta que les des permiso.

Gail se mordió el labio inferior. Dudaba, y Winnie entendía por qué. Se acercó a la cama.

–Todos lo hemos pasado muy mal –dijo lentamente–. No va a ser fácil unir de nuevo a la familia. Pero todos queremos intentarlo. Sobre todo yo.

Gail respiró hondo.

–Podemos intentarlo.

Winnie sonrió sinceramente.

–Sí, podemos.

–¿Cuándo voy a ir a quedarme con vosotros? –le preguntó Matt a Kilraven–. No es que no me guste el rancho. Me gusta mucho –dijo–. Pero él trabaja para la CIA –añadió bajando la voz—. Quizá pueda utilizar su influencia para que me contraten cuando salga de la universidad.

Kilraven se rió.

—Puede que sí. Si todavía tengo influencia.

—Seguro que tienes toda clase de chismes secretos, ¿a que sí? —insistió el muchacho.

—Unos cuantos —reconoció Kilraven—. Pero algunos son de alto secreto.

—Qué mala pata.

—Puedes ver los que no lo son.

—¿Cuándo?

Kilraven miró a Winnie.

—Nos casamos el viernes.

—¡Caray! ¿Será en la iglesia, con un cura y todo eso? ¿Puedo ir?

—Será en un juzgado —contestó Winnie con calma. Sonrió—. Claro que puedes ir.

—Ah —Matt parecía desilusionado.

Kilraven se sintió incómodo.

—Quiero un café.

—Yo un chocolate caliente —dijo Matt—. ¿Podemos ir a comprarlo y traerlo aquí?

—Creo que sí. ¿Vosotras queréis algo? —les preguntó a las mujeres.

—Un café estaría bien —respondió Winnie.

Gail negó con la cabeza.

—No permitirán que me des cafeína, lo sé. Intenté sobornar a una enfermera para que trajera la cafetera aquí. Pero la muy bruja me amenazó con toda clase de cosas —masculló—. ¡Si hubiera tenido mi arma reglamentaria...!

—Vamos, vamos, nada de tiroteos en los hospitales —bromeó Kilraven—. ¿Qué pensaría la gente del departamento si Márquez tuviera que sacarte de la cárcel bajo fianza, y con la bata del hospital?

Gail lo miró enfadada.

—Odio los hospitales.

—Sí, ya, pero salvan muchas vidas —le recordó Kilraven.

—Tienes razón.

—No tardaremos mucho —dijo Kilraven. Salió de la habitación empujando la silla de Matt.

Winnie miró fijamente a su madre. Intentaba reconciliar los recuerdos que tenía de ella con la mujer tumbada en la cama del hospital.

—Has cambiado —dijo por fin.

—Sí —contestó su madre, riendo—. Me he vuelto más vieja y más mala.

—Quería decir que... —se mordió el labio—. Es difícil de explicar. Te recuerdo sirviendo siempre a papá, llevándole cosas que podía ir a buscar él mismo. Ni siquiera se hacía un sándwich. Tú te levantabas de un salto en cuanto te llamaba. Ya no eres tan dócil. Eres... en fin, eres como la gente con la que trabajo en el condado de Jacobs —dijo con una leve sonrisa—. Son gente dura, porque su trabajo es duro. Pero siempre están ahí cuando los necesitas. Nunca te dejan en la estacada. A eso me refería.

—Pero a ti te dejé, ¿verdad, pequeña? —preguntó Gail con tristeza—. Fui tan idiota, Winnie... Me dejé avasallar por tu padre desde el día en que me casé con él, cuando tenía dieciséis años. Crecí pensando que era lo que tenían que hacer las mujeres —sonrió—. Tu tío Bruce era un derrochador. Era extravagante y estaba lleno de sueños. Era muy divertido estar con él. Yo no había conocido a nadie como él. Hace doce años, fue a ver a tu padre y se encaprichó conmigo. Y yo llevaba tanto tiempo sintiéndome dominada, ignorada, ninguneada... —se interrumpió—. Yo no sabía que odiaba a tu padre y que quería vengarse de él. No sabía que por eso había mantenido las distancias y sólo nos mandaba una tarjeta por Navidad. Me enamoré locamente de él. Así que huimos juntos —sacudió la cabeza—. Fuimos a Las Vegas y me divorcié, luego hicimos una boda rápida y nos fuimos a las Bahamas. Fue entonces cuando descubrí por qué estaba siempre tan activo. Era drogadicto. Se pinchó en la habitación y quiso que yo también me pinchara –se recostó en la almohada, angustiada por aquel recuerdo–. Volví a Estados Unidos inmediatamente. No me acosté con él. Fue a verme y me confesó que sólo me quería porque odiaba a su hermano por haberle robado el rancho, según decía. No fue así, pero ésa es otra historia.

–¿No te acostaste con él? –Matt se lo había dicho, pero necesitaba oírlo de boca de la propia Gail.

Su madre sacudió la cabeza.

–Me dio asco cuando lo vi drogándose. No pude. A mí ni siquiera me habían puesto una multa de aparcamiento en toda mi vida. Mi abuelo era jefe de policía.

–Vaya –dijo Winnie, impresionada–. Mi bisabuelo, entonces.

Gail asintió.

–Era todo un personaje. Yo coleccionaba los artículos de periódico en los que se contaban algunas de sus hazañas, aunque ahora no sé dónde están. Imagino que tu padre tiró todas mis cosas.

–La verdad es que no tuvo ocasión –le dijo Winnie–. ¿Te acuerdas del viejo George, el que conducía los camiones de ganado?

–Sí.

–Papá lo sacó todo y le dijo que se lo llevara, pero George lo escondió en el desván cuando papá se fue de caza.

Gail estaba sorprendida.

–¿Y tú no lo tiraste, Winnie? Tenías buenos motivos.

–No se me ocurrió –confesó ella–. Sólo tenía diez años. George me dijo que teníamos que guardarlo, y era una persona mayor, así que guardé el secreto –sonrió–. Hacía años que no pensaba en ello. Todas tus cosas están todavía en el desván. Incluso tu baúl –vaciló–. Quizá quieras ir a echarles un vistazo alguna vez.

Gail sonrió, indecisa.

—Quizá.

—¿Qué pasó cuando volviste de las Bahamas? —preguntó Winnie.

—No tenía dinero, tu padre había anulado mi tarjeta de crédito y vaciado la cuenta corriente que teníamos en común —dijo con un suspiro—. Yo tenía una pequeña cuenta de ahorro que él no podía tocar. Sólo eran un par de miles de dólares, pero tuve suficiente para alquilar un apartamento y comprar algo de ropa. No sabía cómo iba a ganarme la vida, pero pensé en mi abuelo y decidí que quizá tuviera futuro en la policía. Era muy atlética, estaba sana y era fuerte para mi estatura. Además, parecía más joven de lo que era. Así que solicité el ingreso en la policía y me aceptaron. Pasé por la academia, me gradué con honores y empecé a trabajar en la policía de San Antonio. El año pasado me ascendieron a sargento detective. Es el mejor trabajo que he tenido. Me encanta.

—Yo trabajé una temporada como administrativa en la policía de Jacobsville, antes de entrar en el servicio de emergencias —le dijo Winnie—. Y me di cuenta de que era muy blanda para ser policía.

Gail se rió.

—Yo pensé lo mismo, pero encontré mi sitio y todo salió bien.

—Nuestro tío... Vivía en San Antonio, ¿verdad?

—Sí —contestó ella, apesadumbrada—. Era insoportable, siempre pidiéndome dinero, siempre intentando convencerme para que volviera con tu padre e intentara convencerlo de que lo perdonara —sacudió la cabeza—. Tenía muchos sueños, pero cada vez que intentaba hacer algo las drogas se metían de por medio. Al final, lo mataron. Pero antes se las arregló para causar daños irreversibles a Matt.

—Matt nos lo ha contado —dijo Winnie con frialdad—. Cuesta creer que tuviera tan poco corazón como para hacerle eso a su sobrino.

—Era capaz de eso y de más —repuso Gail—. Se metió en líos con ese sinvergüenza del hermano del senador Sanders —añadió—. Yo pensaba que era un simple recadero al servicio de los matones de la zona, pero puede que hubiera mucho más. Yo no quería tener nada que ver con él, sobre todo después de que dejara paralítico a Matt y estuviera a punto de matarlo. Juro por Dios que, si hubiera podido demostrarlo, lo habría mandado a prisión por intento de asesinato. Pero era la palabra de Matt contra la suya —sacudió la cabeza—. Tenía mucha labia, siempre se las ingeniaba para escurrir el bulto —se reclinó con una mueca—. Y luego tuvo la desfachatez de venir a casa cuando yo estaba trabajando y decirle a Matt que necesitaba que le prestara la silla motorizada. Matt es tan bueno que le dijo que sí —hizo una mueca—. La vendió para comprar drogas. Yo había estado un año y medio ahorrando hasta el último centavo para comprarla, y mis compañeros pusieron los últimos doscientos dólares que me faltaban... —se le quebró la voz.

—Matt tendrá una silla nueva mañana —dijo Winnie con suavidad—. No pasa nada.

Gail miró el techo, intentando contener las lágrimas.

—Un error estúpido. Cometí un error estúpido y he pagado por ello una y otra vez. Si pudiera dar marcha atrás y cambiarlo... —sacudió la cabeza—. Pero no puede ser. El precio que pagasteis vosotros fue todavía más alto. Lo siento muchísimo, Winnie. ¡Lo siento tanto...!

Estaba sollozando. Winnie se acercó a ella, tomó su rubia cabeza entre los brazos y la meció, llorando.

—No pasa nada, mamá —musitó—. No pasa nada.

Los sollozos se intensificaron. Gail llevaba mucho tiempo viviendo sin esperanza, echando de menos a sus hijos, deseando verlos. Había sido imposible. Y ahora allí estaba su hija, que la perdonaba y deseaba reconfortarla. Era como empezar de nuevo. Hasta merecía la pena que le hubieran pegado un tiro por vivir aquel momento.

Winnie se echó a reír al oírle decir aquello.

—Por favor, que no vuelvan a dispararte —dijo con ternura.

—Haré lo que pueda, mi niña —prometió Gail. Se echó hacia atrás y se enjugó los ojos con la sábana.

Winnie sacó un pañuelo de papel y también se secó los ojos.

Kilraven apareció en la puerta y dudó un momento.

—¿Sois del Grupo Terrorista Femenino de Llantos y Sollozos? —bromeó.

—¡Qué buen lema para una camiseta! —exclamó Winnie—. Voy a encargar una enseguida —miró a su madre y se echó a reír—. Puedo hacerte una a ti también.

—Me la pondré para ir a trabajar y a mi teniente le dará un patatús —prometió Gail, riendo.

Kilraven le dio a Winnie un café en un vasito de plástico.

—Parece muy flojo.

—No me importa. Es café —dijo ella.

Gail sacudió la cabeza.

—Lo que daría yo por tomarme uno.

—Te daría un poco del mío, pero seguramente las enfermeras te lo notarían en el aliento y nos echarían a todos —contestó Winnie.

—Son unas brujas —refunfuñó Gail.

—La enfermera del turno de noche me ha dicho que eres una paciente muy interesante —comentó Kilraven con los labios fruncidos y un brillo en la mirada—. ¿De veras te escabulliste y saliste en pijama a la calle a fumar un cigarrillo?

Ella lo miró con enojo.

—Aquí no se puede fumar. Está prohibido.

—Podrías dejarlo —contestó él.

—Y tú podrías irte a paseo —replicó Gail.

Él se rió y miró a Winnie.

—¿Ves? Así serás tú dentro de veinte años.

—¡Dios no lo quiera! —exclamó Gail.

—Qué tontería —le dijo Winnie—. Tú no eres mala.

—Supongo que debería dejar de fumar, claro, pero aún seguiría teniendo defectos. Soy muy gritona y martirizo a los patrulleros —dijo Gail.

—¿Los martirizas? —preguntó Kilraven.

—Sólo si creo que van a estropearme la escena de un crimen —contestó Gail a la defensiva.

—¿Qué les haces?

—Los mando a otros distritos a interrogar a posibles implicados.

—¿Sí? Bueno, no es para tanto —comentó Winnie.

—Les doy nombres falsos —confesó Gail.

—¿Y tú dices que las enfermeras son unas brujas? —preguntó Kilraven.

Ella le puso mala cara.

—No me dejan fumar, ni tomar café.

—Deberías dejar de fumar —respondió él.

—Oh, sí, claro, es muy fácil, empezaré ahora mismo —replicó Gail sarcásticamente—. ¿Tú lo has intentado alguna vez?

—Claro. Lo dejé hace dos años —Kilraven frunció el ceño—. Y, antes de eso, lo había dejado hacía cinco años. Y, antes, hacía otros siete —sonrió.

—¿Alguna vez lo has conseguido? —insistió ella.

—Llevo dos años sin fumar —contestó él—. Y mientras no me suceda nada grave, creo que podré seguir así toda la vida.

Gail lo miraba con curiosidad.

—Eso es mucho suponer.

Él alzó los hombros.

—Me gustan los puros —miró a Winnie cuando ella hizo una mueca—. No soy el único. Dicen que al gobernador de California también le gustan.

—Huelen fatal —dijo Winnie con desagrado.

Él levantó las cejas.

–¿Sí? Pues, si te casas conmigo, tendrás que acostumbrarte, ¿no?

–No por mucho tiempo –masculló ella.

Él se recostó en su silla.

–Sí, no por mucho tiempo.

–Ojalá pudiera ir a la boda –dijo Gail con pesar–, pero todavía tardarán unos cuantos días en darme el alta. Ni siquiera sé cuántos. El médico ya no entra aquí para que no se lo pregunte más.

–Me lo he encontrado en el pasillo –le dijo Kilraven–. Dice que no va a volver a tu habitación, porque lo fríes a preguntas como si fuera un sospechoso de asesinato.

–No es cierto –dijo ella altivamente–. Sólo quiero saber cuándo podré irme a casa.

–Es por cómo se lo preguntas –explicó Kilraven–. Deberías trabajar más tus habilidades sociales, Rogers –añadió.

–Al diablo con mis habilidades sociales –contestó ella con vehemencia–. No puedo quedarme aquí, en camisón, mientras el tipo que me disparó va alardeando de ello de bar en bar. Quiero meterlo entre rejas y tirar la llave en cuanto averigüe quién es.

–Puede que no vaya alardeando por ahí.

–Claro que sí. Disparó a una policía y se fue de rositas –respondió Gail, ofuscada. Sus ojos oscuros se entornaron–. Pero no por mucho tiempo. Lo encontraré, aunque tarde cinco años.

–¿Lo ves? –preguntó Kilraven, señalando a la madre de Winnie con la cabeza–, por eso es tan buena detective.

–Hablando de detectives, ¿se sabe algo de los que agredieron a Márquez? –preguntó Gail.

–No –le dijo Kilraven–. Siguen investigando. Y ahora tendrán que investigar también lo tuyo. Me apuesto la mitad de mi pensión a que los dos ataques están relacionados.

–Está todo relacionado –dijo Gail–. El asesinato de tu familia, el cadáver del río Little Carmichael, la muerte de la empleada del senador Fowler, la paliza de Márquez y lo mío. Hay un vínculo común entre todo ello. Además, Kilraven, estoy pensando seriamente que deberíamos reabrir el caso de esa chica que apareció asesinada justo antes de que mataran a tu familia.

Los ojos plateados de Kilraven brillaron.

—Sigues pensando que hay alguna relación. ¿Por qué?

—Fíjate en los casos —dijo ella con ardor—. Ambas víctimas fueron encontradas en tal estado que sólo se las pudo identificar mediante análisis genéticos. Nunca encontramos a los culpables. He oído decir que el asesino dejó un termo cerca del coche sumergido que conducía ese tipo. Lo habían dejado allí, a la vista, y estaba limpio de huellas —entornó los ojos—. Bruce Sinclair, mi ex marido, tenía uno igual. La pregunta es ¿cómo acabó en Jacobsville?

—¿Tu marido se lo dio a alguien? —preguntó Kilraven.

—No lo sé, pero tenemos que averiguarlo. Deberías hacerle una visita a esa cabeza de chorlito de su novia, la que vivía con él —sugirió Gail—. No sé si estará lo bastante sobria para acordarse de nada, pero merece la pena intentarlo. Ten cuidado, de todos modos —añadió—. Hay alguien que tiene en el punto de mira a los que investigamos este caso.

—Éste no es momento para andarse con cuidado —contestó Kilraven—. Es momento de apretar las tuercas a los culpables, de llevar la lucha a su terreno. Tengo el presentimiento de que el hermano del senador Will Sanders está metido hasta el cuello en todo esto.

Gail asintió con la cabeza.

—Yo también. Pero ¿cómo vamos a demostrarlo?

Kilraven se recostó en su silla.

—Voy a hacer correr el rumor de que Hank Sanders está siendo investigado como posible sospechoso de dos agresiones contra agentes de la ley. Veremos qué pasa.

Los ojos de Gail brillaron.

—Qué idea tan original.

—Gracias —contestó él con una risa—. Puede que haga salir a alguien a la luz.

—O que Sanders sacrifique a algún peón para desviar la atención de la policía —repuso ella.

—O puede que se lo diga a su hermano el senador y que acabéis los dos en la calle —dijo Winnie, muy seria.

—En cuyo caso —le dijo Kilraven—, iremos a ver al senador Fowler y le pediremos ayuda. Ya nos echó un cable cuando Sanders hizo que apartaran a tu madre del caso y la mandaran a tráfico.

—¿El senador Sanders hizo que te degradaran de categoría? —le preguntó Winnie a Gail, atónita.

Su madre asintió.

—No me enteré hasta que a Alice Jones se le escapó una cosa sobre el padre de su prometido. Es decir, el senador Fowler —añadió.

—Sí, el padre de Harley —Winnie asintió con la cabeza.

—¿De quién? —preguntó Gail.

—De Harley Fowler. Trabaja en el rancho de Cy Parks.

Gail sacudió la cabeza.

—No conozco al señor Parks. Debió de llegar cuando yo ya me había marchado.

—Es muy simpático.

—Simpático —Kilraven se rió y la miró—. Mira, ese viejo lobo puede que esté casado y tenga hijos, pero no está domado.

—Lo olvidaba —le dijo ella a Gail con una sonrisa—. El señor Parks fue soldado profesional, mercenario, durante muchos años antes de establecerse en Jacobsville. Todos pensábamos que era un ranchero más hasta que unos narcotraficantes empezaron a montar un campamento cerca de allí. Cy, Micah Steele y Eb Scott fueron a por ellos con Harley y desmantelaron la operación.

—Sí, me enteré —contestó Gail con una sonrisa—. Salió en todos los periódicos, incluso en las noticias de la tele. Pero no hubo entrevistas.

—Eso habría deshecho el hechizo —comentó Kilraven—. A esos tipos no les gusta la publicidad, ni siquiera ahora que están retirados. Bueno, puede que a Eb Scott no le importara. Tiene en Jacobsville un campo de entrenamiento antiterrorista con todos los adelantos. Nosotros usamos su campo de tiro para practicar. Es formidable.

—Igual que el señor Scott, por lo que tengo entendido —Winnie se rió—. Él también se casó hace unos años. Su mujer y él tienen un hijo, creo.

Kilraven tenía una mirada distante. Estaba pensando en su hijita, en la última vez que la vio. Su rostro se endureció. Demasiados asesinatos habían quedado impunes. Aquella adolescente... Jon y él habían hablado de su caso.

Miró a Gail y frunció el ceño.

—Has dicho que estabas pensando en reabrir el caso de esa chica. Eso fue justo antes de que te dispararan. ¿Se lo comentaste a alguien?

Ella parpadeó.

—Bueno, a un par de personas, supongo —dijo.

—Es probable que el hermanito del senador tenga a alguien infiltrado en tu departamento, si no ¿cómo iba a enterarse de que querías reabrir mi caso? —preguntó.

—Buena pregunta, Kilraven.

—¿Y si lo que no quieren es que reabramos el caso de esa adolescente asesinada? ¿Y si hay alguna relación?

—Yo estaba pensando lo mismo —dijo Gail.

—Puede que hayas dado en el clavo. Además, el senador Sanders fue acusado de violación hace unos años, ¿te acuerdas?

Gail arrugó el ceño.

—Sí. Una adolescente de catorce años, creo. Sus padres se negaron a que testificara contra él. El caso fue sobreseído.

—Sí, y al día siguiente papaíto conducía un Jaguar descapotable. Qué ironía —dijo Kilraven con sarcasmo.

—Sí, me apetecía reabrir el caso sólo para decirle al padre lo que pienso de él —masculló Gail.

Kilraven iba sumando pistas de cabeza.

—Puede que ése sea el modo de reabrir el caso —dijo, pensando en voz alta—. Podrías intentar hablar con la chica.

Gail asintió lentamente con la cabeza.

—Quizá quiera contarme qué le hizo el senador. O más bien su hermano. Así tendríamos una pista de cómo actúa cuando quiere echar tierra sobre un asunto.

—Nos estamos acercando, aunque aún no sepamos cómo —dijo Kilraven—. Cuando salgas de aquí, ésa tiene que ser tu prioridad —entornó los ojos—. Hay una testigo presencial que podría contar ante un tribunal qué tácticas utiliza el senador Sanders para seducir a adolescentes. Ahora ya será una mujer adulta. Quizá quiera hablar contigo.

—Hace tiempo que se cerró el caso —contestó ella—. Desde entonces podría haber pasado cualquier cosa. La niña será ya mayor y se habrá independizado, supongo. Puede que, si ya no está sometida a la influencia de sus padres, esté dispuesta a hablar conmigo. Vale la pena intentarlo.

—Sí —repuso Kilraven—. Vale la pena. Pero primero tienes que ponerte bien.

Ella hizo una mueca.

—No puedo creer que haya permitido que me disparen.

—Es lo mismo que dice Márquez, aunque a él le dieron una paliza, no le dispararon —comentó Kilraven.

—En todo caso, a los dos nos tendieron una trampa —dijo cansinamente. Se removió y gruñó. El efecto de los analgésicos empezaba a disiparse. Alargó el brazo y estiró el tubo del gotero. Suspiró—. Así está mejor. Ese chisme se atasca de vez en cuando. Es ahí donde ponen el analgésico —añadió—. Es mejor que tener que llamarlos cuatro veces al día para que me lo inyecten manualmente —suspiró—. Odio las drogas, ¿sabéis? Pero ahora mismo no puedo decir mucho en su contra. Ayudan con el dolor.

—Lo sé —contestó Kilraven, muy serio—. Pero el dolor pasará. Sólo es cuestión de tiempo.

—Tiempo... —Gail asintió con la cabeza. Cerró los ojos—. Estoy tan cansada...

—Deberías dormir un poco —dijo Winnie. Se levantó, se acercó a la cama y se inclinó para besar a su madre en la frente y alisar su cabello rubio—. Vendré a verte mañana. Traeremos a Matt... —se detuvo y miró a su alrededor—. ¿Dónde está Matt? —preguntó al darse cuenta de que no había vuelto con Kilraven.

—Ha conocido a una chica de su edad junto a las máquinas de las bebidas. Ella también va en silla de ruedas. Y a los dos les encantan los videojuegos —se rió—. Iba a tomarse su chocolate con ella.

Justo en ese momento oyeron el ruido de unas ruedas y al volverse vieron a Matt en la puerta.

—Perdonad —les dijo—. Me he despistado con la hora. He conocido a una chica muy simpática. Me ha dado su dirección de e-mail —añadió. Luego hizo una mueca—. Si alguna vez tengo e-mail, podré escribirle —concluyó.

—Yo tengo Internet —dijo Kilraven tranquilamente, y sonrió—. Puedes usar mi conexión.

—¡Gracias! —acercó la silla a la cama de Gail—. Perdona que no haya venido antes. Se suponía que había venido a verte, pero esa chica tiene una puntuación increíble en Super Mario Bros —exclamó—. También se quedó inválida en un accidente de coche, como yo, pero lo suyo fue de verdad un accidente, no intencionado, como lo mío. ¿Nos vamos ya? —añadió al ver que Winnie se ponía el abrigo.

—Tu madre está cansada —dijo Kilraven suavemente—. Necesita dormir para recuperarse antes.

—Sí, es verdad —dijo Gail. Sonrió y extendió los brazos para estrechar a Matt—. Sé bueno con tus hermanos —dijo.

—Me estoy portando muy bien, ¿verdad, hermanita?

Winnie tardó un momento en darse cuenta de que le estaba hablando a ella. Se sonrojó un poco y sonrió.

—Sí, hermanito —contestó, y sintió un agradable calorcillo por dentro al decirlo.

Matt sonrió.

—O lo intento, por lo menos —añadió—. Nos vemos mañana. ¿No? —preguntó a los otros adultos.

—Claro que sí —le prometió Kilraven.

—Hasta mañana, mamá —le dijo a Gail. Luego vaciló—. ¿Sabes?, tienen razón en lo de fumar —dijo, poniéndose muy serio de pronto—. Sé que fumas fuera para que no me afecte. Pero te está afectando a ti. No quiero perderte, ¿entiendes?

Ella estiró el brazo y, conteniendo las lágrimas, volvió a abrazarlo. Exhaló un largo suspiro.

—De acuerdo, mi niño. Si eso es lo que quieres, lo haré.

—¿En serio?

—En serio —miró a Kilraven y Winnie—. Pero no os sorprendáis si tenéis que ir a buscarme al calabozo por subirme por las paredes y amenazar a mis compañeros.

Kilraven frunció los labios.

—Hay productos nuevos que alivian los efectos secundarios.

—Y con lo que cuestan podría comprarme un yate —masculló Gail.

—Eso no es problema, y no me lo discutas —dijo Winnie enseguida. Lanzó a su madre una mirada firme.

—¡Pero bueno! —exclamó Gail, y miró a Kilraven—. Dentro de veinte años será igual que yo.

Kilraven asintió con la cabeza.

—No me extraña que no quiera pasar mucho tiempo casado contigo —le dijo Gail a Winnie.

Su hija se rió. Era más fácil bromear sobre ello que afrontarlo.

—Descansa. Nos veremos muy pronto.

—Cuídate.

Los otros también se despidieron, y se marcharon los tres.

Winnie revolvió el pelo de Matt.

—Más vale que te portes bien, o se lo diré a Boone —lo amenazó.

—¡Qué horror! —exclamó él, pero se echó a reír.

Winnie miró a Kilraven y sonrió.

—Gracias por traernos.

Él se metió las manos en los bolsillos y alzó los hombros.

—Ahora mismo no estoy sobrecargado de trabajo. Me lo he pasado bien. Tu madre es única.

—Sí —dijo Winnie con orgullo—, lo es.

La boda fue muy discreta. Boone y Keely hicieron de testigos, y Matt y Clark ocuparon los bancos próximos a la puerta del despacho de la juez de paz, acompañados por unos cuantos vecinos que se habían enterado del acontecimiento.

La juez miró a uno y a otro.

—¿Estáis listos? —preguntó.

—Ellos asintieron.

—Daos la mano, por favor —miró su libro—. Winona Sinclair, ¿tomas por marido a McKuen Kilraven...?

—McKuen —dijo Winnie en voz baja, sorprendida.

—Me pusieron el nombre de un famoso poeta —repuso él, mirándola con fastidio.

Ella sonrió.

—Ya me he dado cuenta. Te va muy bien. Me gusta.

Él le sonrió.

—Gracias.

—Ejem.

Miraron a la juez de paz.

—Perdona —dijo Winnie.

Ella se rió, sacudió la cabeza y continuó.

Y Kilraven y Winnie se casaron. Kilraven se inclinó para besarla suavemente en los labios, pero con poco entusiasmo. Parecía incómodo con su traje oscuro, a pesar de que tenía un aspecto distinguido, casi intocable. Winnie estaba segura de que se estaba acordando de su primera boda, que sin duda no fue en el despacho de un juez de paz. Seguramente su mujer había disfrutado de toda la parafernalia, incluido un bonito vestido y flores y...

—Enhorabuena, señora Kilraven —Keely se rió y la abrazó.

—Señora Kilraven —repitió Winnie, pasmada al oír su nuevo nombre.

—Eh, que me refería a ti —contestó Keely.

—Perdona. Sólo estaba pensando —dijo Winnie, y se sonrojó. No podía reconocer que lamentaba haberse casado así.

—No te pongas así —dijo Keely—. Intenta disfrutar.

—Sólo es temporal —susurró Winnie.

—¿Tú crees? —musitó Keely, y le guiñó un ojo.

Boone se inclinó para besar a su hermana en la mejilla.

—Estás preciosa —dijo, admirando su figura, con el traje blanco que llevaba, a juego con un sombrerito y un pequeño velo.

Winnie agarraba con fuerza un ramito de flores que ella misma había hecho con rosas blancas y gipsófilas. Kilraven ni siquiera se había fijado en el traje, ni en las flores. Winnie estaba segura de que no se le había ocurrido ofrecerle uno. Estaba muy serio y taciturno, como encerrado en sí mismo. Ella sabía que aquél no era el día más feliz de su vida. Pero para ella era emocionante. ¡Se había casado! Aunque sólo fuera a durar unas semanas, era la esposa de Kilraven. Sonrió, radiante, y el fotógrafo del periódico que estaba cubriendo la noticia quedó tan deslumbrado por su belleza que apenas pudo hacer la fotografía. Pero la hizo.

CAPÍTULO 11

Kilraven se rehizo y procuró dejar de pensar en su primera boda. Debería haberle ofrecido un ramo de novia a Winnie, al menos, pero ni siquiera eso había hecho. Estaba resentido por tener que casarse con ella sólo para interrogar a la esposa de un senador. Había sido idea suya. ¿Por qué se lo reprochaba a ella?

No, lo triste era recordar a Monica caminando hacia él por el pasillo de la iglesia con un vestido lavanda y un ramo de lilas. No era un traje de novia tradicional, pero ella tampoco lo era. Estaba preciosa. Era la mujer más bella del mundo, con su largo cabello trigueño y sus ojos azules y risueños. Él estaba enamorado. Profundamente enamorado. El día de su boda había sido el más feliz de su vida, al menos hasta que nació la pequeña Melly. Entonces comenzó a vivir, a pesar de que Monica se buscara otras parejas para sus aventuras sexuales. Kilraven había vivido para su niña. Hasta esa noche...

Oyó voces a su alrededor y comprendió que se había quedado con la mirada perdida mientras la gente intentaba darle la enhorabuena. Sonrió y devolvió los apretones de manos. Estaba siendo injusto con Winnie. Fueran cuales fuesen sus sentimientos, ella estaba enamorada. No era justo que la tratara con tanta frialdad el día de su boda.

Se acercó a ella y entrelazó sus dedos. Winnie lo miró, sorprendida.

—Estás realmente preciosa —dijo Kilraven con suavidad mientras miraba su larga melena ondulada, sus ojos oscuros, que parecían arder lentamente, su cara ovalada y su cutis de crema y melocotón.

Winnie se sonrojó.

—Gracias —balbució.

Kilraven se inclinó y la besó en la frente, justo por debajo del velo que ella se había subido mientras hacían los votos.

—Debería haberme ofrecido a comprarte el ramo de novia —le susurró—. Es lo que suele hacer el novio.

Ella sonrió.

—No importa. Lo he hecho yo misma.

—Me gusta.

—Gracias.

—Bueno, ¿dónde es el banquete? —preguntó Cash Grier, acercándose.

Kilraven parpadeó.

—No va a haber banquete.

—Entonces supongo que puedo irme a casa —Cash se rió—. Es en los banquetes donde normalmente tenemos que detener a alguien.

—¿De qué estás hablando? —preguntó Winnie.

—¿Te acuerdas de la boda de Blake Kemp?

—Ah —dijo ella, asintiendo con la cabeza—. Sí, claro que me acuerdo. La tarta y el ponche salieron volando y varios testigos acabaron en el calabozo.

Cash sonrió.

—El mejor banquete que he visto —comentó. Miró a Kilraven—. ¿Seguro que no hay banquete?

—Lo siento. No ha habido tiempo.

—Ah —dijo Cash—. ¿Tenéis prisa, entonces?

Kilraven lo miró con enfado.

—No nos hemos casado por eso, y, por favor, deja de pensar con tus partes pudendas.

—¿Qué creías que quería decir? —preguntó Cash con expresión angelical—. Sólo iba a ofreceros escolta policial para salir del pueblo. Hasta San Antonio, si quieres.

—No, gracias —contestó Kilraven con firmeza—. Seguro que le dirías a Hayes que mandara a Macreedy y acabaríamos en algún camino rural de Florida o de algún otro estado, esperando a que alguien fuera a rescatarnos.

Cash meneó la cabeza.

—Qué mal pensado eres.

—Desde luego que sí —Kilraven asintió.

—Bueno, os deseo lo mejor —le tendió la mano—. Ha sido un placer trabajar contigo, casi siempre. Aunque a veces me daban ganas de meterte en un barril y mandarte a México flotando —después añadió con una sonrisa—: Pero creo que eso podemos pasarlo por alto.

Kilraven se rió mientras se estrechaban las manos.

—No voy a mencionar que a mí me daban ganas de hacer lo mismo.

—¿De veras? —preguntó Cash—. El caso es —añadió en tono conspirativo— que en Jacobsville no hay barriles.

—Bueno, seguro que encontraríamos alguno, si buscáramos bien —murmuró Kilraven.

—¿Podemos irnos ya? —le preguntó Winnie a su flamante marido—. Tenemos que ir a ver a mi madre —añadió con una sonrisa—. Quería verme con mi vestido de novia.

Kilraven sintió una punzada de culpa. Aquélla era la primera vez que Winnie se casaba, y él la había defraudado. Deberían haberse casado por la iglesia, con un sacerdote. Aquella idea le escocía.

—Sí, será mejor que nos vayamos —dijo con más dureza de la que pretendía.

—¿Estás bien? —preguntó Matt, frunciendo el ceño.

Kilraven palmeó su hombro.

—¡Claro!

Pero Winnie sabía que no. Kilraven se arrepentía del

impulso que lo había empujado a pedirle matrimonio. Era todo una farsa, una impostura. Iban a interrogar a la esposa de un político y tenía que parecer natural, por eso se habían casado. Pero no serían felices para siempre, y Winnie no podría disfrutar mucho tiempo de él. Lo suyo era sólo temporal.

—Estás muy tristona —le dijo Matt a su hermana.

Winnie se animó.

—¿Sí? —preguntó con una sonrisa—. Pues no estoy triste —mintió.

Su hermano sonrió.

—Vale. Sólo quería asegurarme.

A su madre le entusiasmó el traje blanco y protestó cuando Winnie le pidió un jarrón a una enfermera para sacar un ramito de flores para ella de su ramo de novia.

—No, querrás guardarlo —dijo Gail.

—¿Para qué? —preguntó Winnie, sonriendo—. Sólo son flores. Seguramente nuestro matrimonio se acabará antes de que se marchiten.

Aquellas palabras fueron como una puñalada en el corazón de Kilraven. Miró a Winnie como si creyera que intentaba avergonzarlo, pero enseguida se dio cuenta de que no era así. Quizá lo austero de su boda estuviera siendo más duro para él que para ella. Winnie era muy pragmática.

Con las manos metidas en los bolsillos, Kilraven la veía moverse por la habitación. Tenía una gracia natural al andar, era la elegancia personificada. Era bonita, dulce e inteligente. Había estudiado dos años en la universidad, antes de dejar los estudios y volver a casa para trabajar de administrativa en la policía de Jacobsville. Kilraven arrugó el entrecejo. ¿Por qué había dejado los estudios?, se preguntó. Nunca se lo había preguntado a ella.

Claro que nunca habían hablado el tiempo suficiente

para entrar en cuestiones personales. Él se había esforzado por mostrarse distante e inaccesible, por no alentar sus ilusiones. Pero aquella boda no iba a servir precisamente para curar el enamoramiento de Winnie, eso seguro.

Aun así, si pasaba algo en Nassau, él no estaría aprovechándose de una mujer soltera. Frunció los labios mientras observaba la esbelta figura de Winnie, sus pechos pequeños, sus piernas largas y bonitas. Le encantaba aquel pelo largo y rubio. Recordaba haberlo sentido entre los dedos mientras la besaba. Recordaba el sabor de sus pechos desnudos... Su cuerpo expresó de pronto, visiblemente, cuánto había disfrutado de aquel sabor dulce y prolongado. Quería más.

—Voy a por un café. ¿Quieres uno? —le preguntó a Winnie mientras echaba a andar hacia la puerta.

—Sí, gracias —dijo ella.

Él agitó una mano y siguió andando.

—Está muy raro —comentó Winnie. Hizo una mueca—. Creo que me está comparando con su primera mujer —le dijo a su madre—. Y supongo que no salgo bien parada.

—Eso no lo sabes —contestó Gail, intentando tranquilizarla—. Para un hombre es duro casarse. Además, Kilraven tiene muchas cosas en la cabeza.

—Sí. El caso de su familia... —se sentó al borde de la cama de su madre—. Pinté un cuadro de un cuervo y se lo regalé por Navidad. Se suponía que tenía que ser un regalo anónimo, pero él descubrió enseguida que había sido yo y se puso furioso. Se fue sin decirme nada —suspiró—. Luego me llevó a su casa y me enseñó un dibujo igual. Era de su hija. Lo pintó justo antes de que la asesinaran. Eran idénticos. Kilraven quería saber por qué había pintado aquello. Pero ni yo misma lo sé.

—Yo he tenido ese don toda mi vida —le dijo Gail—. Puedo resolver casos archivados, mientras que otros detectives no pueden. Tengo presentimientos, intuiciones. Cuando algo va mal, lo noto.

—Así que es cosa de familia.

—No lo sé. No recuerdo que mis padres o mis abuelos presintieran que iba a pasar algo antes de que pasara —sonrió—. Supongo que tú lo has heredado de mí. Y también Matt —añadió—. Él sabe cuándo me meto en un lío.

—Y viceversa.

Gail asintió con la cabeza.

—Es un chico estupendo.

—Papá habría estado orgulloso de él —le dijo Winnie—. Siento muchísimo que no quisiera escucharte.

—Tú no lo sientes ni la mitad que yo, pequeña —repuso Gail—. Pero estos últimos doce años he aprendido a ser independiente, a valerme por mí misma. Salí de casa de mis padres directamente para casarme, a una edad en la que la mayoría de las chicas están empezando a salir con chicos. Echaba de menos tantas cosas... —sonrió con tristeza—. Tu padre era guapo y encantador. Me convenció de que casarme con él era lo mejor que podía hacer, así que acepté. Era doce años mayor que yo. No es mucho, pero es casi una generación.

—Lo sé —dijo Winnie con calma—. Es el mismo argumento que utiliza Kilraven conmigo. Es diez años mayor que yo.

—Kilraven es peligroso —dijo Gail con voz baja e intensa—. No me refiero a que sea capaz de hacerte daño: sé que no lo es. Pero se arriesga mucho. Vive al límite. Ha hecho cosas en acto de servicio que te costaría creer.

—¿Me estás advirtiendo contra él? —preguntó Winnie en broma.

—Ya es tarde para eso —contestó Gail—. Pero intenta no lanzarte a tumba abierta, ¿de acuerdo? Puede que esperes que se comprometa contigo a largo plazo, pero Kilraven no está preparado para eso. No ha afrontado su tragedia. Hasta que la afronte, será una bomba de relojería andante, ansiosa por autodestruirse.

—No pude decirle que no —dijo Winnie—. Lo quiero —confesó, esquivando la mirada de su madre.

—Eso ya lo sé. Y lo lamento.

Winnie se removió en la silla.

—Quizá descubra que no puede vivir sin mí.

—Eso es mucho suponer.

—Bueno, hay que tener aspiraciones en esta vida —comentó Winnie, intentando bromear—. Algunas mujeres quieren ir a Marte. Yo sólo quiero quedarme con Kilraven.

—Las que quieran ir a Marte cumplirán su deseo mucho antes que tú el tuyo —le aseguró Gail.

—Qué cínica eres —Winnie se rió—. Igual que Kilraven.

—Somos agentes del orden —contestó su madre con una sonrisa cansina—. Son gajes del oficio.

—Lo entiendo, un poco —dijo Winnie—. Trabajo con policías. Sé por lo que pasáis, lo que tenéis que ver. Sé lo mucho que trabajáis, y lo ingrato que puede ser vuestro trabajo. Sé lo mucho que os critica la gente. La prensa pone el grito en el cielo cada vez que cometéis un desliz, e ignora las grandes operaciones antidroga y los sencillos actos de generosidad que hacéis, y el peligro que corréis. A mí me parece un trabajo fantástico —añadió con una sonrisa—. Y estoy orgullosa de que seas una de esas personas.

—Gracias —contestó Gail suavemente—. Significa mucho para mí.

Se oyó un ruido metálico seguido por un fuerte golpe, y Matt entró en la habitación.

—¡Por fin he llegado! —exclamó—. Me he quedado atascado entre la gente subiendo en el ascensor y no podía llegar a las puertas para apretar el botón de este piso. Kilraven y yo nos separamos abajo, en los ascensores. ¿Dónde está? —preguntó de repente.

—Ha ido a por un café —contestó Winnie con una sonrisa. Miró a su madre—. ¿Te gusta? Tendrías que haber visto a Kilraven intentando plegarla para meterla en el maletero del Jaguar. Es complicado.

—Sí, pero Kilraven es un genio con las máquinas —dijo Matt entusiasmado—. Ojalá yo tuviera ese don.

—Lo mismo digo —su madre suspiró. Sonrió a su hijo—. Sí que me gusta la silla.

—Le di un abrazo a Boone —dijo él—. Es el mejor.

—Sí, lo es —dijo Winnie.

—Clark también me cae muy bien —se apresuró a decir Matt—. ¡Se le dan de miedo los videojuegos!

—Y ésa es para ti su mayor virtud, claro —repuso su madre con sorna.

Matt le hizo una mueca.

—Vivo para los videojuegos, ¿qué quieres que te diga?

—Dentro de cinco años vivirás para las chicas, así que disfrútalo mientras puedas —le dijo su madre.

—¡Chicas! ¡Puaj! —Matt vaciló—. Aunque ésa de la silla de ruedas era muy guapa. Todavía tengo su dirección de e-mail —añadió, y bajó y subió las cejas.

—Cuando sea mayor, caerán muertas a sus pies —comentó Winnie con un suspiro.

—Yo no quiero matar a nadie de mayor —dijo Matt, indignado.

—No es eso lo que quería decir —le dijo Gail, y le explicó el significado de la expresión.

Matt sonrió.

—Bueno, no estaría mal. Podría engatusar a las chicas con mi encanto y robarles sus videojuegos.

—Creo que tienes un problema —le dijo Winnie a su madre.

—Lo sé —contestó Gail.

Kilraven volvió con el café y pasaron un rato con Gail. Pero Matt estaba ansioso por llegar a su apartamento y ver las videoconsolas de las que tanto le había hablado Kilraven. Y su colección de juegos.

—Este chico está sediento de sangre —comentó Kilraven en tono de reproche después de que se despidieran de Gail, cuando iban en el coche.

—No es eso. Es sólo que me gusta matar monstruos —se defendió Matt.

—A mí también —Kilraven se rió. Miró al asiento de atrás y añadió—: Hay un juego, *Elder Scrolls IV: Oblivion*, que...

—Jugué una vez, en casa de un amigo. ¡Parece tan real!

—Sí. Bueno, pues de vez en cuando, cuando juego a él, entro en una taberna, me emborracho, liquido a un guardia imperial, le robo el caballo y me largo con él —suspiró—. Normalmente en medio de la colina cuando me alcanzan y me llenan de flechas hasta matarme —miró a Matt, que se estaba riendo—. Claro que, antes de hacer todo eso, guardo el juego para poder volver a la partida guardada como si nada hubiera pasado. A veces, cuando juego, me gusta saltarme un poco la ley.

Winnie también se reía.

—¡Qué cara más dura tienes! —dijo.

—No, la tendría si lo hiciera en la vida real —se inclinó hacia ella al detenerse ante un semáforo en rojo—. Pero en San Antonio no hay muchos guardias imperiales a caballo —añadió.

Ella volvió a reír.

—Supongo que no.

Kilraven entró en su plaza de aparcamiento, volvió a montar la silla de Matt y sacó su bolsa de viaje del maletero antes que entraran en el portal.

—He vuelto con dos personas —comenzó a decir, dirigiéndose al guardia de seguridad— y pienso llevarlas arriba por intenciones aviesas...

—Por el amor de Dios, Kilraven, ¡largo de aquí! —gruñó el guardia.

Kilraven lo miró con enojo.

—¿Es que no tienes ni pizca de sentido del honor? ¿Vas a mancillar la reputación de esta santa casa permitiendo que...?

—¡Fuera! —el guardia se puso en pie y le hizo un gesto—. O llamo a la policía.

—¡Pero si yo soy policía! —gimió Kilraven—. ¡Y acabo de casarme!

—Sí, seguro —replicó el guardia.

—No, en serio. Mira —tiró de la mano de Winnie para enseñarle la bonita alianza de oro que le había puesto en el dedo.

—¡Caramba! —exclamó el guardia, y sonrió a Winnie—. La acompaño en el sentimiento, señora Kilraven —dijo, muy serio—. Ha puesto usted el cuello en una guillotina que...

—Ya es suficiente —bufó Kilraven—. ¡Campesino!

—¡*Schwarzriter*! —replicó el guardia.

Kilraven sonrió, tomó a Winnie de la mano, hizo una seña a Matt y se encaminó hacia el ascensor.

—¿Qué es un *schwarz*...? Eso que te ha llamado —preguntó Matt.

—Un caballero negro. Es una palabra alemana. Fueron famosos en el siglo XVI —le dijo Kilraven cuando entraron en el ascensor—. Llevaban varias pistolas y cabalgaban en columnas. Los de las primeras filas disparaban y luego se iban al final de la fila, a volver a cargar. Sus compañeros los seguían. Eran como la artillería ligera. Valientes, astutos y mortíferos. Por mí, que me llame «caballero negro» cuando quiera.

—¡Puedo llamarte otras cosas! —gritó el guardia de seguridad mientras la puerta se cerraba.

Kilraven se rió. Disfrutaba de aquella batalla verbal. El guardia era también un loco de la historia, y conocía tan bien como él el siglo XVI.

—Sabes mucho de esas cosas, ¿verdad? —preguntó Matt.

—Sí. Estudié Historia en la universidad —confesó él—. Todavía me encanta.

—Yo la odio. Son todo fechas y cosas aburridas.

—¡Aburrida, la Historia! —exclamó Kilraven, horrorizado.

—Bueno... —comenzó a decir Matt, titubeante.

—Cuando lord Bothwell fue falsamente acusado de injuriar a la reina de Escocia, lo mandaron al exilio a Inglaterra, donde fue apresado. Escribió una nota a un amigo suyo, un conde que vivía en la frontera norte entre Inglaterra y Escocia, pidiéndole refugio. Y ojo: todo el mundo sabía que Bothwell solía saquear las tierras del conde. Bueno, pues al conde le hizo tanta gracia su petición, que aceptó e invitó a Bothwell a quedarse en su casa, y hasta se ofreció a ser su protector. Y de paso descubrió que Bothwell era muy inteligente, y como dijo el propio conde de Northumberland, «se parecía muy poco a cómo lo pintaba la gente». ¿A ti eso te parece aburrido?

Matt se echó a reír.

—No, la verdad. Pero ¿no hay que memorizar fechas?

—Yo leo historia porque me gusta, no por obligación —contestó Kilraven, sonriéndole.

—¿Y te gusta ese tal lord Bo... Bo...?

—Bothwell. James Hepburn, conde de Bothwell. Era hijo del «Bello conde», un pretendiente de la madre de María de Escocia. Bothwell no tuvo hijos legítimos, pero su sobrino, el hijo de su hermana y medio hermano de María de Escocia, heredó su título y sus dominios señoriales. Era un acerbo enemigo de Jacobo I de Inglaterra, aunque en ocasiones lo apoyó. Jacobo era hijo de María de Escocia.

—Espera, espera —le pidió Matt—. ¡Demasiados datos! ¡Me va a estallar la cabeza!

Kilraven se rió.

—Perdona. A veces me dejo llevar por el entusiasmo.

—Apuesto a que tienes todos los libros que se han escrito sobre el tema —dijo Winnie.

Él le guiñó un ojo, y sonrió cuando se puso colorada.

—Sí, incluidos algunos que están descatalogados. Hemos llegado.

Abrió la puerta del apartamento y dejó entrar a Matt primero.

—¡Eh, qué bonito es esto! —exclamó Matt.

—Muy bonito, sí. Ven aquí, mujer —le dijo a Winnie, y de pronto se inclinó y la aupó en brazos—. Voy a meterte en mi cueva como todo un machote.

Ella se agarró a su cuello, riendo. Kilraven era muy divertido.

—Me gusta tu cueva —comentó ella.

Kilraven dio una vuelta sobre sí mismo, y Winnie se agarró con fuerza. Luego agachó la cabeza y la besó con ansia sofocada, consciente de que Matt los estaba mirando.

—Está usted en su casa, señora Kilraven —dijo, y en su boca aquellas palabras sonaron nuevas y radiantes.

Ella contuvo el aliento. Su corazón latía enloquecido.

—Gracias, señor Kilraven —contestó con una sonrisa.

Él frotó la nariz contra la suya.

—¿Sabes cocinar?

—¡Que si sé cocinar! —exclamó ella, ofendida—. Hasta sé hacer pan casero. Me enseñó mi cuñada.

Kilraven se quedó sorprendido.

—¿Pan casero? ¿En serio?

—En serio.

Él la dejó en el suelo.

—Demuéstramelo.

—¿Tienes levadura?

Él parpadeó.

—¿Levadura?

—Sí, levadura, de la que se pone en el pan —respondió ella.

Kilraven arrugó el entrecejo.

—No lo sé —entró en la cocina y comenzó a revolver en los armarios—. Jon hizo una vez una especie de masa de pan ácimo. Creo que usó levadura. ¡Sí! Aquí está. También hay bastante harina de fuerza.

—¿Cómo es que sabes la diferencia entre harina de fuerza y harina normal? —preguntó ella con curiosidad—. No pareces muy aficionado a la cocina.

Él le sonrió.

—No lo soy. Sé hacer algunas cosas, pero casi siempre como fuera. Pero Jon es un todo un chef —le recordó—. Sabe hacer de todo. O casi. Una vez se confundió y puso harina de fuerza cuando estaba haciendo unas galletas. Fue un desastre. Me puso verde.

—¿Qué te dijo? —preguntó ella, en broma.

—Ah, no, no pienso repetirlo delante de un menor —contestó Kilraven, señalando a Matt, que los escuchaba con una sonrisa.

—Yo no soy un minero —le dijo Matt—. No tengo pico, ni pala.

—Qué gracioso —masculló Kilraven.

—Cosa de familia —le dijo Winnie—. Bueno, si tienes un delantal y os vais de la cocina y dejáis de distraerme, os hago unos bollos de pan casero.

—Qué maravilla —dijo Kilraven, casi gruñendo de placer—. No he comido pan casero desde que Cammy dejó de hacer cenas de Navidad.

—¿Cammy? —preguntó Winnie, sorprendida—. ¿Quién es? —confiaba en que no fuera alguna novia oculta.

—Mi madrastra —contestó él, y sonrió al adivinar lo que estaba pensando, sobre todo cuando ella se sonrojó—. Se llama Camelia, pero nosotros siempre la llamamos Cammy, ¿recuerdas? Te lo dije en el parque, al lado de la carretera.

Ella estaba pensando en otras cosas cuando se lo dijo, y lo había olvidado.

—Ah.

—Quiere conocerte —dijo él, indeciso.

—Sería estupendo —contestó Winnie mientras empezaba a preparar el pan.

—Bueno, no sé si pensarás lo mismo después de conocerla. Es muy posesiva. Seguramente te lo hará pasar fatal.

Ella lo miró.

—Yo sé defenderme.

—Está bien, pero yo te lo he advertido —entró en el cuarto de estar y encendió la televisión y las videoconsolas. Unos minutos después, Matt y él estaban jugando una partida de *Halo*, tan absortos que no se movieron hasta que Winnie insistió en que el pollo y el pan no estarían buenos si se enfriaban.

—Esto está delicioso —dijo Kilraven mientras se comían el pan recién hecho, con mucha mantequilla, y el pollo con espárragos y salsa holandesa—. No sabía que cocinabas tan bien.

Winnie sonrió.

—Me enseñó una asistenta que tuvimos en casa. Cocinaba de maravilla. Yo era una adolescente.

—Se te da muy bien —dijo él.

—Sí, es verdad —añadió Matt—. ¡El pollo está buenísimo!

Su hermana se rió.

—Me alegro de que os guste.

Matt estaba otra vez jugando con la consola y Winnie y Kilraven estaban tomando un segundo café cuando sonó el timbre.

Kilraven fue a ver quién era. Al abrir la puerta, lanzó a Winnie una mirada preocupada. Una mujer alta, de cabello y ojos oscuros entró en el apartamento. Llevaba el pelo recogido en un moño, traje sastre y tacones de aguja. Lanzó a Winnie una larga mirada que no suavizó sus gélidos ojos.

—¿Ésta es tu mujer? —preguntó altivamente.

—Sí, Cammy —dijo Kilraven—. ¿No me vas a dar un abrazo?

Ella lo abrazó con ternura, riendo.

—Estás guapísimo. ¿Quién es ése? —preguntó, mirando ceñuda al chico de la silla de ruedas.

—Soy Matt —contestó él con una sonrisa—, el hermano de Winnie. Pero no te dejes engañar por la silla. ¡Soy peligroso! ¡Me he cargado a cinco Cazadores!

—*Halo* —gruñó Cammy—. ¿Hay algún varón en todo Texas que no juegue a eso?

—No muchos, y entre ellos no está Jon, que también lo tiene —le aseguró Kilraven—. Ven a conocer a Winnie Sinclair. Trabaja en el centro de emergencias del condado de Jacobs, es operadora del 911.

—¿Ah, sí? —Cammy entró en la cocina con los brazos cruzados sobre el pecho. Lanzó a Winnie una mirada fría y calculadora.

—Es un placer conocerte —comenzó a decir Winnie con cierto temor.

Cammy chasqueó la lengua.

—McKuen no me había hablado de ti. Ha sido una boda muy precipitada. ¿Estás embarazada?

Winnie la miró atónita.

—Bueno, si lo estoy habrá que llamar a la tele y conceder entrevistas. ¡Saldré en los titulares en todo el mundo!

—¿Perdona?

—Una mujer que se queda embarazada sin mantener relaciones sexuales —dijo Winnie en voz baja, para que Matt no la oyera.

—¿No te acuestas con él? —preguntó Cammy, perpleja—. ¡Pues menuda esposa vas a ser! ¿Lo engañaste para que se casara contigo cuando descubriste que tenía un rancho enorme y era rico? —continuó tercamente—. Vas detrás de su dinero, ¿no es eso?

Winnie se irguió en toda su estatura: Cammy casi le sacaba una cabeza.

—Para su información, señora Kilraven...

—Blackhawk —contestó ella secamente—. Me llamo Blackhawk. Y él también —señaló a Kilraven—, aunque no use su apellido.

—Eso es asunto mío, Cammy —contestó él con sorna.

—Para su información, señora Blackhawk —prosiguió

Winnie con orgullo–, mi hermano es Boone Sinclair, de Comanche Wells. Tal vez haya visto su foto en la portada de una famosa revista de ganadería de tirada nacional. El número acerca de los ranchos ecológicos.

Kilraven sacó su ejemplar de *El rancho moderno* y se lo pasó a Cammy. Sus ojos brillaban, divertidos.

Cammy leía revistas sobre ganadería. Le encantaban los ranchos. Y supo quién era Boone Sinclair en cuanto vio su cara en la portada de la revista.

–¿Eres de esos Sinclair? –preguntó, titubeante.

–Sí –contestó Winnie con frialdad–. De esos Sinclair. Mi familia está emparentada con todas las casas reales europeas. Mi bisabuela era hija de un noble español dueño de una gran fortuna. Su madre era sobrina del rey de España.

Cammy hubiera deseado sacar a relucir una genealogía más deslumbrante, pero el personaje más encumbrado de su linaje era un comerciante de grano de Billings, Montana. Se puso colorada.

–En cuanto a casarme con su hijastro por dinero –añadió Winnie, cortante–, seguramente podría comprar todas sus propiedades sólo con los beneficios de mis acciones de gas y petróleo.

Cammy tragó saliva. La miró con furia mientras intentaba encontrar una réplica.

–Ahora, si me disculpa, tengo que fregar los platos –bufó Winnie, y volvió a entrar en la cocina–. Por cierto, también sé hacer pan casero. ¿Y usted?

Cammy entró en el cuarto de estar, agarró su bolso y su abrigo y miró con furia a su hijastro, que intentaba no reírse. Le puso con rabia la revista en la mano.

–No pienso volver a esta casa mientras sigas casado con esa... ¡con esa pequeña sierra mecánica! –gritó, lanzando una mirada airada a la cocina–. ¡Adiós!

Salió del apartamento dando un portazo.

Kilraven rió a carcajadas hasta que se le saltaron las lágrimas.

—Vaya, es la primera vez que veo algo así —le dijo a Winnie, abrazándola con cariño—. Cammy solía ahuyentar a todas las chicas. Cuando estábamos en el instituto, a Jon y a mí no nos duraba ninguna novia. Yo creía que iba a hacerte picadillo. ¡Y la has hecho huir despavorida! —volvió a abrazarla, meciéndola en sus brazos—. Mi pequeña sierra mecánica —le susurró al oído, y la besó.

—¿No estás... enfadado? —balbució Winnie.

Él levantó la cabeza. Le sonrió.

—No, no estoy enfadado.

—No quería ser tan antipática —comenzó a decir ella.

—A Cammy se le olvidará todo lo que has dicho y volverá con un regalo de bodas dentro de un día o dos. Luego intentará hacerse amiga tuya —sonrió al ver su cara de duda—. Ya lo verás. Es todo un farol. No soporta a las personas a las que puede avasallar.

—Yo antes dejaba que me avasallaran —confesó Winnie—. Pero trabajar contigo me ha ayudado a superarme.

Kilraven se inclinó y frotó su nariz con la de ella.

—Lo mismo digo. Cammy ha huido como un gato escaldado. Tengo que llamar a Jon para contárselo. Está en Nueva York, trabajando en un caso —añadió para recordarle por qué se había perdido la boda su hermano.

Matt guiñó un ojo a Winnie. Lo había oído todo, pero no hizo ningún comentario. Kilraven sacó su móvil. Winnie volvió a entrar en la cocina, contentísima y orgullosa de sí misma.

—Hola, Jon —dijo Kilraven al teléfono—. Adivina quién se ha casado hoy con una pequeña sierra mecánica.

CAPÍTULO 12

Winnie se sentó con Matt y Kilraven después de llenar el lavaplatos y guardar las sobras. Sólo había dos mandos y habían partido la pantalla para competir entre ellos, pero cuando Winnie entró Matt le cedió su mando y se sentó a su lado. Fue divertido.

A eso de medianoche, Matt les deseó buenas noches y entró en el cuarto donde Kilraven tenía sus equipos. Era allí donde le habían hecho la cama. Kilraven acompañó a Winnie a su habitación, dejando claro que no tenía intención de dormir con ella, con boda o sin ella.

—Estamos de acuerdo —dijo suavemente—. ¿No?

Ella sonrió.

—Sí —intentó no parecer decepcionada. Había pasado noches sin dormir desde su encuentro en el sofá.

Kilraven la enlazó por la cintura y la levantó para acercarle los labios al oído.

—Pero, sólo por si acaso, ¿te estás tomando la píldora?

Ella se estremeció al oír su voz honda y aterciopelada. Carraspeó.

—Sí. Me la recetó el médico hace dos días.

—Bien.

—Pero no vamos a hacer nada —dijo ella.

Los labios de Kilraven se deslizaron hasta su boca suave y

de pronto se apoderaron de ella con un ansia y una intensidad que la hizo estremecerse de la cabeza a los pies. Le apretó las caderas contra las suyas, frotándolas contra su miembro duro. Una oleada de calor atravesó a Winnie, que contuvo el aliento cuando él comenzó a frotar sus muslos con los de ella. Winnie gimió, indefensa. Le sintió sonreír cuando él levantó repentinamente la cabeza y la miró a los ojos, llenos de asombro.

—¿No vamos a hacer nada? —preguntó—. ¿Estás segura?

A Winnie le ardía la cara. Kilraven la estaba volviendo loca, pero ella tenía que pensar en cómo iba a terminar aquello. Kilraven iba a llevarla a Nassau únicamente para poder hablar en privado con la esposa de un senador, y después la pondría de patitas en la calle. Debía recordarlo.

—Sí —dijo con calma, pero se estremeció.

Kilraven levantó las cejas. La dejó en pie y se quedó mirándola un momento, muy serio.

—Es difícil curarse de una adicción —dijo ella con toda la dignidad de que fue capaz, a pesar de que le temblaban la voz y las piernas—. El mejor modo de evitarlas es no creárselas.

—Eso es muy sensato —convino él, pero levantó una comisura de la boca—. Pequeña sierra mecánica —añadió a media voz, y sus ojos plateados brillaron posesivamente—. Que duermas bien.

Ella logró sonreír.

—Tú también.

Kilraven se volvió y la dejó sola. No parecía especialmente decepcionado, porque volvió a jugar con la consola como si nada hubiera pasado.

Winnie entró en el cuarto de invitados, se puso el pijama y se metió en la cama. La suya tenía que haber sido la boda más rara del mundo.

A la mañana siguiente se levantó temprano, tras pasar la noche en vela, y preparó un buen desayuno. Matt entró en la cocina unos minutos después, sonriendo.

—Qué bien huele —dijo—. No estoy acostumbrado a que me preparen el desayuno, sobre todo desde que mamá empezó a trabajar en homicidios —añadió—. La llaman a cualquier hora de la noche. A veces llega a casa cuando me estoy preparando para irme al colegio.

—¿Qué comes? —preguntó ella.

—Cereales, casi siempre —dijo Matt—. Me gustan, ¿sabes? No era una crítica. Mamá trabaja mucho.

Ella le sonrió.

—Matt, eres el mejor chico que he conocido —le dijo sinceramente—. Me alegro de que hayas resultado ser mi hermano pequeño.

—Gracias —contestó él, sorprendido.

—Bueno, no es lo que crees —bromeó ella—. Los mayores siempre se metían conmigo porque era la pequeña. ¡Y ahora el pequeño eres tú!

Él se rió.

—Entendido. Soy el eslabón más bajo de la cadena trófica.

—Más o menos —Winnie se echó a reír.

—¿Dónde está Kilraven? —preguntó él.

—Seguramente sigue durmiendo —contestó ella—. Me parece que ha estado jugando casi hasta que se ha hecho de día.

—Pobrecillo. Supongo que no tiene mucho tiempo de jugar cuando está trabajando.

—Supongo que no —contestó ella.

—La boda fue bonita —dijo Matt.

Ella asintió con la cabeza.

—Sí, a mí también me lo pareció.

—¿Seguro que estáis casados de verdad? —preguntó él en voz baja.

Su hermana lo miró y sonrió.

—¿Alguna vez has oído hablar de los agentes que trabajan de incógnito?

—Claro. Mamá conoce a uno de narcóticos que hace esas cosas.

—Cuando trabajas de incógnito, a veces haces cosas para que parezca que tienes unas intenciones, cuando en realidad tienes otras —le explicó.

Matt entendió enseguida.

—Entonces fingís estar casados, pero de todos modos tenéis una licencia que lo demuestra, por si alguien pregunta.

Ella levantó las cejas.

—Qué listo eres —dijo.

—Mi madre es detective de homicidios —contestó él, y arrugó el ceño—. Nuestra madre —se corrigió.

Winnie sonrió.

—Lo olvidaba.

—¿Vamos a ir a verla hoy?

—Claro que sí —respondió ella con entusiasmo—. ¿Cuándo vuelves al colegio?

—¿Tenemos que hablar de eso? —refunfuñó Matt.

—Sí, lo siento.

—El lunes —contestó con un suspiro—. Y además tengo deberes, ¿te lo puedes creer? ¡En fin de semana!

—Para estudiar hay que tener mucha fuerza de voluntad —dijo ella.

—Supongo que sí. ¿A ti te gustaba?

—No mucho, la verdad —confesó—. Fui a la universidad dos años, pero un invierno me puse enferma y suspendí el curso. Mi nota media se fue al garete. Pero de todos modos no me gustaba la carrera que había elegido, así que volví a casa y encontré trabajo como administrativa en la policía de Jacobsville. Fue allí donde conocí a Kilraven.

—Se llama McKuen —le recordó Matt—. ¿Por qué no lo llamas así?

—No sé si es lo más conveniente —contestó ella, pensativa.

—Podrías llamarlo Mac.

—¿Me prestas una armadura primero? —preguntó, indecisa.

Él se echó a reír.

—Claro.

—Más vale que uno de los dos le diga que el desayuno está listo —dijo Winnie mientras ponía los bollitos de pan y los huevos con beicon sobre la mesa. Empezó a poner la mesa.

—Uno de los dos. Es tu marido.

—Sí, y tu cuñado —replicó ella—. Creo que deberías llamarlo tú. Puede que te tire algo.

Matt le lanzó una sonrisa y dio media vuelta a la silla de ruedas.

—Si no se tienen agallas, no se alcanza la gloria —dijo por encima del hombro.

Winnie suspiró de alivio. No le había querido decir a Matt que tal vez Kilraven durmiera desnudo, y que por eso no quería entrar en su habitación. «Boba», se dijo, «estás casada. Sí», se respondió. «Pero ¿recuerdas lo que dijiste sobre las adicciones?».

Se volvió hacia los armarios y comenzó a sacar cubiertos.

Kilraven entró cinco minutos después, completamente vestido y bien peinado. Pero tenía los ojos rojos y estaba medio dormido.

Apartó una silla y se sentó bostezando, pero al ponerle Winnie una taza de café caliente debajo de las narices, le sonrió.

—Gracias —dijo—. No me fui a la cama hasta que empezaron las noticias de la mañana.

—Ya lo oí —dijo ella.

—¿Cómo dices?

—Disparos, granadas, bombas...

—Perdona —dijo él antes de dar un sorbo de café.

Winnie se rió.

—No te sientas culpable. Cuando tengo días libres, yo

hago lo mismo. La verdad es que tampoco tenía sueño —confesó, y esquivó su mirada divertida—. Pero al final me dormí. Matt ha dormido como un tronco.

—Yo siempre duermo como un tronco —dijo su hermano con una sonrisa.

Kilraven no contestó. Él dormía espasmódicamente. Era raro que durmiera toda la noche de un tirón. El pasado lo atormentaba.

Winnie vio reflejado en su cara un dolor que no podía disimular, y sintió una punzada de tristeza por no poder ser como él deseaba que fuera. No podía pasar una noche en sus brazos y seguir luego con su vida como si tal cosa, pensó, afligida, aunque él sí pudiera.

Kilraven se bebió el café sin hacer caso de la comida.

—¿No tienes hambre? —preguntó Matt—. Los panecillos están buenísimos.

Kilraven lo miró, arrugó el ceño y fijó la mirada en los platos.

—Santo cielo —exclamó, mirando a Winnie—. ¿Has hecho panecillos?

Ella asintió.

—Sé hacer toda clase de masas.

Kilraven tomó un panecillo, lo partió en dos y le puso mantequilla y mermelada de fresa. Al morderlo, cerró los ojos. Casi gruñó.

—No había comido un panecillo hecho en casa desde que era niño —confesó, sonriendo—. Teníamos un cocinero, Laredo, que sabía hacer prácticamente cualquier cosa que llevara harina, incluso tartas. Hacía unos bollos de pan deliciosos, pero éstos son aún mejores.

Winnie sonrió.

—Gracias.

Él echó mano de los platos de los huevos y el beicon.

—No suelo desayunar caliente, pero seguro que podré acostumbrarme, si lo intento.

Matt se rió mientras tomaba otro panecillo.

—Yo también. Los detectives de homicidios no tienen mucho tiempo para cocinar.

—Ni los federales —añadió Kilraven.

—Ni las operadoras de emergencias —Winnie levantó la mano.

—El año pasado, una señora que atendía el teléfono le salvó la vida a mamá —contó Matt—. Fue a interrogar a un testigo de un caso de homicidio y el testigo resultó ser el asesino. Mamá consiguió marcar el número de emergencias con su móvil sin sacarlo del abrigo mientras el tipo la amenazaba con una pistola —sonrió—. Lo creáis o no, en menos de dos minutos llegaron dos coches patrulla con las sirenas puestas. Ese tipo se distrajo y mamá consiguió desarmarlo, tirarlo al suelo y esposarlo, ¡y todo antes de que los policías llegaran a la puerta!

—Vaya —dijo Winnie, impresionada.

—La operadora conocía a mamá —continuó Matt—. Buscó con el ordenador dos coches patrulla que había por allí cerca y los mandó en su auxilio.

—Muy bien pensado —dijo Kilraven. Sonrió a Winnie—. Tu hermana también me salvó el pellejo así una vez.

—¿Sí? —preguntó Matt con curiosidad.

Winnie se encogió de hombros.

—Tuve el presentimiento de que necesitaba refuerzos.

—Sí, y los mandó antes de que me diera tiempo a pedirlos —añadió él enfáticamente.

—Mi madre también presiente las cosas antes de que pasen —comentó Matt—. Estaba en el hospital cuando me ingresaron, después de que su ex marido intentara matarme —se puso serio—. Me dijo que lo sabía. Que tuvo una visión. A veces da un poco de miedo.

—Sí —confesó Winnie—. Yo veo cosas que preferiría no ver.

—Pues yo me alegro de que vieras que necesitaba ayuda

—le informó Kilraven—, o no estaríamos teniendo esta conversación.

Ella le sonrió. Kilraven le devolvió la sonrisa.

Kilraven acabó de desayunar y sacó su móvil.

—Tengo que llamar a mi hermano para ver si hay alguna novedad sobre el caso.

Entró en la habitación de al lado. Marcó el teléfono y contestó Joceline Perry.

—Hola, Perry —dijo Kilraven, llamándola por su apellido, como hacía siempre—. ¿Está ahí el *boss*?

—Tengo entendido que últimamente no da muchos conciertos —respondió ella. Se refería a Bruce Springsteen, el verdadero *Boss*.

—Muy graciosa —masculló él—. Pásame a mi hermano o voy para allá y te unto con tinta china.

—¡Injurias y amenazas! —exclamó ella.

—¡Joceline!

—Eso está mejor —dijo ella.

Se oyó un clic.

—Blackhawk —dijo Jon.

—¿Puedes hacerme un favor? —preguntó Kilraven.

—Claro. ¿Qué quieres?

—Sal a la sala de espera, busca algún recipiente con agua y vacíaselo en la cabeza a Joceline.

—Deja que primero mire si mi seguro me cubre los daños —contestó Jon—. ¿Qué quieres? ¿Que te aconseje sobre cómo tratar a la «pequeña sierra mecánica», o sobre cómo apaciguar a Cammy? —añadió con una risa.

—Has hablado con ella —dijo Kilraven.

—Más que hablar, ha gritado —contestó Jon, satisfecho—. Entré en mi apartamento después de volver de Nueva York, y nada más encender el móvil empezó a sonar. Creo que el sentimiento de superioridad de Cammy se ha visto temporalmente reemplazado por cierta sensación de insuficiencia —se rió—. Tengo que conocer a Winnie. Debe de ser la bomba.

—Pues la verdad es que no —contestó Kilraven, pensativo—. Es tímida y callada con la gente que no conoce. Pero Cammy se puso insoportable, sobre todo cuando le dije que Winnie era operadora de emergencias. Estoy segura de que sabía que Boone Sinclair había aparecido hacía poco en la portada de la principal revista del país sobre ranchos y ganadería, porque todos estamos suscritos, pero no lo relacionó con Winnie hasta que le puse la revista en la mano —se rió—. Ahora ya sabe quién es.

Jon también se rió.

—Creo que nunca había visto a mi madre tan en desventaja.

—Yo tampoco —contestó Kilraven—. Pero permíteme que te dé un consejo: si alguna vez te comprometes, asegúrate de que tu novia se ponga una armadura. Si Cammy se ha puesto así porque me haya casado, imagínate cómo se pondrá si te casas tú.

—Descuida, tengo demasiado trabajo para pensar en mujeres. Además, Giles Lamont saldrá pronto bajo fianza —añadió, malhumorado.

Kilraven se sintió incómodo al oír aquel nombre. Lamont, un jugador vinculado con la mafia, llevaba cinco años en prisión, acusado de un delito federal. Jon había sido quien le había detenido. Lamont había jurado matarlo si salía de prisión, aunque por ello lo condenaran a cadena perpetua o a muerte.

—Podrías acudir a la junta penitenciaria —comenzó a decir Kilraven.

—¿Para qué? —preguntó Jon, cortante—. ¿Sabes cuántas amenazas de muerte recibo cada semana? Lamont sólo es uno más. ¡Como si fueran a retenerlo en prisión por amenazar a un agente federal!

—Injurias y amenazas —dijo Kilraven.

—Sin testigos —contestó Jon.

Kilraven maldijo en voz baja.

—Mira, tú cúbrete las espaldas. Eres el único hermano que tengo.

—Gracias, yo también te tengo cariño —dijo Jon—. Hablando de cosas más alegres, ¿adivinas quién acaba de comprar un billete en primera clase para Nassau?

A Kilraven le dio un vuelco el corazón.

—¿La mujer del senador Sanders? —preguntó, esperanzado.

—La misma. Se va esta noche.

—Entonces nosotros nos vamos mañana a primera hora —le dijo Kilraven—. Matenme informado si te enteras de algo más, ¿de acuerdo?

—De acuerdo. Que tengáis buen viaje. Y no seduzcas a Winnie.

—¿Qué?

—Si se enfrentó a Cammy, debe de importarle mucho lo que pienses de ella —contestó su hermano con calma—. No le rompas el corazón por intentar resolver el caso.

Kilraven se enfadó.

—Mi hija fue asesinada —le recordó a Jon—. Haré lo que sea por encontrar a su asesino. Me da igual quién salga malparado. No puedo remediarlo. Ella era mi vida entera —añadió entre dientes.

Jon exhaló un largo suspiro.

—Sé cuánto querías a Melly —dijo suavemente—. Estoy trabajando todo lo que puedo en el caso. Pero tienes que recordar que ya han muerto varias personas porque sabían demasiado, y que dos detectives de policía asignados al caso han sufrido agresiones. ¿Sabes por dónde voy?

—Tendré cuidado —le prometió Kilraven—. Sigue investigando. Si conseguimos algo sobre Hank Sanders, cualquier cosa que lo relacione con la víctima de Jacobsville o con las agresiones, le tendremos a nuestra merced. Y podremos negociar con él.

—¿Negociar con un asesino?

—No estoy convencido de que sea él —dijo Kilraven de repente—. No parece muy propio de un Seal de la Armada condecorado, ¿no crees? A su hermano mayor le gustan las jovencitas y tiene dinero de sobra para comprarlas y venderlas. No puedo quitarme de la cabeza a esa niña de catorce años a la que drogó. Rogers va a intentar encontrarla y hablar con ella cuando salga del hospital. Si conseguimos que hable con el fiscal del distrito, tal vez esté dispuesta a acusar al senador. Y tal vez él confiese algo.

—Estás dando por sentado que fueron los matones de Sanders quienes asesinaron a Melly —dijo Jon en voz baja—. Pero no tienes pruebas en las que basarte. El hecho de que ese tipo opere fuera de la ley no lo convierte en un asesino.

—Lo sé.

—Pues ándate con cuidado —continuó Jon.

—Lo haré.

—Sí, ya. Con botas de combate con puntera de acero y pinchos —Jon suspiró—. ¿Recuerdas cuando estuvimos juntos en el Equipo de Rescate de Rehenes del FBI? —añadió, sonriendo al recordarlo.

—Sí —dijo Kilraven—. Fueron buenos tiempos, mientras duraron.

—Te saltaste el reglamento y acabaron pegándote un tiro —le recordó Jon—. Por eso te echaron.

—Bueno, la CIA me recogió cuando me echó el FBI —respondió Kilraven—. A ellos les gusta la gente menos cuadriculada.

—Tú no vuelvas a hacer tonterías, ¿de acuerdo?

—Oye, si me despiden puedo volver al rancho y trabajar de vaquero —dijo Kilraven—. O mudarme a Jacobsville y trabajar para Cash Grier.

—Tú no encajarás nunca en un pueblo pequeño, ni en un rancho —contestó Jon con calma—. Vives para el riesgo.

—Es lo único que me mantiene cuerdo —contestó Kilraven sombríamente–. No quiero tener tiempo libre para sentarme a pensar.

–Para eso están los videojuegos –contestó Jon–. Tengo uno nuevo para la Xbox 360: *Dragon Age Origins*, y acabo de apuntarme a una partida online de *World of Warcraft*.

–Yo todavía intento acabar *Halo ODST* –contestó su hermano, divertido–. De hecho, me he pasado toda la noche jugando.

–Los aficionados a los videojuegos están mal de la cabeza.

–Habla por ti –Kilraven se rió.

–Cuídate –le dijo Jon–. Y si necesitas ayuda, llámame.

–Voy a llevarme a mi propia operadora de emergencias –contestó Kilraven–. Si necesito ayuda, me la conseguirá inmediatamente.

Jon se rió, le dijo adiós y colgó.

Joceline asomó la cabeza por la puerta.

–Me voy a comer –dijo–. ¿Quiere un sándwich?

Jon la miró entornando los ojos con desconfianza. La señora Perry nunca se ofrecía a llevarle comida.

–¿Que si quiero...?

Ella asintió con la cabeza.

–Donde Chuck, cerca de la carretera del aeropuerto, los hacen buenísimos. Pero si va a ir, más vale que se marche ya. Se llena enseguida –le dijo, sonrió y cerró la puerta.

Jon arrojó un libro a la puerta.

–¡Lo he visto! –gritó ella, y siguió caminando.

Kilraven volvió a entrar en la cocina.

–Acabo de reservar dos billetes de avión para las Bahamas. Salimos a primera hora de la mañana –le dijo a Winnie, que se quedó atónita. Miró a Matt–. Lo siento, campeón, pero tendrás que volver al rancho unos días.

–No importa –dijo Matt–. Boone va a enseñarme a montar.

Winnie sonrió.

—No podrías estar en mejores manos —le aseguró—. Voy a echarte de menos.

—Podríais llevarme —le dijo Matt con una sonrisa.

—Sí, claro. Vamos a fingir que estamos de luna de miel con mi hermano pequeño. Seguro que todo el mundo se lo creería —contestó Winnie.

—Era una broma —dijo Matt. Sacudió la cabeza—. La vida es curiosa, ¿verdad? Hace unos días sólo estábamos mamá y yo. A ella le pegan un tiro y ahora tengo toda una familia —miró a Winnie con cariño—. Es agradable.

Ella sonrió.

—Sí, mucho.

Kilraven miró su reloj.

—Si vamos a ir a ver a vuestra madre, tenemos que salir pronto. Tiene que quedarnos tiempo para llevar al rancho al futuro campeón de *Halo*.

—¿Yo? —preguntó Matt—. Pero si sólo he pasado el primer nivel.

—En un solo día —dijo Kilraven con fingido fastidio—. Yo tardé tres.

—¡Vaya! —exclamó Matt.

—Vamos —les dijo Kilraven.

—Pero los platos... —comenzó a decir Winnie, señalando hacia el fregadero.

—Los platos pueden esperar —contestó él. No fue brusco, pero lo dijo en un tono extraño, como si no le gustara verla trajinar por su apartamento.

Ella levantó las manos.

—Está bien. Es tu casa —dijo, y logró esbozar una sonrisa—. Voy a por mi bolso y mi abrigo. Matt, ¿puedes ir tú a por los tuyos?

—Claro —salió pitando hacia el cuarto donde dormía.

Kilraven estuvo muy serio de camino al hospital. Sonreía a Matt y hablaba de videojuegos con él, pero demostraba una repentina frialdad hacia Winnie. Ella no pudo evitar notarlo. Se preguntaba si le había ofendido por hacer el desayuno.

Encontraron a Gail sentada en la cama, pero menos animada que la víspera.

—El tercer día siempre es el peor —dijo Kilraven.

—Ya me he dado cuenta —contestó Gail tras abrazar a Matt y a su hija—. Esto me duele a rabiar y ahora tengo fiebre. El médico está disfrutando de lo lindo. Intenté convencerlo de que me diera ayer el alta y no quiso. Ahora veo por qué. No me importaría, si no estuviera tan pagado de sí mismo —masculló.

Kilraven se rió. Era el primer atisbo de buen humor que mostraba desde que habían salido del apartamento.

—Con Márquez hizo lo mismo —le dijo—. Pero puede que tú le hayas gustado. Está divorciado.

—Es demasiado viejo para mí —contestó Gail altivamente.

Kilraven levantó las cejas.

—Es un año más joven que tú.

—Por eso —contestó ella.

Winnie rompió a reír.

Gail la miró con un brillo en los ojos, pero tenía fiebre y estaba desanimada por el dolor.

No se quedaron mucho tiempo. Winnie y Matt no querían cansar a su madre. Winnie se aseguró de que tenía el teléfono móvil de Boone.

—Sí —contestó Gail suavemente—. Clark, Keely y él vinieron a verme anoche. No sabía que Clark y Matt se llevaban tan bien.

—Boone seguramente estuvo muy reservado, ¿no? —le preguntó Winnie, y asintió al ver que su madre parecía sorprendida por su comentario—. Siempre es así hasta que conoce bien a alguien. Ha pasado mucho tiempo.

—Se parece mucho a tu padre —dijo Gail—. Tiene la misma fortaleza y es igual de reservado, pero una sabe que siempre puede contar con él.

—Sí —dijo Winnie, y sonrió.

—Clark juega de maravilla —le dijo Matt—. Me ha enseñado formas nuevas de usar las granadas. Así, cuando de mayor ingrese en un equipo de fuerzas de asalto, iré bien preparado —añadió con un brillo en los ojos oscuros.

Gail gruñó.

—¡No! Tú no vas a ingresar en las fuerzas de asalto, y no me importa lo deprisa que vayas con ese chisme —señaló la silla de ruedas.

—Es pura envidia —le dijo Matt a su hermana—. Ella intentó entrar en las fuerzas de asalto, pero le dijeron que era demasiado mayor.

—¡Demasiado mayor! —estalló Gail—. ¿Te imaginas?

—Los vinos viejos requieren mucho tacto —dijo Kilraven con suavidad.

Gail lo miró.

—¿Estás borracho? —preguntó, cortante.

Él la miró con enojo.

—Intentaba que te sintieras mejor.

—Buena idea. Sal a buscar al capullo que me hizo esto y enciérralo para veinte años, y me sentiré mucho mejor.

—Perdona, pero ahora tenemos otras prioridades. Winnie y yo nos vamos a Nassau mañana.

Gail entornó los ojos. Se volvió hacia Matt.

—¿Y si te doy un dólar y me traes un refresco de la cafetería? —le preguntó.

—¡Claro! ¿Quieres una Coca-cola?

Su madre asintió con la cabeza. Hizo ademán de abrir el cajón, pero Kilraven fue más rápido: le dio un dólar a Matt.

—No lo uses para impresionar a las chicas —bromeó.

—Menuda impresión iba a hacerles —bufó Matt—. En estos tiempos hace falta un Jaguar —frunció los labios—. Tú eres mi cuñado. ¿Y si dentro de cuatro años me prestas tu Jaguar, cuando empiece a salir con chicas?

—Sal de aquí —respondió Kilraven, fingiéndose enfadado.

Matt salió riéndose.

Kilraven se acercó a la cama, muy serio.

—La esposa del senador va camino de su casa de la playa. La casa linda con la de los Sinclair —dijo—. Winnie va a acompañarme para que podamos verla. Quizás así se anime a contarnos algo sobre su cuñado.

—¿Te has casado para interrogar a un pariente de un sospechoso? —exclamó Gail.

Kilraven la miró con enfado.

—No voy a arruinar la reputación de Winnie viviendo con ella varios días mientras intentamos ganarnos la confianza de la esposa del senador.

Gail sonrió.

—No eres mal tipo, Kilraven.

—Sí que lo es —dijo Winnie, pero sus ojos brillaron.

Kilraven le guiñó un ojo y se rió al ver que se sonrojaba.

—Bueno, tened cuidado los dos —les advirtió Gail—. Esa gente va en serio.

—Tú sueles acertar con tus corazonadas —dijo Kilraven—. ¿Qué opinas? ¿Estamos siguiendo una pista falsa, o el hermano del senador puede estar implicado en el caso?

Gail se quedó callada un momento.

—No lo sé. Creo que el senador está implicado hasta el cuello en algunas partes del caso —dijo—. Quiero hablar con la madre de esa chica que fue encontrada asesinada.

Kilraven estaba muy serio. Había pensado en interrogar a la chica que había sobrevivido, pero no en entrevistarse con la madre de la chica que había muerto.

—¿Crees que quizá sepa algo que no le contó a la policía en su momento?

—Podría ser. Supuestamente, salió para encontrarse con un chico y acabó muerta y en tal estado que ni su propia familia la habría reconocido, igual que el cadáver que apareció en el Little Carmichael. Incluso encontraron su coche cerca de un río. Parece demasiada coincidencia.

—Entiendo. Pero parece improbable.

—Soy famosa por acertar en los casos más improbables.

—Tardarás todavía varios días en salir de aquí —dijo Kilraven.

—Sí, a no ser que consiga noquear al médico —Gail suspiró.

—Tal vez, cuando volvamos, tengamos más información en la que basarnos. Entre tanto, le he dicho a un amigo que te vigile, por si acaso tu agresor vuelve a intentarlo.

—Soy policía —contestó ella.

—Sí, y el presupuesto de tu departamento es menor que lo que yo me gasto anualmente en videojuegos —dijo él con sarcasmo—, así que supongo que no habrá muchos policías dispuestos a hacer horas extras para seguirte.

Ella hizo una mueca.

—Mi amigo está sin trabajo y le encanta perseguir malhechores. No le verás, ni sabrás quién es, pero andará cerca.

—Gracias, Kilraven —dijo Gail.

—Eres temporalmente mi suegra —se rió—. Es lo menos que puedo hacer.

—No os descuidéis, ni siquiera en Nassau —les aconsejó Gail—. Puede que a la mujer del senador no le extrañe veros allí, pero me apuesto algo a que a su marido sí. Antes de que me dispararan, descubrí que hay un viejo criado de la familia, Jay Copper. Es muy posesivo con el senador Sanders. Se rumorea que es su verdadero padre. Pasó varios años en prisión por homicidio y se libró de una pena mayor por un simple tecnicismo. El caso es que lo denunciaron al menos una vez por amenazar a un reportero que estaba investigando esas acusaciones de violación contra el senador. Amenazó con cargarse a toda su familia con una escopeta.

Se oyó contener el aliento a Kilraven.

—Sí, ya me pareció que te resultaría familiar —Gail asintió con la cabeza. Tenía una mirada fría—. A Copper no le gusta Hank Sanders, ni tampoco Patricia, la esposa del senador.

Uno de mis contactos me contó que, si Patricia prefiere evitar al senador, es principalmente porque tiene miedo de Copper.

Kilraven entornó los ojos.

—He oído hablar de ese viejo. En los años setenta lo llamaban Cabeza de cobre, cuando estuvo presuntamente implicado en una red de narcotráfico en Dallas.

—Ése es. Sigue en la brecha, amenazando a todo el que puede para mantener a salvo al senador.

—¿Y Hank Sanders?

Ella frunció los labios.

—Una pregunta interesante. Fui a ver a Garon Grier unos días antes de que me dispararan y ¿adivináis quién lo estaba esperando en el aparcamiento, intentando que no lo vieran?

A Kilraven le dio un vuelco el corazón.

—Hank Sanders.

Ella asintió con la cabeza.

—¿Por qué un delincuente notorio se relaciona con un agente del FBI de conocidas opiniones conservadoras?

—Hay otra cosa curiosa. Hank fue un Seal de la Armada. Y lo condecoraron.

Ella frunció los labios.

—Eso nos lleva en una dirección completamente distinta. Y tengo una hipótesis.

—Yo también —contestó Kilraven—. Pero quedará entre nosotros hasta que Winnie y yo volvamos de las Bahamas. Quizá podamos averiguar algo más.

—Aunque Jay Copper no haya ido con Patricia Sanders a las Bahamas, me juego diez a uno a que tiene a alguno de sus matones vigilándola —añadió Gail—. Corre el rumor de que Patricia intentó divorciarse del senador, hasta que Copper le dejó caer que eso perjudicaría al senador en las urnas y que no le gustaría que lo intentara. Ella dejó el asunto inmediatamente.

Kilraven entrecerró los ojos.

—Me hago una idea.

—Ten cuidado —le dijo ella con firmeza.

—Siempre lo tengo —Kilraven sonrió al mirar a Winnie—. Y no te preocupes. Cuidaré de tu hija.

Winnie sonrió, pero hubiera deseado que dijera «mi mujer», en lugar de «tu hija». Aun así, era pronto todavía. Tenía tiempo de impresionarlo. Estaba claro que Kilraven la deseaba ardientemente. Y donde había humo, había fuego.

CAPÍTULO 13

Se bajaron del avión en Nassau junto con el resto del pasaje de primera clase. Aunque en Estados Unidos era invierno, en las Bahamas había un verano perpetuo. Al llegar a la terminal, miraron por las ventanas. La gente andaba por la calle en pantalones cortos.

—¿Por qué me he puesto un abrigo? —refunfuñó Winnie.

—¿Porque tenías frío? —dijo Kilraven—. Ven, vamos a ponernos a la cola de la aduana.

—Será lenta. Siempre lo es.

—¿Tenemos prisa? —preguntó él.

Winnie le dio un golpe.

Parecían una pareja de la alta sociedad. Winnie llevaba un traje pantalón de alta costura, de color crema, muy caro y elegante, con zapatos de tacón alto de diseño y bolso a juego. Kilraven, pantalones y camisa de seda y una costosa chaqueta. Kilraven le dejó claro al agente de aduanas que acababan de casarse y estaban de luna de miel. Al salir de la terminal pasaron junto a una banda de percusionistas y sin darse cuenta ajustaron su paso al ritmo de la música.

La limusina que Kilraven había alquilado al hacer las reservas los estaba esperando. Los condujo por la sinuosa carretera que partía del aeropuerto y que, pasando por Cable Beach, desembocaba en la carretera que llevaba al exclusivo barrio de New Providence donde numerosos millonarios tenían su casa de veraneo.

—¿A que es precioso? —preguntó ella mientras miraba por las ventanillas tintadas—. La primera vez que vinimos, yo debía de tener unos cuatro años. Vi la arena blanca y el agua azul turquesa, con esos tonos increíbles, y les pregunté a mis padres si era una pintura.

—Sé lo que quieres decir —dijo Kilraven—. Esos colores parecen demasiado brillantes para ser reales.

—¿Habías estado aquí antes? —preguntó él.

Kilraven se rió.

—He pasado por aquí —contestó—. He visto aeropuertos y hoteles de todo el mundo, pero casi todos los lugares los he visitado a oscuras.

Ella comprendió enseguida lo que quería decir.

—Nunca hablas de esas cosas, ¿verdad?

—No me atrevería —respondió él—. La mayoría están clasificadas —frunció los labios y le sonrió—. Confío en ti, pero necesitarías una autorización del gobierno para conocer los detalles.

Ella hizo una mueca.

—Yo te lo cuento todo —contestó.

Él enarcó las cejas.

—¿Sí?

—Te he contado lo de mis padres —dijo Winnie.

La mirada de Kilraven se entristeció.

—Y yo a ti lo de mi hija. Nunca había hablado de ella con nadie que no fuera de mi familia, excepto con la gente directamente implicada en la investigación.

—Siento que la perdieras así.

Él desvió la mirada y la fijó en el paisaje que pasaba por las ventanillas, por los altos pinos y las majestuosas palmeras que bordeaban la estrecha carretera pavimentada.

—Yo también.

Winnie alisó una arruga en el suave tejido de sus pantalones.

—¿No has pensado en tener más hijos?

—No —respondió él enseguida, gélidamente.

La brusquedad de su respuesta la desconcertó. Lo miró a los ojos y casi dio un respingo al ver su expresión.

—No volveré a pasar por eso —añadió Kilraven.

—Pero el hecho de que perdieras a tu hija de esa manera tan espantosa no...

Él levantó una mano.

—No voy a hablar de eso —dijo con frialdad. Sus ojos grises tenían un brillo metálico—. Te agradezco tu ayuda, de veras. Pero si te estás haciendo ilusiones respecto a por qué estamos aquí, permíteme desengañarte. Hemos venido a hacer preguntas y a obtener respuestas, no a pasar unas pocas noches tórridas el uno en brazos del otro. Yo podría marcharme luego sin mirar atrás. Tú no. Eres demasiado joven y demasiado ingenua para tener una aventura pasajera. Así que vamos a hacer lo que hemos venido a hacer, volveremos a Estados Unidos y pediremos discretamente la anulación. Y no habrá complicaciones. Y menos aún un embarazo. No hay más que hablar.

Winnie se sintió como si le hubiera clavado un alfiler. Cuando se ponía así, Kilraven la intimidaba. Estaba acostumbrada a que fuera divertido con ella, a que bromeara. Nunca la había hablado con verdadera aspereza, salvo aquella vez en que ella se equivocó al gestionar una llamada y él estuvo a punto de morir. Aquél era su verdadero carácter, y daba miedo. No era de extrañar que Gail le hubiera dicho que era peligroso.

Kilraven se dio cuenta de que la estaba asustando y se obligó a calmarse. Winnie era una mujer normal y cariñosa, que quería un hogar y una familia. Lo que sentía por él nublaba su sentido común, y eso era propio de un capricho pasajero. Lo superaría. Era, como le había dicho, muy joven. Veintidós años, frente a sus treinta y dos.

—Perdona —le dijo ella, y logró sonreír.

—No, perdona tú —contestó él en voz baja—. A veces olvido la edad que tienes —compuso una sonrisa—. Algún día encontrarás a un hombre que quiera sentar la cabeza y tener hijos contigo. Pero no seré yo. Eso ya lo sabes.

Winnie asintió con la cabeza. No estaba de acuerdo, pero le pareció preferible darle a entender que sí. Al menos, él ya no la miraba con aquella expresión glacial.

—Viajar así sí que es peligroso —dijo para distraerlo, señalando a los ciclomotores que pasaban a toda velocidad en ambos sentidos.

Él se rió.

—Una vez tuve que requisar uno en otro país, por un asunto urgente —confesó—. Doblé una curva y salí disparado por encima del manillar —sacudió la cabeza—. Acabé con un remache de acero clavado en la pierna. Es mucho más difícil de lo que parece.

—¿Y conduces un Jaguar? —bromeó ella.

Él arrugó la frente.

—Los Jaguar están fabricados para ser muy estables en carretera a velocidad extrema. Los ciclomotores, no.

—Mi hermano cree que los Jaguar pueden volar. Pero nunca ha podido convencer a los guardias de tráfico de que deberían dejarlo volar por la autopista.

Kilraven se rió.

—Yo tampoco.

—Ojalá fuéramos hacia el centro. Me encantaría ver el hotel British Colonial —comentó ella.

—¿Cuál?

—Bueno, ahora no lo llaman así —contestó ella—. Ahora es el Hilton. Está justo en el centro, muy cerca del puerto. Antiguamente, Fort Nassau se levantaba donde hoy en día está el hotel. Fue escenario de muchas batallas en el siglo

XVII. Y también lugar de encuentro de la alta sociedad a comienzos del siglo XX. Los duques de Windsor frecuentaban sus fiestas cuando él fue gobernador de las Bahamas, durante la II Guerra Mundial —sonrió—. Hay una estatua del pirata Woodes Rogers delante del hotel. Parece una ironía, pero fue el primer gobernador de las Bahamas.

—Igual que Henry Morgan, el pirata que fue el primer gobernador de Jamaica —Kilraven se rió—. Su tumba se perdió a fines del siglo XVII, durante un terremoto devastador que sumió la mayor parte de Port Royal en el fondo del mar.

Ella se estremeció.

—Sí, en Portugal hubo un terremoto en 1755 que arrancó un muelle de piedra y lo lanzó al mar. Murió toda la gente que se había refugiado en él. Se calcula que perecieron unas veinte mil personas en Lisboa en cuestión de minutos, debido al terremoto y al *tsunami* que provocó.

Kilraven la miró.

—Sabes mucho de terremotos.

Ella se rió, avergonzada.

—Pues sí —confesó—. Me encanta visitar la página web de la Sociedad de Vigilancia Geológica de Estados Unidos.

—¡A mí también! —exclamó él.

—¿En serio?

—En serio. Ésa, y la del canal del tiempo en spaceweather.com —añadió—. Me apasionan las manchas del sol y las lluvias de meteoritos y...

—Y seguir la trayectoria de los asteroides que se aproximan a la Tierra en spaceweather —rió ella—. Sí, a mí también.

Los ojos de Kilraven brillaban.

—Tienes telescopio.

—¿Cómo lo sabes? —preguntó ella, sorprendida.

—Me ha dado esa impresión. Yo también tengo uno. No lo has visto porque está en mi dormitorio. Es un telescopio compuesto, un...

—Un Schmidt-Cassegrain —adivinó ella, y sonrió tímidamente al ver que él se echaba a reír—. ¿Qué ancho de apertura tiene?

—Ocho pulgadas.

—El mío, diez —dijo ella, orgullosa.

—Sí, pero tú vives en el campo —Kilraven suspiró—. Yo vivo en la ciudad, y la de ocho pulgadas deja pasar menos contaminación lumínica.

—Cuando acabemos con nuestra misión secreta, tendremos que ir a mirar el cielo juntos —dijo ella—. Boone hizo construir un pequeño observatorio para mí en el patio. Puedo dejar el telescopio fuera en cualquier momento del año, porque está cerrado e impermeabilizado.

—Me encantaría —dijo él, muy serio. La miraba con una expresión extraña—. Nunca me habías dicho que te gustaba la astronomía.

—No ha salido el tema —dijo ella.

—Supongo que no —le gustaba lo que estaba descubriendo sobre ella. Pero Winnie seguía siendo demasiado joven, sobre todo para lo que tenía planeado al principio, cuando le propuso aquel viaje.

Se avergonzaba vagamente de sí mismo, y más aún cuando recordaba que la vida de Winnie acababa de sufrir un vuelco al descubrir que tenía un hermano del que no sabía nada y que su tío podía estar implicado en un asesinato. Además, a su madre le habían pegado un tiro. Tal vez eso no la habría alterado unas semanas antes, pero descubrir la verdadera situación de Gail había sido un mazazo para ella. Y a él se le había ocurrido pasar unos días de diversión con ella, mantener un breve idilio sexual que él podría olvidar, pero ella no. Winnie sentía algo sincero por él. Y ello resultaba inquietante en más de un sentido.

Monica, su difunta esposa, adoraba la riqueza de su familia. Aunque en aquel momento él trabajaba de policía, ella sabía que su familia tenía una posición acomodada, y decidió que lo mismo daba casarse por dinero que por amor. Tal vez le había tenido cariño, pero sólo eso. Después del nacimiento de Melly, se desentendió casi por completo de la niña. Él, en cambio, la cubría de mimos, la llevaba a todas partes, presumía de ella. Intentó ahuyentar aquel recuerdo. Era doloroso. Recordó que a Cammy, su madrastra, nunca le había gustado Monica. En realidad, nunca le gustaban las mujeres que salían con Jon o con él. Pero a menudo decía que había algo frío y oscuro agazapado en el cerebro de Monica.

—Estás muy pensativo —dijo Winnie suavemente.

—¿Qué? —se rió sin ganas—. Estaba pensando en Monica. Mi mujer —añadió al ver que parecía desconcertada—. Se pasaba la vida en Neiman Marcus y Saks. Le encantaban la ropa, los diamantes y las fiestas.

—Supongo que también le encantaría su familia —dijo ella.

—Le encantaba mi dinero —Kilraven suspiró—. Pero a Melly nunca le compró un vestido, un par de zapatos, ni siquiera un juguete. Si le daba dinero para comprarle algo a Melly, se lo gastaba en ropa para ella. Al final, acabé por comprarle la ropa a Melly yo mismo.

Winnie estaba sorprendida. Si ella hubiera estado en el lugar de Monica, habría cubierto a su hija de regalos, la habría mimado, la habría llevado a todas partes, le habría hecho fotos constantemente. Esquivó la mirada de Kilraven y apretó con fuerza su bolso.

—Es una pena —dijo.

—Una vez le pregunté por qué nunca jugaba con la niña —recordó él, muy serio—. Me dijo que su trabajo consistía en darla a luz y el mío en criarla. Ella había cumplido con su parte. Ni siquiera le gustaban los niños. Sencillamente, se cansó de que yo insistiera en tener hijos —fijó la mirada en el suelo del coche—. Puede que Cammy no parezca la madre perfecta —añadió con una risa honda—, pero fue una madrastra estupenda. Siempre me estaba llevando a sitios, haciendo cosas conmigo, comprándome cosas. Cuando llegó Jon, se convirtió en mi hermano, sencillamente. Ella nos trataba a los dos igual. Que el cielo se apiadara de los maestros o los compañeros de clase que nos daban problemas en la escuela. Cammy se lanzaba a por ellos como un halcón. Ni siquiera papá nos defendía con tanta pasión.

—Estoy segura de que mejora cuando se la conoce mejor —respondió Winnie, algo crispada—. Veré si Boone puede prestarme una picana, por si tengo que volver a hablar con ella...

Él la miró con afecto.

—Pequeña sierra mecánica... —dijo, divertido.

Hizo que sonara como una caricia. Winnie se sintió querida, protegida, segura. Sonrió.

—No suelo ser así.

La sonrisa de Kilraven se desvaneció.

—Lo sé. No te haces valer lo suficiente. Si les dejas, la gente te avasalla.

—Si lo sabrás tú —ella suspiró.

—Yo estoy acostumbrado a avasallar a la gente, sí —respondió él—. Tienes que plantarme cara.

—Todavía estoy intentando plantarle cara a Boone —dijo Winnie, dando un respingo—. No es fácil.

—Lo hiciste muy bien cuando lo convenciste de que te dejara venir conmigo —dijo sombríamente—. Me sentí orgulloso de ti.

Ella levantó los ojos.

—¿Sí?

Kilraven asintió.

—Si pasas un poco más de tiempo conmigo, acabarás por comerte a un tigre crudo, con salsa picante.

«¡Ay, dame esa oportunidad!», pensó ella, pero se limitó a sonreír.

—Seguiré tu ejemplo.

El coche comenzaba a aminorar la velocidad. Se detuvo delante de una verja de hierro forjado muy adornada, y

Winnie salió y marcó un código en el panel de acceso electrónico. Volvió a subir al coche. La puerta se abrió.

—Lo hizo instalar Boone —dijo—. Hace unos años robaron en casa. Ahora tenemos más en cuenta la seguridad.

Él asintió con la cabeza. Iba a asegurarse de que el sistema de seguridad estaba en perfectas condiciones mientras vivieran en la casa. No quería sorpresas, por si sus pesquisas atraían a visitantes inesperados.

La casa era blanca, con tejas rojas. Estaba apartada de la playa, en un terreno cubierto de pinos y palmeras. En torno al largo porche delantero crecían hibiscos y lantanas, y una colorida buganvilla trepaba por la terraza del patio.

—Es bonito —dijo Kilraven cuando subieron al porche. El chófer los seguía con el equipaje. Kilraven le dijo que dejara las maletas en el suelo y le dio las gracias y una buena propina. El hombre se despidió con una gran sonrisa y volvió al coche.

Winnie estaba metiendo la llave en la cerradura. Ya había desconectado la alarma.

Abrió la puerta y suspiró al ver el bello interior de la casa. Los muebles estaban impecables, los suelos limpísimos y la madera bien bruñida. Había cuadros originales en las paredes, uno de ellos de Boone, Clark y ella de niños. La casa llevaba dos generaciones en el seno de su familia.

Kilraven se acercó al retrato y lo estuvo observando. Winnie tenía el pelo largo y ondulado. Llevaba un vestido blanco y sostenía, risueña, una flor de hibisco roja. Estaba muy guapa.

—Tenía cinco años cuando lo pintaron —dijo ella, mirándolo—. Mis padres todavía estaban juntos. Solíamos pasar aquí varias semanas en verano.

Él asintió con la cabeza. Miró a su alrededor. Los muebles eran bonitos, pero parecían nuevos.

—No son antiguos —comentó.

—No. El último gran huracán que golpeó la isla destrozó la casa —dijo ella con tristeza—. El cuadro sobrevivió porque estaba en préstamo, en una galería local que se salvó. Lo perdimos todo, excepto la estructura de la casa. Boone la hizo reconstruir. Es una réplica de la original, pero sin las cosas que le daban solera.

—Por lo menos sobrevivió el cuadro —comentó él.

—Sí. Pero aprendimos una lección muy dura. Ahora ya no tenemos cosas antiguas aquí. Sólo por si acaso —se volvió. Él seguía mirando el cuadro—. Seguro que tú has visto más de un huracán.

Kilraven sonrió vagamente y se guardó las manos en los bolsillos.

—Huracanas, tifones, tornados, tormentas de arena y ataques de artillería enemigos.

Ella hizo una mueca.

—Yo nunca he visto un tornado, aunque hace unos años pasó uno no muy lejos de casa —se rió—. Y tampoco he tenido que afrontar nunca una agresión armada.

—No hay razón para que tengas que afrontarla —respondió él.

—Por suerte —fue hacia la cocina—. Llamé antes de que saliéramos de San Antonio para decirle a Marco que diera la luz y llenara el frigorífico. Hace de guardés a tiempo parcial. También tiene una tienda de material de pintura en la ciudad —se rió—. Por eso tenemos todavía el cuadro. Tiene órdenes estrictas de venir corriendo y guardarlo si hay peligro de huracán.

—Podríais llevároslo a Comanche Wells —dijo Kilraven.

—Éste es su sitio —contestó ella con sencillez—. Pero encargamos una copia.

—Bien pensado.

—¿Tienes hambre? —preguntó ella.

—Un hambre de lobo —él suspiró—. Los cacahuetes no me llenan.

—En defensa de las aerolíneas —dijo ella—, diré que algo tienen que darles de comer a los monos.

—¿Por qué no sirven comida de verdad? Una vez fui a Japón —recordó con una sonrisa— y pedí comida japonesa. Me la fueron sirviendo poco a poco, como se hace en Osaka, en un buen restaurante. Me encantó.

Entraron en la cocina y Winnie abrió la nevera. Metió las manos dentro y sacó un plato de jamón cocido y un tarro de mayonesa.

—Yo nunca he estado en Asia. ¿Cómo sirven la comida?

—En bocados pequeños —contestó él—. En un plato pueden ponerte una lonchita de carne con un trocito de fruta. En otro, una cucharada de ensalada. Los postres los sirven en un plato con forma de cuchara de helado, del tamaño de una nuez, con una hojita y una gotita de sirope de adorno. Es arte comestible.

—Vaya.

—Con los regalos son igual —comentó él mientras se acercaba a la encimera para buscar platos y pan y sacar un cuchillo de un cajón para untar la mayonesa—. No importa cuál sea el regalo. Le dan mucha importancia al envoltorio. Cuanto más elegante, mejor.

—Te gustó aquello —comentó ella.

Kilraven asintió con la cabeza.

—Muchísimo —se rió mientras la veía hacer los sándwiches de jamón.

—¿De qué te ríes?

—Estaba pensando que, si cometiera un delito en las calles de Osaka, me detendrían inmediatamente. Les saco más de una cabeza a todas las personas que conocí.

Ella sonrió. Miró sus zapatos.

—Y supongo que también tienes los pies más grandes.

—Ésa es otra. Si crees que vas a necesitar otro par de zapatos, más vale que los lleves en el equipaje. Allí no encontrarás zapatos, a no ser que tengas los pies del tamaño de los tuyos —miraba sus piececitos, enfundados en altos tacones, con expresión casi cariñosa–. ¿Qué número tienes? ¿Un treinta y cinco?

—Un treinta y seis —contestó ella.

—Qué pies tan pequeñitos —dijo él para sí—. Son preciosos, con esas sandalias de tiras de tacón alto.

Ella se sonrojó.

—Gracias.

Kilraven le quitó el cuchillo de la mano y lo puso sobre la mesa. De pronto la levantó por la cintura, hasta la altura de sus ojos. Tenía una expresión insondable.

—Prometiste no ponerte nada provocativo —dijo.

Ella se quedó boquiabierta.

—Pero si voy tapada de la cabeza a los...

Kilraven rozó su boca, y un escalofrío de placer recorrió la espalda de Winnie.

—No llevas tapados esos piececitos tan sexis —susurró. Mordisqueó su labio inferior.

—¿Mis... mis pies? —balbució ella.

—Son muy provocativos —respondió él en voz baja. Deslizó la lengua bajo su labio superior y exploró su carne suave y húmeda. Apretó con fuerza su cintura. Se acercó a la encimera y la sentó sobre ella, de modo que quedara casi al nivel de sus ojos. Sus labios acariciaron la cara de Winnie desde la mejilla a la nariz y se deslizaron luego hasta la comisura de su boca.

Mientras recorría su cara y disfrutaba de sus gemidos indefensos, sus manos se atarearon con la chaqueta y el cierre delantero del sujetador de Winnie. Ella no se dio cuenta hasta que notó el roce del aire en la piel desnuda y vio que él bajaba los ojos y contenía el aliento.

Habría intentado cubrirse, pero al ver cómo la miraba se le paró el corazón. Kilraven recorrió con la mano su pecho erguido y firme, acariciando con los dedos el pezón repentinamente crispado. Fue como aquella vez en el sofá de su casa. Winnie estaba indefensa.

—Tienes unos pechos preciosos —susurró él con voz tensa—. Tan rosados como el interior de una caracola. Suaves. Sedosos. Deliciosos.

Agachó la cabeza mientras hablaba. Sus labios sustituyeron a sus dedos en una caricia leve y susurrante, tan tierna que hizo que el cuerpo de Winnie se tensara por completo.

—Dulces como la miel —musitó él. Con la otra mano acariciaba su costado por encima del pecho que estaba besando.

Winnie ardía. Nunca la habían tocado así voluntariamente, hasta aparecer Kilraven. Una vez, un chico con el que había quedado la agarró y le hizo daño cuando ella intentó desasirse de sus brazos. A ningún otro hombre le había permitido llegar tan lejos.

Arqueó la espalda en una respuesta irrefrenable al placer que él excitaba.

—Te gusta, ¿verdad? —murmuró Kilraven—. Pues conozco otra cosa que te gustará aún más.

Mientras hablaba, abrió la boca, se metió casi su pecho entero dentro y comenzó a acariciar el pezón con la lengua. Winnie se sintió presa de un ansia que no había experimentado nunca antes.

Dejó escapar un gemido agudo que hizo hervir la sangre de Kilraven. Su boca se volvió insistente, casi violenta, sobre la piel suave de Winnie. De pronto volvió a levantarla en vilo y apretó sus caderas contra su miembro erecto para demostrarle cuánto la deseaba.

Mordió su boca.

—En Iraq, tuve un compañero —susurró con voz áspera— que, cuando volvió a casa de permiso, se encontró a su mujer con un vestidito corto, sin nada debajo. Se bajó los pantalones, la montó encima de él y recorrió la casa mientras ella rebotaba contra él. Decía que el orgasmo fue tan violento que se cayeron por los escalones del cuarto de estar y tuvieron que ir a urgencias —volvió a apoderarse de su boca—. Decía también que había merecido la pena romperse el tobillo.

Ella se estremeció. Aquella imagen la había excitado más aún.

Kilraven apretó las caderas de Winnie contra las suyas y gruñó.

Winnie comenzó a desabrocharle la camisa, hasta que vio su dura musculatura y su denso vello. Frotó los pechos contra su torso, febril, y gimió de nuevo.

—No puedo parar —gruñó él—. ¡Hace demasiado tiempo!

—No me importa —gimió ella, y, temblando, lo rodeó con las piernas—. Por favor...

No tuvo que pedírselo dos veces. Kilraven la llevó al primer dormitorio que encontró, la depositó sobre la cama y se desnudó.

Ella agrandó los ojos al verlo sin ropa. Era increíble, todo músculo y piel morena, un hombre de la cabeza a los pies. Estaba tan excitada que ya no sentía vergüenza, ni siquiera cuado él la desnudó con toda eficacia y volvió a tumbarla sobre la colcha.

Kilraven la cubrió con su cuerpo. Tenía la cara tensa y rígida por el deseo que lo consumía. Le separó las piernas y se colocó entre ellas.

—¿De veras eres virgen? —susurró ásperamente.

—Sí, lo siento —logró decir ella, sintiendo su miembro pegado a su cuerpo.

Kilraven deslizó una mano bajo sus caderas y la levantó. Le sostuvo la mirada cuando la penetró de repente.

Ella gritó, asombrada y dolorida.

Él apretó los dientes. La sujetó cuando Winnie intentó apartarse.

—No te dolerá mucho más —le prometió con voz hosca.

Pero siguió doliéndole. Ella se mordió el labio inferior hasta que notó el sabor salobre de la sangre en la lengua. Cerró los ojos, consciente de que él respiraba trabajosamente y empujaba con fuerza las caderas hacia abajo, buscando satisfacción, ciego y sordo a todo, salvo al deseo de sobreponerse al ansia que lo consumía. La tensión se quebró de pronto, en una roja oleada de placer cuya intensidad lo hizo gritar. Se estremeció sobre ella, apretando las caderas contra su cuerpo y llenándola con su miembro en un último e insistente arrebato de pasión.

Sintió sus lágrimas al apoyar la cara sobre la de Winnie. La notó temblar. Había perdido el control. Besó sus lágrimas. Deslizó suavemente la mano sobre su cabello, apartándoselo de la cara húmeda y pálida. Miró sus ojos con una silenciosa disculpa.

—Hacía siete años —susurró—. Lo siento. No he podido parar.

Ella se estremeció sin poder evitarlo.

—¿Siete años? —murmuró, sorprendida.

Kilraven asintió con la cabeza. Se inclinó y besó suavemente sus párpados cerrados, enjugando sus lágrimas.

—Soy muy puritano, igual que mi hermano —susurró—. Creo que la gente debería casarse antes de mantener relaciones sexuales.

Ella tragó saliva. Intentaba asimilar el dolor.

—Yo también.

Kilraven se apoyó en el codo y observó su cara en silencio.

—Nunca me había acostado con una virgen —confesó.

Ella arrugó el ceño.

—¿Tu mujer...?

—Era muy frívola —dijo con pesar—. Yo creía que todas las mujeres eran como tú, que esperaban a estar casadas. Me llevé una sorpresa la noche de bodas, cuando me demostró lo mucho que sabía de sexo —logró esbozar una breve sonrisa—. Me quedé atónito, me puse furioso, pero ni siquiera pude expresarlo, porque me excitó tanto que habría hecho cualquier cosa por acostarme con ella. Me mantuvo así durante tres años.

Ella escudriñó sus ojos. Era increíble, estar allí tumbados juntos y hablar con tanta intimidad.

—Yo no sé nada de hombres —confesó tímidamente—, excepto lo que he leído en los libros y he visto en las películas.

—¿Y lo que te han contado tus amigas? —preguntó él.

—La verdad es que sólo he tenido una verdadera amiga, mi cuñada Keely, y nunca hablamos de esas cosas —le dijo—. Así que supongo que yo también soy una puritana.

Kilraven le apartó el pelo para mirarle la oreja.

—Tienes las orejas muy pequeñas.

Ella sonrió.

—A juego con mis pies.

—Tus pies son muy sexis —repitió él—. A algunos hombres les gustan los pechos; a otros, las piernas. A mí me gustan los pies.

—¿En serio?

Él levantó la cabeza.

—¿Qué te parece esto? —preguntó mientras empezaba a mover las caderas muy lentamente.

Ella contuvo la respiración.

Kilraven levantó la cabeza y volvió a mover las caderas. Winnie contuvo otra vez la respiración. Pero esta vez clavó las uñas en sus brazos musculosos y tiró de él.

Kilraven sonrió.

—He pensado que primero convenía librarse del dolor —susurró—. Porque sé algunas cosas que puedo enseñarte.

—¿Sí? —Winnie temblaba, pero no de dolor. Esta vez, no.

—Ajá —murmuró él. Deslizó la mano bajo sus caderas y la alzó tiernamente, atrayéndola hacia la suave embestida de su cuerpo—. Junta las piernas. Eso es.

Ella dejó escapar un gemido.

—¿Ves? —Kilraven agachó la cabeza y le abrió la boca con los labios al tiempo que se frotaba contra ella. Cada uno de sus movimientos resultaba más excitante, más sensual que el anterior.

Ella volvió a clavarle las uñas.

—Baja las manos por mi espalda y haz eso —le susurró él.

Winnie obedeció y clavó las uñas en los duros músculos de sus glúteos.

Kilraven gimió y se arqueó para poseerla con mayor intensidad.

Winnie sofocó un grito. Él la miró a los ojos y se movió. El placer lo penetraba como un dulce cuchillo. Sentía su eco en el rostro de Winnie. Ella comenzó a cerrar los ojos, levemente avergonzada por estar presenciando algo tan íntimo.

—No, no cierres los ojos, Winnie —susurró él—. Mírame. Déjame que te mire.

Se sonrojó al mirarlo a los ojos. Kilraven volvió a moverse, asió uno de sus sedosos muslos y corrigió de nuevo su postura. Winnie gimió y se estremeció.

—Ahora —susurró él—, voy a enseñarte por qué los franceses llaman «pequeña muerte» al orgasmo. Pasó una mano bajo su nuca y la agarró del pelo. Sus ojos grises brillaron al penetrarla. Comenzó a acometerla con fuertes embestidas, rápidamente, con movimientos profundos y vehementes. Ella sólo tardó unos segundos en sumirse en el abismo. Lo miraba fijamente, y de pronto gritó.

—Eso es —susurró él con voz ronca mientras ella se tensaba como un arco—. Eso es, nena, vamos, ven conmigo. Vamos, vamos, empuja, empuja, empuja.

Ella gritaba. El placer era como un torno que la atenazaba. Tenía los ojos abiertos de par en par y él la miraba, observaba su placer, se reía cuando ella arañaba sus caderas y se apretaba contra él con un ritmo que superaba el del latido de su corazón.

—Vamos, nena —dijo él entre dientes—. Vamos, déjate ir.

Ella se estremeció una y otra vez, retorciéndose y arqueándose mientras le suplicaba con una voz que apenas reconocía como suya y el placer crecía bruscamente y estallaba en su cuerpo como una efusión de magma fundido. Gimió, casi anonadada por su intensidad. Tembló y sollozó, y se aferró a Kilraven, atrapada por el mayor gozo que había experimentado nunca.

Sobre ella, la cara de Kilraven se contrajo y él masculló una palabra explosiva e inarticulada al tiempo que el placer sacudía su cuerpo fornido como un escalofrío febril. Enarcó las caderas, hundiéndolas en ella, y gritó roncamente, echando la cabeza hacia atrás de puro éxtasis, estremecido con ella en un clímax tan intenso que estuvo a punto de perder el sentido.

Winnie sentía latir su corazón como un tambor, oía sus sollozos jadeantes al intentar tomar aliento. Sentía a Kilraven estremecerse aún sobre ella y oyó cómo se quebraba su voz al estallar la tensión del orgasmo.

Lo miraba con fijeza. Nunca había visto una expresión así. Tenía la cara congestionada y contraída. Los ojos, cerrados. Su cuerpo entero se estremecía una y otra vez, y cuando abrió los ojos y la sorprendió mirándolo, gimió y su temblor pareció intensificarse.

—Dios mío —murmuró él, y se estremeció otra vez.

Winnie estaba fascinada. Sus lecturas no la habían preparado para lo que estaba presenciando. Kilraven no fingía, estaba realmente cegado por el placer que ella le daba. Llevada por un impulso, se alzó hacia él y comenzó a moverse sensualmente. Él sollozó y sus convulsiones se intensificaron. A Winnie le encantaba hacerlo gozar. Su propio cuerpo palpitaba de nuevo. Se movía febrilmente, tensándose hacia él y retorciéndose al mismo tiempo, y lo veía gemir, arrastrado por el placer hacia el territorio ignoto de la pasión.

Pasaron así mucho tiempo. Ella se estremeció nuevamente, sorprendida por otro orgasmo que tensó sus muslos. Mirar a Kilraven, darle placer, la satisfacía una y otra vez.

Él sentía cómo se tensaba su cuerpo repetidamente, notaba cómo se crispaban sus músculos en torno a su miembro, mientras se ahogaba de placer. Estaba dejando que Winnie lo viera, que gozara de él. Y la estaba haciendo gozar. Con Monica no recordaba haber perdido nunca el control así. Con ella siempre se había refrenado en parte, vagamente avergonzado por cómo lo manipulaba a través del sexo. Aquello era distinto. Winnie lo quería. Estaba bien que lo viera indefenso, que lo viera satisfacerse en su cuerpo mullido y suave.

Kilraven se estremecía. Dejó escapar un sonido gutural y se dejó caer sobre ella mientras el último arrebato de placer se disipaba.

Winnie lo sintió relajarse. Sostuvo su peso, ansiosa por prolongar el contacto, tan saciada que apenas podía respirar.

—La pequeña muerte —susurró, y tembló una última vez.
—Sí.
Ella cerró los ojos. Sintió que el cansancio aflojaba sus miembros bajo el cuerpo duro y sudoroso de Kilraven. Notaba húmedo el vello de su torso sobre los pechos.

Él frotó la mejilla contra la suya, exhalando un largo suspiro.

—Mi pequeña sierra mecánica... —susurró. Y por increíble que pareciera se quedó dormido.

Ella también se durmió, bajo los efectos de algo tan explosivo e inesperado que sabía que nada volvería a ser lo mismo.

CAPÍTULO 14

Winnie despertó despacio, consciente de una extraña molestia. Al moverse, hizo una mueca. Los recuerdos la inundaron, y supo entonces por qué se sentía incómoda. Estaba bajo la sábana, pero desnuda. De Kilraven no había ni rastro.

La desnudez resultaba embarazosa, faltando la pasión. Y también el vívido recuerdo de lo que había dicho y hecho con él. Le ardía la cara cuando se levantó de un salto, con la sábana asida aún, y buscó su ropa.

Recordaba vagamente haberse desnudado y haber arrojado la ropa al suelo. Ahora, sin embargo, estaba colocada sobre una silla. Sobre la mesa, su maleta estaba abierta.

Arrastrando la sábana consigo, fue deteniéndose cada pocos pasos para escuchar. Quería asegurarse de que Kilraven no aparecía de pronto. Sacó ropa interior, vaqueros y una camiseta y al correr al cuarto de baño se tropezó con la sábana y estuvo a punto de caerse.

Unos minutos después, limpia pero todavía incómoda, entró en el dormitorio con el pelo mojado. Había olvidado llevar su secador y no recordaba dónde había uno en la casa de veraneo.

En fin, se dijo, tenía el pelo muy fino y con aquel calor se le secaría rápidamente. Entró en la cocina. Estaba desierta. Al parecer, Kilraven había guardado el pan, el jamón y la mayonesa, y había amontonado los platos en la pila. Era curioso que fuera tan ordenado.

Miró por la ventana y se sorprendió al ver que el sol se ponía a lo lejos. Habían llegado al aeropuerto a primera hora de la tarde. Se sonrojó otra vez al recordar cómo habían pasado el tiempo. Kilraven era un mago en la cama. Si podía hacer gritar y arañar a una mujer tan sosegada como ella, era indudable que poseía una habilidad fuera de lo corriente.

Regresó al dormitorio y comenzó a deshacer la maleta. Se preguntaba adónde habría ido Kilraven.

Caminaba por la playa descalzo, con unas bermudas marrones y nada más. Se sentía como un traidor de la peor especie. Se había prometido a sí mismo, y a Winnie, que cuidaría de ella y que no ocurriría nada que hiciera imposible la anulación de su matrimonio. Pero nada más tocarla todas sus intenciones se habían eclipsado, y había reaccionado como un adolescente sediento de sexo.

Aun así, recordaba con cierto orgullo que su encuentro no había sido del todo una chapuza. Tenía marcas en la espalda que lo demostraban. Hizo una pequeña mueca y se echó a reír al recordar cómo le había clavado las uñas Winnie mientras gemía.

No quería tener que volver y mirarla a la cara. ¿Creería ella que había cambiado de idea, que pensaba quedarse a su lado? No era así. Era dulce enseñar a Winnie, y había gozado con ella. Pero el sexo era un mal cimiento para el matrimonio. Él lo sabía muy bien. Era lo único que Monica y él habían tenido en común.

Al menos, Winnie se estaba tomando la píldora. Pero él debería haberse refrenado. Dio una patada a una piedra que se había posado sobre la blanca arena de la playa y masculló una maldición. Desearía haberse dado aquella patada a sí mismo.

—¿Qué le ha hecho esa pobre piedra? —preguntó una voz de mujer, divertida. Kilraven vio la cabeza y se encontró con los ojos de la esposa del senador Sanders.

Era morena. Tenía el pelo largo, hasta la cintura. Lucía un bonito bañador de una sola pieza y grandes gafas de sol, y llevaba un libro, una toalla y un bote de loción solar.

Kilraven frunció el entrecejo.

—¿Me he metido en propiedad privada? —preguntó con curiosidad.

Ella se rió.

—Me temo que sí. Aunque no sé si la playa es nuestra sólo porque lo sea la casa que hay enfrente.

Él alzó sus anchos hombros.

—¿Por qué no? Nosotros nos consideramos dueños de la nuestra —dijo, y sonrió.

Ella se acercó confiada, con una sonrisa encantadora.

—Soy Patricia Sanders —dijo al tenderle la mano.

Él se la estrechó con firmeza.

—Kilraven —dijo.

Ella titubeó.

—¿El agente del FBI que...?

Él la miró horrorizado.

—¡No! —exclamó.

—Pero alguien me dijo que... —comenzó a decir ella.

—Ése es mi hermano, Jon Blackhawk. Él sí es agente del FBI —dijo—. Yo trabajo para otro organismo federal.

Patricia Sanders parecía recelosa.

—¿Qué hace paseando por mi playa, agente?

Él sonrió avergonzado

—Estaba escondiéndome de mi mujer. Espero que no me esté esperando con un bate de béisbol cuando vuelva a casa. A esa casa —añadió, señalando la casa de veraneo de los Sinclair.

—Esa casa es de los Sinclair —dijo ella, aún más recelosa.

—Sí, y Winnie Sinclair es mi esposa —Kilraven suspiró.

Las sospechas desaparecieron de inmediato.

—¿Winnie?

Él asintió con la cabeza. Suspiró de nuevo en voz alta.

—Al menos, lo es ahora mismo. Pero no sé cuánto durará. Puede que el nuestro sea el matrimonio más corto de la historia de Comanche Wells.

Ella comenzó a sonreír.

—Se ha enfadado contigo, ¿no?

Kilraven hizo una mueca.

—¡Se ha puesto furiosa!

—No sabía que Winnie tenía tan mal genio.

—Eso es porque no la has visto desde que estamos casados —contestó él con resignación—. La boda fue hace dos días, seis horas y —miró su reloj— treinta minutos. Hace un rato.

Los ojos oscuros de Patricia Sanders brillaron.

—Ya veo.

—¿De qué conoces a Winnie? —preguntó él frunciendo el ceño.

Ella lo miró exasperada.

—Mi casa está junto a la suya —contestó con deliberada lentitud.

—Ah. ¡Ah! —él sacudió la cabeza, riendo—. Perdona. Estoy un poco lento de reflejos ahora mismo.

—Suele pasar, cuando se discute —repuso ella. Pareció ensimismarse un momento.

—Será mejor que vuelva y afronte el chaparrón —dijo Kilraven, apesadumbrado—. Ha sido un placer conocerte. Seguramente no volveremos a vernos. Yo habré muerto.

Ella dejó escapar una risa encantadora.

—No creo que vaya a matarte. Entonces, ¿estáis de luna de miel?

Él asintió con la cabeza y sonrió.

—Me he tomado unas cuantas semanas libres. Pero no podemos quedarnos mucho. Ella trabaja como telefonista en el número de emergencias y la necesitan. Sólo le han dado dos semanas.

—¿Es telefonista? ¿Winnie Sinclair? —exclamó ella, asombrada.

—Todos trabajan —dijo él—. Ser rico es agradable, pero los Sinclair tienen una ética del trabajo exagerada. Sobre todo, Winnie —se rió—. Así fue como nos conocimos. Yo trabajaba en Jacobsville y ella atendía el teléfono. Una noche estuvo a punto de hacer que me mataran, pero me calmé cuando se echó a llorar. Es toda una mujer.

—Me cae bien —dijo la esposa del senador—. Es muy dulce.

—Sí, bueno, contigo no se ha enfadado, ¿verdad? Mi madrastra la llama «la pequeña sierra mecánica».

La señora Sanders se echó a reír.

—¡Qué ocurrencia!

—A veces es muy certera.

Ella titubeó. Lo miró con curiosidad.

—El miércoles por la noche doy una fiesta para los amigos de por aquí. Si la sierra mecánica y tú no estáis muy ocupados, podríais venir.

—Gracias, pero no bebo —contestó él.

Ella lo miró boquiabierta.

—¿No? Pues entonces tienes que venir. Nunca he conocido a un hombre que no bebiera. Mi marido puede beberse una botella de whisky de una sentada —se rió.

—Bueno, si estamos libres, puede que nos pasemos un rato, gracias —dijo él, intentando parecer remiso.

—Me aseguraré de que haya bebida sin alcohol. Además, el bufé lo va a preparar un chef de primera. Y eso no hay que perdérselo.

Kilraven sonrió.

—Suena bien.

—Nunca hay que rechazar una invitación a comer —le dijo ella en tono confidencial—. Yo crecí en Oklahoma. Éramos muy pobres. Busqué trabajo como periodista en un diario local porque aprendí que, si ibas a cubrir un evento en el que se servían canapés, comías gratis.

Él se rió. Ella tenía un aspecto travieso cuando sonreía así.

—Te entiendo.

Ella se echó la toalla al hombro y se bajó las gafas de sol.

—Empezaremos sobre las seis —dijo—. Pero no hace falta que lleguéis puntuales. Podéis ir cuando queráis, antes de medianoche.

—Está bien. Gracias otra vez.

Ella se encogió de hombros.

—Me canso de ver las mismas caras día tras día —por su forma de decirlo, Kilraven se preguntó si se refería al senador. Pero no iba a preguntárselo.

—Nos vemos —dijo y, dando media vuelta, echó a andar lentamente por la playa, en dirección a la casa.

Al entrar por la puerta de atrás, Kilraven titubeó. Necesitaba que Winnie fuera a aquella fiesta con él. Tenía que convencerla sin que adivinara lo importante que era para él. Si para ello tenía que pedirle perdón de rodillas, merecería la pena. Nunca se había sentido tan cerca de resolver el asesinato de su hija.

Winnie estaba acurrucada en un sillón, con un libro. Se levantó de un salto al oírlo entrar.

—Hola —dijo.

—Hola. Adivina a quién acabo de encontrarme en la playa —dijo él con los labios fruncidos y un brillo en los ojos.

—Me rindo. ¿A quién?

—A la esposa de Will Sanders —contestó él. Se metió las manos en los bolsillos de las bermudas, pegándoselos a los muslos—. Nos ha invitado a una fiesta el miércoles por la noche.

Ella lo miraba, turbada por la visión de aquel cuerpo viril y poderoso, que ahora conocía de manera tan íntima. La hacía vibrar.

—Supongo que querrás ir, ¿no?

—¿Para qué hemos venido, Winnie? —preguntó él bruscamente.

Vaya, eso sí que era sinceridad, se dijo ella, y se sonrojó.

—Perdona. En qué estaría yo pensando.

Él contuvo el aliento, enojado.

—Mira, esta tarde he hecho una estupidez. No era mi intención y lo siento.

Qué bonito, reducir un encuentro apasionado y febril al nivel de una infracción de tráfico, pensó Winnie mordazmente.

Se encogió de hombros.

—No pasa nada. A todos nos ponen una multa de aparcamiento de vez en cuando.

Él parpadeó.

—¿Estamos teniendo la misma conversación?

Ella esbozó una sonrisa.

—Perdona, no sé dónde tengo la cabeza. Está bien, iré contigo —dejó el libro—. ¿Ella no sospechó nada?

—Sí, hasta que le dije que acabamos de casarnos —contestó, y sonrió porque su treta hubiera funcionado tan bien como esperaba.

—Así que tu corazonada ha dado en el clavo.

—Podría decirse así.

—Me alegro por ti.

Kilraven arrugó el entrecejo. Winnie no parecía contenta. Él entornó los ojos al ver su mirada de decepción

—Está bien, vamos a hablar sin rodeos. Crees que porque nos hayamos divertido juntos voy a querer quedarme contigo, ¿no es eso?

Ella se puso colorada.

Kilraven sonrió tranquilamente.

—Soy el primer hombre con el que te acuestas —dijo sin ambages—. Ahora lo ves todo de color de rosa, porque conozco el cuerpo de las mujeres sin necesidad de usar un mapa de carreteras. Pero ha sido sólo sexo, Winnie. Llevaba siete años de abstinencia y estamos casados. Es así de sencillo. Perdí la cabeza porque...

—No hace falta que te expliques —lo interrumpió ella, levantándose, pero no lo miró a los ojos—. Reconozco que me he dejado llevar un poco por mi imaginación. No te preocupes por eso. Puede que me haya hecho algunas ilusiones, pero sé muy bien a qué atenerme. No voy a intentar encerrarte en un armario para que seas mi esclavo sexual. De veras —se cruzó el corazón.

Kilraven parecía pasmado, como si le hubieran arrojado una tarta a la cara.

Winnie se acercó y le palmeó el pecho.

—Sé que estás decepcionado, pero te aseguro que hay muchas mujeres en el mundo que tienen esposas y armarios en los que encerrarte. Así que anímate: ya encontrarás alguna —bostezó intencionadamente—. Caray, qué sueño tengo. Creo que me voy a dormir. Tú quédate viendo la tele, si quieres —movió la mano por encima del hombro mientras se alejaba hacia el dormitorio en el que estaban sus cosas—. No me molestes.

Entró en el cuarto y cerró la puerta. Luego dejó que las lágrimas corrieran por sus mejillas. Pero sólo entonces. Por fin estaba aprendiendo a tratar a Kilraven. La fuerza bruta no servía de nada, pero parecía que el humor sí. Si lograba evitar que se le rompiera el corazón, tal vez consiguiera superar aquellos días. El truco, se dijo, era no dejar que la viera llorar.

Kilraven estaba estupefacto. ¿De veras había dicho aquello Winnie? Fue a sentarse al sofá, exhalando un fuerte suspiro. No era eso lo que esperaba. Estaba seguro de conocer bien a la pequeña Winnie Sinclair. Y entonces ella le salía con eso del esclavo sexual, y lo dejaba completamente descolocado. Puso las noticias. Y luego sonrió.

Winnie lo mantuvo ocupado con etéreas sonrisas y excursiones por la isla, sin dejar nunca que se acercara lo suficiente para tocarla. Aquello pareció irritarlo al principio. Luego, como las bromas que hacía ella, pareció divertirle y relajarlo. Pasaron tres días tomando el sol en la playa y paseando por la calle Bay.

A Winnie no le costaba ningún trabajo actuar como si fueran hermanos. De vez en cuando le daba la risa floja y tenía que contenerse porque él estaba arrebatador en bañador, y cuando se metían en el mar y él la sujetaba y le sonreía ella se sentía a punto de perder la compostura. Pero se decía constantemente que eran parientes y que no podían más que agarrarse de la mano.

Curiosamente, Kilraven le dio la mano mientras caminaban frente a la hilera de tiendas. Winnie nunca lo había visto tan relajado.

—Aquí estás distinto —dijo ella cuando se pararon a mirar el escaparate de una tienda de camisetas.

—Ahora mismo no tengo presiones —contestó él con sencillez, sonriéndole—. Vivo a golpe de adrenalina desde hace años. Y eso crea adicción. Cuando pasa un arrebato de adrenalina, me limito a esperar que llegue el siguiente.

—Cuánto estrés —comentó ella.

Él levantó una ceja.

—Mira quién habla —dijo con sorna.

Ella se rió. Su trabajo era uno de los más estresantes que había.

—Sí, pero a mí no me gusta la presión. Ni el estrés. Ni las cosas peligrosas —suspiró mientras miraba las camisetas sin verlas, y se dio cuenta de lo aburrida que sería su vida cuando todo aquello pasara y Kilraven se marchara–. No pienso mucho en el futuro. Vivo al día.

Kilraven se volvió hacia ella, interesado.

–¿Por qué?

Winnie se miró las sandalias.

–Cuando estaba en la universidad, en segundo curso, tuve neumonía. Tenía una amiga, Hilda, que vivía en el mismo colegio mayor que yo –sus ojos se entristecieron–. Murió en un accidente de coche. Se había quedado cuidando de mí toda la noche, cuando me subió la fiebre. Iba camino de la farmacia, a comprar un jarabe para la tos que me había recetado el médico. Y murió. Así, por las buenas –se movió, inquieta–. Aquello me asustó. Me di cuenta de lo precaria que es la vida, y de lo corta que puede ser. En realidad, no me gustaba la economía. Era eso lo que estaba estudiando. Me había matriculado sin pensar mucho en ello. Entonces me di cuenta de que tampoco me gustaban las grandes ciudades, como Dallas. Así que les pedí a Boone y a Clark que fueran a buscarme y me llevaran a casa.

–Debió de ser duro –comentó él.

–Lo de Hilda, sí. Pero después de llevar un tiempo en casa empecé a sentirme a gusto –sonrió–. Keely, mi mejor amiga, estaba por allí, me escuchaba y me acompañaba a todas partes. No tenía el estrés de los exámenes, ni la presión de estudiar asignaturas que en realidad odiaba, y me di cuenta de que aquél era mi sitio. El lugar que más amo en el mundo –lo miró–. Algunas personas pasan la vida entera de ciudad en ciudad, de trabajo en trabajo, sin pertenecer nunca a ninguna parte, ni crear vínculos con nadie –dijo, muy seria–. Y eso está bien, para esas personas. Pero yo no era así, y no lo supe hasta que tuve esa crisis.

Kilraven esquivó su mirada. Así era como vivía él. Era feliz con su vida. No quería cambiarla. No quería ataduras, estabilidad, familia...

Winnie lo sacó de su ensimismamiento apoyando la mano sobre su brazo.

—No me refería a ti —dijo con suavidad—. Aunque supongo que lo parecía.

Él escudriñó sus ojos oscuros.

—Tengo pesadillas —dijo en voz baja—. Veo a mi hija, grita y me pide ayuda, y yo estoy atado y no puedo ayudarla. Me despierto empapado en sudor frío. Llevo siete años así.

—Y huyes del dolor, de los recuerdos y de las pesadillas —repuso ella suavemente—. Pero huyendo no se escapa uno de esas cosas —sonrió con tristeza—. Verás, yo intentaba huir de mi padre, de su desagrado, de sus críticas constantes. Por eso accedí a ir a la universidad. Y acabé por sentirme más infeliz fuera que en casa.

—Donde podías afrontar el dolor.

Ella asintió con la cabeza.

—Durante sus últimas semanas de vida, mi padre estaba muy enfermo. Yo lo cuidé. Creo que en aquella época estuvimos más unidos que nunca. Él decía —recordó— que había cometido muchas estupideces en su vida y que era ya demasiado tarde. Decía que no debería haber permitido que la ira dictara su camino al hallarse en una encrucijada —parpadeó—. Me pregunto si descubrió lo de Matt antes de morir.

—Es posible —tocó su cara con ternura—. Me has pillado desprevenido —dijo enigmáticamente—. No quería encariñarme de ti.

—Lo sé —contestó ella, mirándolo con enfado—. Eres un lobo solitario y yo soy sólo una cría.

Kilraven frunció los labios.

—Tengo unos arañazos larguísimos en la espalda —dijo en voz baja.

Winnie se puso colorada, echó a andar apresuradamente y estuvo a punto de caerse. Él la agarró, riéndose malévolamente.

—Después de eso, no volverás a ser una cría —le susurró al oído.

Ella se sonrojó, y se echó a reír cuando la apretó contra sí y la abrazó. Un minuto después, Kilraven la soltó, la hizo entrar en la tienda y le compró una camiseta con un tiburón provisto de babero y tenedor que decía: *Combatid el hambre. Mandad más turistas.*

Se llevaron muy bien un día o dos, pero luego la larga abstinencia de Kilraven y la esbelta figura de Winnie comenzaron a pasarle factura y a crisparle los nervios.

—¿Se puede saber por qué no te tapas? —preguntó, enfadado, cuando ella entró en el cuarto de estar con un vestidito que le dejaba la espalda desnuda.

Winnie se quedó boquiabierta.

—¿Qué?

Él se levantó del sofá y la miró, enfadado.

—Por mí puedes pasearte por ahí medio desnuda cuanto quieras, que no pienso quedarme contigo cuando resuelva este caso.

Ella levantó las cejas.

—Vaya, qué bien —dijo altivamente—. Supongo que tendré que salir por ahí a buscarme otro esclavo sexual.

Kilraven no estaba de humor para bromas. Soltó un exabrupto, dio media vuelta y se fue a la playa hecho una furia.

Winnie no habría reconocido por nada del mundo cuánto la intimidaba cuando se ponía así. Le tenía un poco de miedo, como a Boone cuando montaba en cólera. Sabía que ninguno de los dos le haría daño, pero aun así eran de temer.

Ahora, al menos, no se acobardaba. Y eso tenía que significar que estaba creciendo como persona. Le dolía oírle decir cosas como aquéllas. Le dolía tanto que ella también se ponía furiosa. Cuando volvió Kilraven, le dijo que tenía jaqueca y se fue a la cama sin cenar con él. Él se ofreció a llevarle algo, pero ella juró no comer nada. A la mañana siguiente salió temprano y se fue a desayunar sola. Estaba muerta de hambre. Pasó el día en la ciudad, paseando por las calles para no tener que pelearse con él.

Pero de noche le resultaba difícil quedarse tumbada y oírlo dar vueltas en la cama en la habitación de al lado, verlo con los ojos enrojecidos por falta de sueño y saber que los recuerdos lo atormentaban.

—No duermes —le dijo Winnie

Él la miró con enojo.

—Podrías hacer algo al respecto, si quisieras

Los ojos oscuros de Winnie se entristecieron.

—Ya hemos hablado de eso.

Él se rió con frialdad.

—Crees que no podré marcharme, ¿verdad, Winnie? —preguntó en voz baja y amenazante—. Crees que me gustó tanto que seguiré casado contigo para volver a probarlo.

—No soy tan tonta —contestó ella—. Además, ¿qué es lo que te gustó tanto? Ni siquiera sé qué hacer con un hombre. No tengo ninguna experiencia —se volvió y no vio la mueca repentina de Kilraven—. Podría estar viviendo en época victoriana —apretó los dientes—. Cuanto antes acabe esto, tanto mejor. Yo sólo quiero irme a casa.

Y era cierto. Le crispaba los nervios estar tan cerca de él y no tocarlo. Ese día habían dado un paseo por la ciudad y Kilraven se había mostrado cariñoso, tierno y relajado. Pero desde entonces estaba hosco y desagradable. Sería doloroso, pero Winnie estaba deseando volver al trabajo. Aunque ello supusiera tener que olvidarse de Kilraven otra vez.

A la fiesta del miércoles por la noche asistieron personas de toda clase y condición. Había diplomáticos, una estrella de cine, un cantante de country, un músico, un cocinero y al menos dos surfistas.

Patricia Sanders notó sorprendido a Kilraven y sonrió.

—No restrinjo mi lista de invitados a personas con dinero e influencia —le dijo en voz baja—. ¿Ves a ese actor de allí? —señaló a un joven rubio y muy atractivo, y Kilraven asintió—. Su madre era doncella en un hotel y su padre trabajaba en una fábrica. Y ahora, con lo que gana al año, le da mil vueltas a mi marido.

—No está mal —comentó él.

—Uno de los surfistas era ejecutivo en una gran empresa de importación y exportación —añadió ella, señalando a un hombre alto y guapo, con el físico de un luchador y el cabello negro y ondulado, un poco canoso por las orejas—. Su familia murió en un atentado suicida cuando estaba trabajando en Oriente Medio. Lo dejó todo y se instaló aquí. Vive de las rentas. Es improbable que se muera de hambre, aun habiendo crisis.

Él frunció el ceño ligeramente.

—Te gusta mucho la gente —dijo, sorprendido.

—Sí —contestó ella. Tomó un sorbo de su bebida y se fijó en que Kilraven acunaba un vaso de ginger ale. Winnie estaba hablando con una chica de la alta sociedad a la que conocía desde niña, junto a la mesa de las bebidas—. Tu mujer sigue enfadada contigo —dijo con un brillo en la mirada.

Él hizo una mueca.

—No está segura de querer tener un esclavo sexual instalado en casa y se está pensando qué hacer conmigo —se dio cuenta de lo que acababa de decir y se azoró—. Perdona.

Pero ella se había echado a reír.

—Ésa no es la Winnie Sinclair que yo conozco —le dijo—. ¿Qué le has hecho?

—Eso es alto secreto, lo siento —Kilraven sonrió.

Winnie reparó en que su flamante esposo había hecho buenas migas con su anfitriona y, tras excusarse, se acercó a ellos.

—Estáis hablando de mí, ¿verdad? —le preguntó a Kilraven–. ¿Qué le estás contando a Pat? –añadió. Apenas habían cambiado dos palabras en todo el día, y allí estaba él, flirteando como un loco con otra mujer. Aquello la ponía furiosa.

–Nada comprometedor –contestó Pat–. Sólo que lo tratas como si fuera un esclavo sexual.

Winnie sofocó un grito de sorpresa y dio a Kilraven un golpe en el hombro.

–Eso es violencia doméstica –masculló él, sujetándose el brazo–. Para ya, o llamo a la policía.

–Hay un policía aquí mismo –dijo Pat alegremente, señaló a un isleño muy moreno, ataviado con gorra y un impecable uniforme blanco con adornos azules y rojos–. Lo invité por si alguien se emborrachaba y armaba follón.

–Yo no bebo –le recordó Kilraven.

–Yo sí –repuso Winnie enérgicamente, y bebió de su copa–. Vamos a pelear.

Kilraven le quitó la copa con expresión de reproche.

–Ya has bebido suficiente.

–¡Vaya! –exclamó Winnie–. ¡Ha llegado la brigada antivicio!

–No soy la brigada antivicio –masculló él–. Soy tu marido.

–No por mucho tiempo –dijo ella en tono gélido, clavándole una mirada.

–Está bien, ya es suficiente –dijo Kilraven con firmeza–. Te has pasado de la raya.

Winnie le lanzó una sonrisa mordaz.

–¿Ah, sí? ¿Y qué vas a hacer al respecto?

Él levantó los hombros y miró a Pat.

–Bonita fiesta. Gracias por invitarnos, pero tenemos que irnos ya, lo siento.

–Yo no voy a ir a ninguna parte y tú no puedes obligarme –replicó Winnie.

Kilraven frunció los labios y sus ojos grises brillaron.

—¿Eso crees?

La levantó en brazos, sonrió a Pat y se marchó.

—¡Jamás te perdonaré por esto! —gritó ella, retorciéndose, mientras subían los escalones de la casa y entraban en el porche.

Se veían relámpagos a lo lejos y el viento del mar soplaba con fuerza.

—Me importa un comino —dijo él entre dientes. La dejó en el suelo para abrir la puerta—. ¡Has estado a punto de soltarlo todo!

—¡No es verdad!

Volvió a levantarla en brazos, cerró la puerta de una patada y la llevó por el pasillo, hasta su dormitorio. La arrojó sobre la colcha y se quedó allí, ofuscado, con los brazos en jarras.

Ella lo miraba por entre la neblina de su cabeza. Era muy atractivo, pero su cuerpo le decía que no estaba para nuevos trotes. Se sentía extremadamente cansada.

Él entornó los ojos.

—Por si te lo estás preguntando, no estoy de humor —le dijo secamente.

—Me alegro —respondió ella con entusiasmo—, porque no sé dónde he puesto las esposas y el látigo.

—Has malinterpretado mis... —comenzó a decir él, pasmado. Luego lo entendió. Apretó los labios—. ¡No vas a esposarme!

—Aguafiestas —masculló ella—. Bueno, entonces puedes irte a ver la televisión. Yo me pondré a leer, o algo así.

—¿Se puede saber qué mosca te ha picado? —estalló Kilraven.

Winnie se tendió sobre la cama y estiró los brazos y las piernas.

—Soy una víctima sacrificial —dijo en tono teatral— que espera el estallido del volcán.

—Winnie...

Ella volvió la cabeza para mirarlo entre una bruma rosada. Incluso sonrió.

—Eres pura dinamita en la cama —murmuró. Cerró los ojos y no vio su mirada de sorpresa—. Si mañana nos divorciáramos, podría vivir toda la vida recordando esa noche. Fue... increíble —se quedó dormida.

Increíble. Kilraven sonrió a su pesar. Rebuscó en los cajones de la cómoda y sacó un camisoncito de seda amarilla, con los puños de encaje. Lo sostuvo en alto, observándolo con interés. Miró a Winnie. Le estaría bien empleado despertarse sin saber cómo se lo había puesto. Y él, de paso, se lo pasaría en grande.

Se sentó en la cama con un intenso dolor de cabeza. No recordaba cuánto había bebido, pero tenía que haber sido más de la cuenta. Recordaba vagamente haber discutido en público con Kilraven, y que él la había llevado a casa a la fuerza. Se miró, sorprendida. Tampoco recordaba haberse puesto el camisón. Pero posiblemente no recordaba muchas otras cosas. El alcohol no le sentaba bien. Estaba furiosa por cómo se había comportado Kilraven esos últimos días. Así que se lo tenía merecido. Entonces recordó lo que le había dicho él sobre la abstinencia. Tal vez no podía evitarlo. Pero eso no disculpaba lo que había hecho. Que se fuera al diablo, pensó, enfadada. No debería haberla tocado, para empezar. Eso lo había complicado todo.

Cuando se levantó y buscó su caja de píldoras anticonceptivas, las cosas se complicaron aún más. Al parecer, con las prisas del viaje, se había dejado las píldoras en el apartamento de Kilraven. Eso significaba que se había saltado dos. Recordaba claramente el prospecto. Se llevó la mano al vientre y tragó saliva. Hacía exactamente dos semanas que había tenido la regla: aquél era el momento más peligroso para tener relaciones, porque sus periodos eran muy regulares.

Tenía que mantener la calma. Era improbable que se hubiera quedado embarazada a la primera. Bueno, a la primera no, pensó, sonrojándose. A la tercera, más bien. Era asombroso de lo que era capaz aquel hombre. Había leído que los hombres sólo solían aguantar una vez. Tal vez Kilraven no leía libros sobre sexo. Recordó algunas de las cosas que le había hecho y llegó a la conclusión de que tenía que haber leído muchos.

Bueno, ya no podía hacerse nada al respecto. Tendría que confiar en que su descuido no tuviera consecuencias. Kilraven la mataría. No tendría más remedio que matarla, porque, si al final estaba embarazada, no pensaba abortar bajo ningún concepto.

Winnie recibió una llamada inesperada a última hora de la mañana.

—Hola, soy Pat —dijo alegremente su vecina cuando contestó al teléfono—. ¿Te apetece ir de compras a la calle Bay?

Winnie se rió tímidamente.

—¿Estás segura de que quieres que te vean en público conmigo después de lo de anoche?

—Todo el mundo se achispa alguna vez, tesoro. A mí me pasa constantemente. ¿Te duele la cabeza?

—No mucho. Me he tomado una aspirina.

Pat se rió.

—Vamos. Te recogeré en la puerta. ¿Qué me dices?

—Está bien —contestó Winnie, intentando parecer reticente—. Supongo que Kilraven puede vivir sin mí unas horas.

—¿Sigues llamándolo por su apellido? —preguntó Pat, extrañada.

—No le gusta que lo llamen por su nombre de pila, y he oído decir que a su hermano le tiró algo una vez que se atrevió a usar su mote —contestó Winnie.

—Venga, vámonos de compras. Hoy salimos las chicas.

—Estaré en la puerta dentro de cinco minutos. No me voy a arreglar.

—Yo tampoco, corazón. Ve como quieras —Pat colgó.

Winnie se puso un bonito vestido blanco con estampados amarillos y sandalias blancas de tiras, se pasó un cepillo por la larga melena, recogió su bolso y echó a andar por el pasillo. Se había puesto el vestido más provocativo que llevaba en la maleta, y confiaba en hacer aullar de deseo a Kilraven.

Él estaba de pie al final del pasillo, con las manos en los bolsillos de las bermudas y una camisa blanca desabotonada que dejaba al descubierto su pecho ancho y musculoso.

—¿Adónde vas? —preguntó tranquilamente.

Ella se acercó.

—Por ahí, a conocer hombres —respondió abriendo mucho los ojos—. Como vamos a divorciarnos pronto, necesito un nuevo esclavo sexual. Primero voy a ir a un bar, luego me sentaré sobre el piano con la falda subida...

—Winnie... —gruñó él.

Ella hizo una mueca.

—Pat y yo nos vamos de compras.

—Bonito plan —contestó, levantando las cejas.

—No ha sido idea mía —dijo ella con naturalidad—. Me ha invitado Pat.

Kilraven deslizó los ojos sobre ella posesivamente. Conocía aquel cuerpo joven y esbelto como ningún otro hombre. Winnie le pertenecía.

Ella vio su mirada y se enojó. Kilraven no volvería a acercarse a ella.

—Pregúntale por su cuñado, si puedes hacerlo sin que sospeche —dijo él—. No podemos echarlo todo a perder ahora.

Hablaba en plural. Aquello resultaba casi cómico. No tenían nada en común. Lo único que había entre ellos era la obsesión de Kilraven por descubrir al asesino de su familia. Pensó en ello y se calmó. Estaba perdiendo la perspectiva, y eso no servía de nada. No eran una pareja feliz, de luna de miel. Eran investigadores. Tenía que recordarlo. El futuro era su trabajo y el de Kilraven, no una casa con valla y jardín.

—Haré lo que tengo que hacer —dijo, muy seria—. No voy a echar nada a perder.

Le hizo sentirse culpable. Kilraven la estaba poniendo en peligro para intentar vengar dos asesinatos. No creía que corriera peligro de muerte, pero tampoco podía garantizar lo contrario.

—Si algo se tuerce, da marcha atrás —dijo en tono cortante—. No te metas en nada.

—Pat no va a ordenar que me maten —contestó ella.

El rostro de Kilraven se tensó.

—Premeditadamente, no.

—Gracias —murmuró ella, y se dirigió hacia la puerta.

Kilraven la agarró del hombro cuando pasó a su lado y miró su cara joven y serena. No le gustó lo que vio. Él la había empujado a aquel viaje, a pesar de que ella se resistía. Y ahora intentaba culparla de su apasionado encuentro. Era injusto.

—No, gracias a ti —dijo con suavidad—. No querías venir. Yo te convencí. Y ahora te culpo de cosas que no son responsabilidad tuya —suspiró—. Siento lo que pasó cuando llegamos. Perdí... perdí la cabeza.

Bueno, eso era mejor que nada, supuso Winnie.

—Yo también —contestó—. No pasa nada.

—¿Seguro que te estás tomando la píldora?

Ella se puso colorada. Esquivó su mirada.

—Claro que sí.

La conversación se interrumpió al parar un coche delante de la puerta.

—Volveré —dijo Winnie, apartándose.

—Si me necesitas, llevo el móvil encima.

Ella se encogió de hombros.

—Si sufrimos una crisis al comprar una blusa, te llamaré, descuida.

—Muchas gracias —masculló él.

Winnie se volvió y le hizo una reverencia.

—Para eso estamos. Si no tienes nada que hacer, puedes hornear unas galletas o limpiar a habitación —añadió alegremente

—Mi madrastra tenía razón: eres una pequeña sierra mecánica —gritó él a su espalda, enfadado.

—A palabras necias... —replicó ella, cantarina.

Kilraven masculló una sarta de exabruptos mientras ella bajaba los escalones.

Patricia tenía bajadas las ventanillas del coche y se estaba riendo cuando Winnie se sentó en el asiento del copiloto del bonito Mercedes beis.

—¿De qué iba todo eso? —preguntó.

—Cree que corro peligro si no voy con él de compras —masculló Winnie—. Supongo que piensa que voy a tropezar con los tacones y a caerme al mar y que me comerán las gaviotas.

Patricia frunció los labios y se concentró en el volante.

—Conque el matrimonio más corto de Comanche Wells, ¿eh? Empiezo a pensar que tal vez sea verdad.

En la casa de la playa, Kilraven se había quedado pensativo. Le había parecido entrever algo extraño cuando Winnie había apartado la mirada al preguntarle él por la píldora. Entró en su cuarto y se puso a hacer lo que mejor se le daba. Cuando acabó, estaba convencido de que Winnie no había llevado ningún anticonceptivo, a no ser que llevara las píldoras encima. Pensaba averiguarlo en cuanto ella volviera; ésa era ahora su prioridad.

CAPÍTULO 15

Winnie estuvo muy animada mientras paseaban por la calle Bay, entre una bulliciosa multitud de turistas cargados con bolsas. Cerca de allí estaban los muelles de Prince George, con sus cruceros atracados. Aquélla era una de las ciudades más glamurosas del mundo, y al mismo tiempo era como una aldea de pescadores. Había grandes y lujosos hoteles mezclados con casitas apartadas de la carretera, entre palmeras. A Winnie le encantaba todo aquello.

–¿No es asombroso que el British Colonial siga en pie? –dijo–. Por lo demás, Nassau está cambiando tanto que no consigo seguirle el ritmo.

–Es asombroso, sí –dijo Pat con una sonrisa–. La gran señora de las Bahamas. Menuda historia.

–Me encantaba alojarme allí. Pero luego mi padre decidió que necesitábamos una casa propia.

–Me encanta tu casa.

–Gracias. A mí también.

Patricia la observaba con curiosidad. Cruzó un soportal y se acercó a un rincón en el que, junto a una buganvilla, un puesto al aire libre vendía sopa de mariscos y bebidas.

–Vamos a tomar algo –dijo

–Para mí, un ponche de frutas –refunfuñó Winnie–. Todavía no se me ha pasado el dolor de cabeza.

—Pobrecilla. No deberías beber.

—Sí, lo sé.

Patricia pidió y llevaron las bebidas a una mesita de piedra con bancos. Le dio la suya a Winnie.

—Yo tampoco debería beber —dijo, y su aire frívolo desapareció de pronto. Se quitó las gafas de sol con un suspiro—. Pero es lo único que me salva del suicidio.

—¡Pat!

—No te preocupes, no soy de ésas. Es sólo que... —bebió un sorbo y suspiró otra vez. Miró a Winnie—. No soy idiota, ¿sabes?

—¿Qué?

—Primero, una detective de homicidios reabre el caso del asesinato de la familia de Kilraven y mi marido interviene para que el comisario vuelva a cerrarlo. Eso, después de un asesinato en Jacobsville que causó estupor hasta en los despachos de Austin. Luego, muere una chica que trabajaba para el senador Fowler. Más tarde, cuando gracias al senador Fowler el caso volvió a abrirse, los dos detectives que trabajan en el caso de Kilraven sufren agresiones —miró a Winnie fijamente a los ojos—. Y por último Kilraven y tú os presentáis aquí, al lado de mi casa.

Winnie era una buena actriz. Había hecho un papel protagonista cuando estudiaba segundo de carrera. Lanzó a Patricia una sonrisa radiante.

—Excelente deducción —estiró la mano izquierda para enseñarle su alianza de boda, adornada con un diamante—. Así que me he casado con Kilraven sólo para venir aquí y hacerte unas preguntas sobre un asesinato... —arrugó el ceño—. ¿Qué tiene que ver contigo todo eso?

Patricia parecía perpleja.

—¿Has matado a alguien? —preguntó Winnie, extrañada.

Pat hizo girar los ojos.

—Por el amor de Dios, debo de estar volviéndome paranoica —bebió un largo trago—. Mi marido se ha estado paseando por todo Texas con una animadora que todavía está en el instituto y la prensa lo persigue, intentando atraparlo in fraganti para anunciar a bombo y platillo un nuevo escándalo político. Ese bestia del criado de Will está amenazando a un párroco y mi madrastra... ¿Se puede saber qué te pasa?

–Perdona. Es que nunca había oído que alguien amenazara a un párroco –dijo Winnie, riendo–. El nuestro es calvo, tiene más de sesenta años y no le haría daño a una mosca. Fue a velar a mi padre cuando se estaba muriendo –le había sorprendido oír a Patricia hablar de un criado que hacía amenazas.

–Suena raro, ¿verdad? –preguntó Pat. Bebió otro sorbo–. Dijo que estaba metiendo las narices donde no debía. Y yo te pregunto, ¿a qué venía eso?

–Ni idea –dijo Winnie despreocupadamente, y sonrió–. ¿Qué vas a hacer respecto a esa animadora? –preguntó.

Pat parpadeó.

–¿Que qué voy a hacer?

Winnie apoyó la barbilla en la mano.

–Si yo estuviera en tu lugar, iría a ver a sus padres.

Pat carraspeó y bebió de nuevo. Un largo trago.

–No, si tu marido tuviera empleados como Jay Copper.

–¿Y qué podría hacer? ¿Amenazarte?

Pat bajó la mirada hacia su copa. Bebió otro trago. Y otro. Pestañeó.

–Hubo una chica, una vez –dijo con voz apagada–. Como la animadora. Fue a una de nuestras fiestas. La sorprendí con Will. Estaba drogada, no sabía lo que hacía. Ni siquiera se enteraba de lo que estaba pasando. Obligué a Will a mandarla a casa. Él le dijo a Jay que la llevara en coche –tomó otro sorbo.

–Me enteré de eso por un policía de Jacobsville –dijo Winnie, ceñuda–. El padre consiguió un Jaguar nuevo y se retiraron todos los cargos, ¿verdad?

Pat sacudió la cabeza.

—La chica a la que me refiero no llegó a su casa. La encontraron... —se detuvo de repente. Miró a Winnie horrorizada—. No debes decirle a nadie lo que te he contado. Y menos aún a tu marido. ¡Prométemelo!

—Está bien, te lo prometo —dijo Winnie, y cruzó mentalmente los dedos. Estaba tan anonadada que apenas lograba fingir. ¡Jay Copper! No era Hank Sanders, sino aquel viejo criado de la familia quien iba en el coche con la chica a la que luego encontraron muerta—. No entiendo por qué.

—Da igual —dejó su copa—. ¡Mi bocaza y yo! Hace años que estoy muerta de miedo, que vivo encerrada, que me vigilan para asegurarse de que no digo nada...

Winnie puso una mano sobre la suya.

—Yo jamás haría nada que pusiera tu vida en peligro —dijo, muy seria—. De veras.

Pat se relajó.

—Gracias —hizo una mueca—. No puedo hablar con nadie. Mi marido me hace seguir allá donde voy. Estoy siempre mirando por encima del hombro —miró hacia atrás y se quedó paralizada.

Winnie se volvió. Junto a un sedán negro había un hombre trajeado, con gafas de sol oscuras.

—¿Lo conoces? —preguntó.

—No.

—Seguramente estará esperando a algún cliente —dijo Winnie en voz baja—. ¡Tienes que relajarte! Te estás poniendo paranoica. En serio. A tu marido le gustan las jovencitas. Eso lo convierte en un sinvergüenza, pero no en un asesino.

Pat la miró a los ojos.

—¿Lo crees de veras? —preguntó, ansiosa.

—¡Claro que sí!

Pat se llevó las manos a la cara.

—Bebo demasiado. Hablo demasiado. Yo también acabaré en el río un día de éstos.

—Ahora sí que pareces paranoica. Deberíamos movernos. Si te quedas aquí sentada, se te subirá el alcohol a la cabeza. Vamos. ¡Las tiendas nos esperan!

Pat se rió.

—Supongo que sí —se levantó—. Eres un encanto —dijo—. Sólo te conozco de fiestas, y siempre parecías quedarte en un rincón mientras Boone y Clark se relacionaban con la gente. ¿Cómo están, por cierto?

—Boone acaba de casarse con mi mejor amiga. Son muy felices.

—¿Y Clark?

Ella sacudió la cabeza.

—Clark va de chica en chica, aunque ahora está saliendo con una que parece distinta. Es bibliotecaria.

Patricia sonrió.

—Me habría gustado tener hermanos o hermanas.

—Puedes quedarte con Clark —dijo Winnie.

Pat le dio una palmada.

—No, gracias. Estoy bien como estoy.

Se alejaron de la terraza. El hombre del traje sacó un móvil y empezó a marcar.

Winnie estaba asustada por lo que había descubierto, pero puso buena cara y siguió paseando con Pat por Nassau. Era de noche cuando se detuvieron delante de su casa.

—Bueno, la luz está encendida —dijo Winnie—. Puede que todavía esté aquí.

—Tienes que dejar de pelearte con él —le aconsejó Pat.

—No. Si dejas de pelearte con un hombre así, te pisotea —contestó Winnie con firmeza—. Y yo no soy la alfombra de nadie.

Pat meneó la cabeza.

—Lamento que no nos hayamos conocido mejor hasta ahora.

Winnie la miró.

—Yo también —sonrió—. Pero mejor tarde que nunca.

Pat parecía triste.

—No. Nada de eso —de pronto encendió la radio del coche y la asió del brazo, atrayéndola hacia sí. Tenía una mirada febril. Habló al oído de Winnie—. Escucha, si mañana no estoy aquí será porque él me habrá mandado a Oklahoma, a la casa de su familia —dijo rápidamente—. Jay Copper está allí, y me da miedo lo que pueda hacer. Se enterará de que he hablado contigo... Tu marido tiene un rancho allí cerca. Busca una excusa para ir con Kilraven. Ve a verme. ¿Lo harás?

—¿Por qué...?

El sonido de su teléfono móvil sobresaltó a Pat. Dejó escapar un grito. Tomó el teléfono y lo abrió al tiempo que apagaba la radio.

—¿Sí? —palideció. Se mordió el labio inferior—. Sí. Sí, de acuerdo. ¿Ahora mismo? Muy... muy bien —colgó. Tenía una expresión trágica—. Tengo que irme —se acercó a ella—. ¡Recuerda lo que te he dicho!

Winnie se bajó del coche. Pat se alejó sin decir nada más.

Cuando entró, Kilraven estaba esperándola de pie en el vestíbulo, muy serio.

—Haz las maletas —dijo rápidamente—. He ordenado que un avión privado venga a recogernos. Nos vamos a Oklahoma.

—¡Nos has oído! —exclamó ella.

—Sí, y no soy el único —se volvió—. Tendremos suerte si Pat vive lo suficiente para llegar allí.

—¿Qué quieres decir?

Kilraven se dio la vuelta.

—Había micrófonos en el coche.

—¿Los pusiste tú? —preguntó ella, esperanzada.

—Sí. Y seguramente también ese viejo criado de su familia. Dame tu bolso.

Ella se lo dio sin pensar. Kilraven lo abrió y vació su contenido sobre la mesa.

—¿Hay algo? —preguntó ella, preocupada.

Kilraven se incorporó con un brillo en los ojos.

—¿Dónde están tus píldoras? —preguntó con frialdad.

A Winnie le dio un vuelco el corazón. Había caído en la trampa. No hacía falta ser un genio para saber que él ya habría registrado su habitación. Se sentó con un fuerte suspiro.

—Siguen en la cómoda, junto a la cama de tu cuarto de invitados. Con las prisas por llegar al aeropuerto, las dejé olvidadas.

Él no dijo nada.

Winnie lo miró.

—Sí, sé que el riesgo se multiplica si te saltas una —lo observó con enfado—. Pero no creía que fueras a arrojarme sobre la cama y a abalanzarte sobre mí. Me prometiste que no ocurriría nada.

Él se metió las manos en los bolsillos.

—Soy un hombre —replicó.

Ella dejó escapar un suspiro.

—Sí, de eso no cabe duda —repuso con tanta vehemencia que Kilraven vio amenazada su pose de indignación. Se apartó de ella.

—Tenemos que llegar a Oklahoma antes que Pat —dijo.

—¿Crees que intentarán matarla?

Él asintió con la cabeza.

—Han matado ya a mucha gente por intentar encubrir lo que sucedió.

—¿Sabes qué sucedió?

—Creo que sí —contestó—. Es casi todo una hipótesis, pero

he ido agregando datos. Y hace unos minutos hablé con tu madre por tu teléfono. Ella ha rellenado unos cuantos huecos que quedaban en blanco. Haz las maletas. Te lo contaré todo de camino al aeropuerto.

La puso al corriente sucintamente.
—El senador celebró una fiesta a la que invitó a una de sus conquistas, una adolescente que se maquillaba y se ponía relleno debajo del jersey y fingía ir a la universidad. El senador la drogó y estuvo divirtiéndose con ella hasta que lo pilló su mujer. Él intentó defenderse, pero la chica se despertó y al darse cuenta de lo que le había hecho el senador empezó a gritar, le dijo su verdadera edad y amenazó con denunciarlo. El senador le dijo a Jay Copper que la llevara a casa. Copper la llevó, pero tomó un desvío para divertirse con ella un rato. El senador no es el único de esa casa al que le gustan las jovencitas. La chica se resistió, Copper la forzó y en algún momento, mientras forcejeaban, la mató.
—Ay, Dios —dijo ella, apesadumbrada.
—Así que Copper tuvo que echar tierra sobre el asunto. Simuló un accidente de coche, destrozó el cuerpo para que la chica quedara irreconocible y siguió con su vida. Seguramente el senador se quedó horrorizado al saber lo que había hecho su mano derecha, pero no podía permitirse un escándalo: acababan de elegirlo senador del estado y aspiraba a un puesto mucho más alto. Veía cómo un nuevo mundo de estabilidad económica se abría delante de él. La chica le habría costado su carrera política. Y no iba a permitir que una adolescente lo echara todo a perder acudiendo a la prensa.
—Pero tu niña... —comenzó a decir ella.
Él apretó los dientes.
—Monica solía salir con un tipo que trabajaba para el senador Sanders. Hank y él eran amigos. Hank le contó lo

que había pasado y él se lo dijo a Monica. No lo he sabido hasta hoy. Tu madre encontró un dato clave en un expediente sepultado hace tiempo y me llamó al móvil para contármelo. El novio de Monica fue asesinado, pero antes de morir habló con un detective de la policía y le dijo que tenía información sobre la muerte de una adolescente a la que habían desfigurado para dificultar su identificación.

—Oh, no —dijo ella, intuyendo lo que seguía.

—Sí. Hank supuso que, si Monica sabía la verdad, podía hablar. Así que mandó a un par de matones, quizás incluso al propio Copper, a cerrarle la boca. Mi hija estaba con ella. No tenían previsto matarla; sencillamente, estaba allí —se mordió el labio inferior—. No contaban con que la víctima de Jacobsville se enamorara y hablara con un sacerdote.

—Si Márquez no hubiera acudido a la prensa por lo del sacerdote, él también habría muerto.

—De eso no hay duda.

—Pat me dijo que un viejo criado de la familia estaba amenazando a un párroco que estaba metiendo las narices donde no debía. Es fácil deducir quién es ese párroco y por qué lo amenaza Copper —dijo ella.

—Sí. He llamado a Jon para decirle que vigile al sacerdote, sólo por si acaso.

—Bien pensado —sacudió la cabeza—. Todas esas personas muertas porque una chica se despertó antes de tiempo y hubo que taparle la boca...

—Sí. Lo peor de todo es que no averiguaron quién era la chica hasta tres años después de matarla. Para entonces, sus padres ya habían muerto. Creían que a su hija la habían secuestrado. Se unieron a grupos de apoyo e intentaron presionar a la policía para que la encontrara. Después murieron en un horrible accidente de tráfico en Colorado, durante una tormenta de nieve, sin haber descubierto la verdad.

Ella cerró los ojos.

—Santo cielo. Y ese hombre se salió con la suya.

—No, nada de eso —dijo Kilraven con la voz más fría que ella había oído nunca.

—Pero no quedan testigos —repuso ella—. Si pueden hacer callar a la esposa del senador...

—Por eso vamos a Oklahoma —dijo él—. No van a hacerla callar.

Los ojos oscuros de Winnie brillaron, llenos de sentimiento.

—¡Deberían encerrar cien años al senador y a su hermano!

—Desde luego. Pero es muy posible que el senador no supiera qué planeaba su hermano.

—Eso es aterrador. Pero el senador intentó parar la investigación.

—Quería proteger a su hermano —contestó Kilraven, y suspiró—. Yo haría lo mismo por Jon —la miró—. Y tú por Boone, o Clark, o Matt.

Ella asintió.

—¿Qué hay de mi tío? ¿Sabes qué tiene que ver con todo esto?

Kilraven negó con la cabeza.

—Seguramente era un eslabón de la cadena, pero no sabía nada concreto que lo convirtiera en blanco para esa gente. La única conexión que tenemos es el termo. Y puede que nos conduzca a un callejón sin salida. Puede que tu tío se lo prestara a la víctima.

—Me cae bien Pat —dijo Winnie—. Espero que podamos salvarla —miró a Kilraven—. ¿No puedes llamar al FBI?

—¿Y qué voy a decirles? ¿Que puede que haya un asesinato? No tengo nada grabado, Winnie. Es tu palabra contra la de los abogados del senador. Sanders demandaría al FBI si Jon fuera a por él —no añadió que sabía que Garon Grier había sido visto con Hank Sanders recientemente. Aquello seguía desconcertándole.

Ella apretó los dientes.

—Tú eres un espía. ¿No conoces a otros espías que puedan ayudarnos?

Kilraven se rió.

—No soy un espía. Soy un agente de inteligencia.

—¡Tonterías! —exclamó ella.

Él frunció los labios.

—No creo que podamos recurrir a nadie dentro de las fuerzas del orden. Pero conozco a unas cuantas personas fuera de ellas.

—Puede que el hermano del senador también las conozca.

—No. Son de los buenos. Si lo sabré yo —añadió mientras empezaba a marcar en su teléfono móvil—. Los entrené a todos. ¿Hola? Pásame con Rourke.

Winnie tenía la impresión de estar montando en una montaña rusa: nunca había imaginado que pudiera verse inmersa en la investigación de un asesinato y que debido a ello su vida correría peligro. Era emocionante, de todos modos.

Aterrizaron en el aeropuerto regional de Lawton-Fort Sill. Demasiado impaciente para esperar a que alguno de los empleados de su rancho fuera a recogerlos, Kilraven alquiló un Lincoln y se fueron al rancho a toda pastilla, como dijo Winnie para regocijo de Kilraven.

Winnie, que estaba acostumbrada a su propio rancho, se llevó una sorpresa. De pronto entendía por qué Kilraven encajaba tan bien en las fiestas de sociedad. El rancho, Raven's Pride, era una hacienda española con gráciles arcadas que daban cobijo a un largo y ancho porche. Era tan grande que ocupaba por completo el horizonte mientras se acercaban. Los prados estaban cercados y la valla que bordeaba la carretera de poco más de un kilómetro que llevaba al rancho estaba pintada de un blanco impecable. A ambos lados de la carretera, hermosas reses Black Angus se alimentaban de balas de heno fresco. El agua para que bebieran se hallaba en contenedores que la mantenían caliente.

—Es asombroso —comentó Winnie mientras miraba por

la ventanilla–. Comparado con éste, nuestro rancho parece de juguete.

Kilraven se rió.

–Lleva aquí más de un siglo y medio –le dijo–. Algún día te contaré su historia. Tiene que ver con cuervos que llevaban a los lobos a sitios donde había carroña, para poder quedarse con lo bueno cuando los lobos hacían el trabajo sucio. Jon y yo no queremos deshacernos de él, aunque no pasamos mucho tiempo aquí. Tenemos un capataz competente y varios encargados que se ocupan de la administración cotidiana.

–Es precioso.

Él sonrió.

–Cammy lo mantiene todo en orden. Ay, Dios –añadió con una mueca–. Ése es su coche –frente a la puerta principal había aparcado un Mercedes dorado.

–No te preocupes –dijo Winnie tranquilamente–. Tendría que afilar mi hoja antes de atacar a nadie.

Kilraven tardó un momento en entender. Luego sonrió. Su mujer estaba llena de sorpresas.

Detuvo el coche y ayudó a Winnie a salir. Le lanzó las llaves a un vaquero alto y desgarbado.

–Lleva las maletas dentro y guárdalo en el garaje, Rory.

–Sí, señor.

Kilraven la condujo dentro. Cammy los estaba esperando con los brazos cruzados.

–Sólo vamos a quedarnos un par de días –le dijo Kilraven enseguida.

–No pasa nada. Yo ya me iba –contestó ella, tensa.

–Puede que sea lo mejor –dijo él. Se inclinó para besarla en la mejilla–. Estamos a punto de meter las narices en una situación muy explosiva que implica a nuestra vecina la esposa del senador. Ella es la clave para resolver lo que le pasó a Melly.

Cammy abandonó enseguida su pose altiva.

—Oh, no. No hagas que te maten —dijo, angustiada.

—Es mi única oportunidad de resolver el caso —contestó suavemente.

Cammy miró a Winnie.

—¿También vas a arriesgar tu vida? —preguntó con nerviosismo—. Acabáis de casaros.

—Nuestro matrimonio no es real —contestó ella con tranquilidad—. Necesitábamos convencer a la esposa del senador de que teníamos motivos razonables para estar en Nassau.

—Pero estáis casados —repuso Cammy. Miró a Kilraven, perpleja—. Es una pequeña sierra mecánica —dijo con sorpresa—, pero es justo lo que necesitas. Deberías seguir con ella.

Winnie se quedó boquiabierta.

Cammy la miró y se removió, inquieta.

—En esta familia todos somos difíciles —explicó—. Mis hijos son huesos duros de roer. No puede una permitir que la pisoteen.

—No pasa nada —contestó Winnie cuando recobró la compostura—. Mi padre no me educó para ser una alfombra.

Cammy sonrió.

—He estado hablando con tu madre —dijo, y Winnie se sorprendió—. Una mujer verdaderamente increíble —miró a Kilraven, que también estaba sorprendido—. No pudo encontrarte en el móvil y llamó aquí. Dice que uno de sus contactos se ha enterado de que el hermano del senador Sanders iba de camino al rancho de los Sanders, y no iba solo.

—¿Cuándo llamó Gail? —preguntó Kilraven.

—Hará unos diez minutos.

Kilraven se acercó al armero que había en el cuarto de estar, lo abrió y empezó a sacar armas. Al mismo tiempo sacó su móvil e hizo una mueca al ver que lo había desconectado. Volvió a encenderlo. Llamó al jefe de policía de Lawton, que era amigo suyo, y le puso al corriente de lo que ocurría. Luego escuchó con expresión cada vez más gélida. No contestó a lo que le habían aconsejado; se limitó a colgar.

Empezó a cargar armas.

Winnie estaba junto a Cammy sin saber qué hacer.

—No pensarás entrar allí pegando tiros —dijo, preocupada.

—No, a no ser que me disparen primero —cargó una enorme pistola del calibre .45 y la guardó en la funda que acababa de ponerse. Echó mano de otra arma que parecía un pequeño rifle automático.

Winnie se irguió.

—Voy contigo.

Cammy la miró boquiabierta.

—¡No!

—¡No! —dijo Kilraven al mismo tiempo.

—Puedo llamar a Pat y fingir que voy a aceptar su invitación a hacerle una visita —se apresuró a decir ella—. Tú puedes esconderte en el asiento trasero del coche. Te dejaré salir antes de llegar a la casa.

Kilraven arrugó el ceño. Aquello no estaba saliendo como planeaba. La idea de que Winnie estuviera en peligro le horrorizaba de pronto.

—Voy a ir solo —replicó.

—No, nada de eso —dijo ella. Lo agarró de ambos brazos y lo zarandeó—. Estás pensando con el corazón, no con la cabeza. Tienes que actuar lógicamente. Si oyeron lo que me dijo Pat, estarán esperando que te presentes allí y te líes a tiros. Conseguirás que te maten. ¿Y de qué servirá eso?

Él no contestó. Sus ojos brillaban.

—Puedo llevar un micro —añadió ella—. Y grabar lo que suceda.

Él reaccionó bruscamente.

—No, ni pensarlo.

—Si quieres que los condenen, es la única solución. ¡Todos los testigos están muertos!

Kilraven había deseado que se condenara al culpable más que cualquier otra cosa. Hasta ahora, al mirar la esbelta figura de su esposa. Winnie era tan joven, tan valerosa... Se la imaginó como había visto a Monica, boca arriba, mutilada por un disparo...

—No voy a permitirlo —dijo tajantemente—. No voy a poner en peligro tu vida, ni siquiera para conseguir una condena.

Winnie enarcó las cejas.

—Vaya, y yo que creía que no querías que te esposara y te tuviera encerrado en un armario para que fueras mi esclavo sexual.

Cammy ahogó una exclamación de sorpresa y rompió a reír al ver la cara de pasmo de Kilraven.

—Perdona —le dijo Winnie—. Es una broma nuestra —soltó los brazos de Kilraven—. Tienes que dejar que lo haga. Ya ha muerto demasiada gente. Es hora de detener a los culpables.

Kilraven titubeó.

—Tienes equipamiento para ponerme un micro, ¿verdad? —preguntó ella.

Él asintió con la cabeza.

—Entonces vamos, antes de que maten a Pat y se salgan con la suya.

Cammy se acercó.

—Tiene razón —le dijo solemnemente a su hijastro—. Si ella tiene valor para hacerlo, tú también has de tenerlo.

Las dos mujeres se miraron en silencio.

—Está bien —repuso Kilraven—. Pero harás exactamente lo que te diga —le dijo a Winnie con firmeza—. Yo tengo mucha más experiencia en esto que tú.

Ella le hizo un saludo militar.

Él masculló algo con voz gutural y fue a buscar el equipo.

—Él cuidará de ti —dijo Cammy en voz baja.

Winnie sonrió.

—Lo sé. Si no confiara en él, no me habría ofrecido a acompañarlo.

Cammy acarició su cabello rubio.

—Pequeña sierra mecánica... —dijo, cariñosa.

Winnie sonrió.

—Me estás haciendo la pelota porque sabes que sé hacer pan casero.

Cammy se echó a reír.

Kilraven le puso un micrófono y le dio una pistola de pequeño calibre que cabía perfectamente en su bolso. Confiaba en que no la registraran al llegar a la casa del senador Sanders. Si hacía bien su papel, tal vez consiguieran lo que se proponían. Winnie había recibido clases de tiro al empezar a trabajar en el servicio de emergencias. Y, como decía el jefe Grier, tenía un don para aquello.

Él saldría del coche cerca de la casa, mientras ella condujera hacia la puerta principal. Era arriesgado. Kilraven odiaba ponerla en aquella situación. Pero Winnie tenía razón. Era el único modo de llevar al asesino ante la justicia. Hank Sanders y su hermano el político iban a cumplir condena por lo que les habían hecho a Melly, a Monica y a las demás víctimas.

Dejaron a Cammy en la casa y caminaron juntos hacia el coche alquilado.

—Espero que esté asegurado contra tiroteos —dijo Winnie.

Él hizo una mueca.

—Ni lo menciones. La idea es no meterse en uno.

Ella suspiró y se volvió hacia él cuando llegaron junto a la puerta del conductor. Lo miró con una sonrisilla.

—Podrías intentar que te pegaran un tiro. Si acabas en el hospital, tendríamos que pasar semanas sin acostarnos.

Él se rió. Winnie era de verdad un cielo. Le gustaba tanto como la deseaba. En ese momento no pensaba en sus píldoras extraviadas, ni en un futuro sin ella, ni siquiera en volver a su vida peligrosa y estresante. Sólo pensaba en el ahora. Se puso serio.

—¿Estás segura de que quieres hacer esto?

Ella asintió con la cabeza.

Kilraven se inclinó para besarla suavemente en la boca. Aquel beso le supo distinto. Sonrió al besarla otra vez.

—Tú conduces. Yo disparo —le susurró, recordando una vieja película que a los dos les gustaba y de la que habían hablado en otra ocasión.

Ella se rió.

—Trato hecho.

Se sentó tras el volante y él montó en el asiento trasero, armado hasta los dientes.

—¿Listo? —preguntó ella sin mirar hacia atrás.

—Por supuesto. Vamos.

Winnie marcó el número del móvil de Pat. Sonó y sonó. Ella apretó los dientes. Su plan perfecto podía desmoronarse si Hank Sanders ya estaba en el rancho...

Justo cuando estaba a punto de ceder al pánico, oyó la voz de Pat. Hablaba deprisa, precipitadamente.

—¿Diga?

—¡Hola! Soy Winnie Sinclair —dijo alegremente, fingiendo que nada la preocupaba—. Me dijiste que me pasara por tu casa cuando volviera de Nassau, y he llegado antes que tú.

—¿Wi-winnie?

—Sí. ¿Qué ocurre? —preguntó cándidamente—. Me invitaste para que habláramos de ese proyecto tuyo. Ya sabes, esa fundación para recaudar fondos para la población de las Bahamas en caso de huracán... —se lo estaba inventando mientras hablaba.

—Ah. ¡Ah, sí, sí! Lo había olvidado.

—¿Te viene mal que me pase ahora por tu casa? Olvidé llamarte. Ya voy de camino.

Se hizo un silencio. Luego se oyeron murmullos. Pat se puso al teléfono.

—¿Hay alguien contigo? —preguntó.

—¿Conmigo? ¿Quién iba a...? Ah, te refieres a mi marido —dijo con aspereza—. No, no está conmigo. Volvió a San Antonio, a ocuparse de no sé qué caso. Y no nos hablamos.

—Entiendo.

—Por mí puede quedarse en San Antonio. Puede que me vaya otra vez a Nassau. Pero eso es problema mío, no tuyo. Me encantaría tomarte un café o un té contigo, o incluso un vaso de agua. Pero no me hables de mi marido —añadió con firmeza.

Pat se rió, nerviosa.

—No lo haré. Claro que puedes venir. Eh, tendrás que aparcar delante, ¿no? ¿Sabes llegar?

—Claro —dijo Winnie—. Lo busqué en Google —se rió.

Pat también se rió, pero sin ganas.

—Muy bien. Te estaré esperando.

—Nos vemos dentro de un rato —Winnie colgó y dejó escapar un suspiro.

—Buen trabajo —dijo Kilraven en voz baja—. Muy bien.

—Si salgo de ésta, pediré trabajo como agente secreto en el FBI —le dijo ella.

—Tendrás que pasar por encima de mi cadáver —masculló él—. Está bien, reduce la velocidad cuando llegues al garaje —dijo, señalando un edificio largo y bajo, situado junto al camino que conducía a la casa—. Bajaré de un salto. Tienes la pistola. ¿Podrás usarla, si es necesario?

—Haré lo que tenga que hacer —contestó ella entre dientes.

Sintió su mano grande sobre el hombro.

—¿Preparada?

Ella asintió.

Winnie redujo la velocidad cuando aún no se veía el coche desde la casa y Kilraven salió y cerró la puerta suavemente. Ella siguió conduciendo con los ojos fijos en la inmensa casa del rancho. Se detuvo frente a la escalinata y apagó el motor.

Al recoger su bolso y salir del coche, vio a un hombre corpulento y canoso en lo alto de los escalones. Llevaba una camisa blanca con el cuello abierto y unos pantalones oscuros, y tenía un aspecto extremadamente ruin.

—Hola —dijo Winnie con forzada alegría—. Soy Winnie Sinclair. Vengo a ver a Pat.

—Está dentro —dijo el viejo hoscamente. Señaló la puerta con la cabeza y se apartó. Pero le lanzó una mirada que le puso los pelos de punta.

Winnie inclinó la cabeza y siguió adelante. Sabía que le temblaban las rodillas, pero Kilraven estaba allí, en alguna parte. Él la defendería.

Pat estaba esperándola.

—Entra —dijo, fingiéndose despreocupada—. ¡Qué alegría que te hayas ofrecido a ayudarme con mi proyecto! Vamos al cuarto de estar, a hablar.

Winnie se dejó llevar hacia una ventana junto a la que había numerosas plantas.

—¿Estás loca? —le susurró Pat, frenética—. Copper hizo algunas llamadas antes de que llegara yo. Hank viene hacia aquí.

—No te preocupes —contestó Winnie en voz baja—. No pasa nada.

—¿Que no pasa nada? —Pat se pasó una mano por el pelo—. Oí a Copper decirle a su sobrino que iba a asegurarse de que no hablara con nadie de lo que sabía sobre esa chica muerta. Dijo que había matado a tanta gente que no le importaba matar a alguien más, ¡y todo por culpa de una imbécil que amenazó con contar lo que le había hecho Will!

A Winnie se le encogió el corazón. Sabía que el micrófono grabaría aquella afirmación. Si la sorprendían con el micrófono, la matarían.

—No creí que fueras a aparecer. ¡Nos matarán a las dos, Winnie!

Winnie, que en su trabajo había aprendido a mantener la calma, le puso una mano sobre el hombro y sonrió.

—No pasará nada —dijo sin alzar la voz—. Confía en mí.

—¿Qué vas a hacer?

Winnie suspiró.

—No tengo ni idea, pero ya se me ocurrirá algo.

Se oyeron pasos pesados y Jay Copper entró en la habitación acompañado de un hombre más joven. Eran ambos fornidos y no sonreían. Si la muerte tenía cara, era la suya. Winnie aferró su bolso. Se le aceleró el corazón al pensar si tendría tiempo de sacar la pistola.

Jay Copper sonrió.

—Te crees muy lista —dijo con sorna—. Como si no supiera por qué has venido con tanta prisa, después de haber estado con ella en Nassau. Sabes demasiado, bonita.

—Mi marido es agente federal —comenzó a decir Winnie, intentando disimular su temor.

—¿Y qué? Tu marido está en San Antonio. Te he oído hablar con Pat —replicó él, y Winnie se fingió asustada.

—No iremos a matarlas a las dos aquí, ¿no? —preguntó tranquilamente el otro hombre—. A Hank no le haría ninguna gracia. El escándalo salpicaría a su hermano.

—Hank viene para acá. Él nos ayudará —contestó Jay con naturalidad.

Winnie se sintió enferma. Todo estaba saliendo mal. Kilraven estaba solo. Aunque estuviera allí fuera, aquellos hombres eran rápidos y listos, y ambos llevaban armas automáticas. Si ella intentaba dispararles, las matarían a ambas. La pistola, que la había hecho sentirse segura diez minutos antes, le parecía ahora un peso en el bolso.

Como si lo adivinara, Jay estiró el brazo bruscamente, le quitó el bolso y lo abrió. Rompió a reír al sacar el arma.

−¿Qué pasa? ¿Es que creías que ibas a hacerle daño a alguien con este tirachinas? −preguntó−. Menuda chatarra −se la dio al hombre más joven−. Más vale que salgamos a mover su coche para que nadie lo vea −le lanzó las llaves, que estaban en el bolso.

Antes de que pudieran moverse oyeron que otro coche se acercaba. Jay miró por la ventana y se puso tenso hasta que apareció el coche. Entonces se relajó.

−Es Hank −dijo−. Vamos. Ve a mover el coche.

−Claro, jefe.

El otro hombre salió. Winnie y Pat se miraron, preocupadas.

Oyeron cerrarse una puerta de coche y luego otra. Se hizo un silencio y luego se oyó un ruido extraño. Después, pasos que subían rápidamente los escalones. Un hombre alto y atractivo entró en la casa. Tenía el cabello y los ojos negros y una cicatriz prominente en la mejilla. Llevaba traje de diseño y zapatos bruñidos como un espejo. Dudó en la puerta y se quedó mirando a Pat un momento. Luego miró a Winnie y a Jay Copper.

−¿Qué pasa? −preguntó a Copper.

−Otro contratiempo en un plan perfecto. Nada de lo que preocuparse. ¿Por qué has venido? Te dije que yo me ocupaba de esto. Yo siempre me ocupo de los problemas del senador −sonrió−. Es mi chico. Tu padre lo crió, pero fui yo quien se lo hizo a tu madre. Estuvo siempre loca por mí, no por ese viejo ricachón con el que se casó.

Hank no había sonreído desde su llegada. Sus ojos oscuros se entornaron mientras miraba la cara del viejo.

−No estás ayudando a Will, le estás creando problemas.

−Sí, claro. ¡Problemas! −su rostro se enturbió−. ¿Dónde coño estabas tú cuando esa niñata se puso ciega y se lo llevó a la cama? ¿Dónde estabas cuando se despertó y empezó a chillar y a decir que el padre de su mejor amiga era periodista en San Antonio y que iba a contárselo todo? ¿Dónde estabas cuando Will se echó a llorar muerto de miedo y me suplicó que lo arreglara? –lanzó un exabrupto–. Yo siempre le he sacado de los líos en los que se metía. Desde que era un adolescente. Siempre he estado ahí para ayudarlo. Nadie hará daño a mi hijo mientras yo viva.

Winnie permanecía paralizada junto a Pat, consciente de que la grabadora estaba recogiendo todo lo que decía aquel hombre odioso. Aquello bastaría para condenarlo. Si ella vivía para testificar.

–Estaba sirviendo a mi país –contestó Hank con calma.

–Ya, sirviendo a tu país. Tú eres tan malo como yo –bufó Copper–. Diriges una de las mayores mafias de juego de todo el estado. ¿Eso es servir a tu país?

Hank entrecerró los ojos.

–¿Qué estás planeando?

–¿Por qué no vuelves a San Antonio y dejas que yo me ocupe de esto? –preguntó Copper–. Yo sé lo que hago.

–Conseguirás que cuelguen a Will.

–No, nada de eso. Éstas dos son las últimas que están enteradas de lo que pasó –frunció el ceño–. Bueno, están también esos detectives, pero no tienen pruebas de nada. Y al cura le hemos dicho que quemaremos su iglesia con los feligreses dentro si vuelve a hablar con la pasma.

Hank se acercó a él, sonriendo.

–Ya has hecho suficiente. De esto me encargo yo. Rourke está fuera, en el coche. A él se le dan bien las mujeres.

Winnie sintió una náusea. Aquel nombre le sonaba.

CAPÍTULO 16

Mientras Winnie intentaba recordar de qué le sonaba aquel nombre, Hank Sanders aguardaba una respuesta.

Jay Copper titubeó, pero sólo un momento.

—No, puede ayudarme Peppy. Él fue quien se encargó de Dan Jones y de esa mujer que trabajaba para Fowler —dijo con sorna—. Nos deshicimos de todos los que podían relacionar a Will con la chica muerta. A Peppy le estoy enseñando. Tiene madera para esto.

Hank se acercó más aún. Sonrió.

—Sí. Es tan tonto y tan crédulo como tú. Ajá —añadió rápidamente. Tenía la mano cerca del estómago del otro—. No te conviene sacar la automática. ¿Sabes por qué? —movió bruscamente la mano hacia él—. Porque esto es una Glock del calibre .40 y el cargador está lleno. Y porque hay otras dos pistolas apuntándote directamente a la cabeza. Mueve un dedo y eres hombre muerto.

Pat estaba boquiabierta. Y también Winnie. ¿El malo se estaba volviendo contra los suyos?

La puerta se abrió de golpe y Kilraven entró acompañado de un hombre alto y rubio, con el pelo largo y un parche sobre el ojo. Ambos iban armados.

Winnie estuvo a punto de desmayarse de alivio.

—¡Lo he grabado todo! —gritó, llena de alegría.

—¡Cariño! —exclamó Rourke con pasión, acercándose a ella.

—Tócala y no habrá un solo hombre en toda tu división que la tenga más corta que tú —le dijo Kilraven entre dientes.

Rourke dio media vuelta y se volvió hacia Hank y Copper.

Hank empujó al viejo hacia Kilraven.

—Espero que hayas traído esposas —dijo—. ¿Dónde está Peppy?

—Durmiendo tranquilamente en el asiento trasero del coche —dijo Kilraven, y suspiró aliviado al ver que Winnie seguía estando de una pieza. Había pasado unos minutos angustiosos oyéndola hablar por el micrófono.

—Por cortesía tuya —contestó Rourke con una sonrisa—. Conque lo entrenaste tú mismo, ¿eh? —le preguntó a Copper—. Es muy eficiente.

—Vete al infierno —replicó Copper con los dientes apretados mientras lo esposaban—. ¡Traidor! —le gritó a Hank—. ¿Has colaborado con los federales desde el principio?

Hank le entregó la Glock a Rourke.

—Desde el momento en que encontraron a Dan Jones en el río, en Jacobsville —dijo sucintamente—. No podía demostrar que habías matado a esa chica, pero sí que mataste a Dan, por cómo murió. Pensé que podíamos conseguir pruebas suficientes para condenarte por su asesinato. Por esto estuviste en prisión. Por liquidar a un hombre que engañó a la mafia y matarlo de tal modo que sirviera de escarmiento a los demás. ¿Crees que lo había olvidado?

—¡Chivato! —le espetó Copper—. Te delataré, aunque tenga que hacerlo desde el corredor de la muerte.

Hank se encogió de hombros.

—Inténtalo —contestó, tan amenazador como el viejo—. Tengo amigos a ambos lados de la ley.

—Él no tiene tantos de nuestro lado. Yo no me preocuparía demasiado —dijo Rourke en voz baja.

—Rourke... —gruñó Kilraven.

Hank se rió.

—Dejad que desbarre. Su hijo y él pueden compartir la celda.

—¿Qué quieres decir? —preguntó Copper, titubeante.

—Los federales detuvieron a Will hace dos horas para interrogarlo —contestó Hank—. Le impidieron llamar por teléfono hasta que yo llegara aquí y salvara a Pat —miró a Pat por encima del hombro—. Will estaba intentado llamarte para avisarte, pero Copper no le permitió hablar contigo.

—Qué amable —dijo Pat entre dientes—. Perderá su escaño en el senado.

—Perderá mucho más que eso —contestó Hank. Se acercó. Tenía la cara tensa—. La chica cuyo padre aceptó un soborno por retirar la denuncia por violación, ¿te acuerdas de ella?

Pat asintió con la cabeza.

—Una detective de San Antonio ha conseguido que vuelva a denunciarlo.

Winnie sonrió. Sabía quién era aquella detective.

—Irá a prisión, ¿verdad, Hank? —preguntó Pat.

—Es muy probable —exhaló un largo suspiro—. ¿Vas a quedarte a su lado como la esposa resignada y fiel y a protegerlo de la prensa? —preguntó con aspereza.

Qué comentario tan extraño, pensó Winnie. Luego lo miró a los ojos y comprendió por qué había arriesgado tanto por salvar a Pat.

Ella evitó mirarlo.

—Creía que estabas metido hasta el cuello en la mafia.

—Y lo estoy —contestó él con acritud—. Le debía un favor a Garon Grier desde hacía tiempo, y se lo he pagado. Pero nunca he matado a nadie, y menos aún a una chica indefensa —añadió, lanzando una mirada de desprecio a Copper, que lo observaba desde la otra habitación, adonde lo había llevado Rourke–. Will sabía lo que había hecho Copper y se lo calló, hasta hoy. A mí me lo contó justo antes de venir aquí. Lo confesó todo. Mi medio hermano, cómplice del asesinato más horrendo del que he oído hablar –miró gélidamente a Jay Copper–. ¡Espero que os cuelguen a los dos! Quien permite que se le haga eso a una cría, se merece el mismo trato.

Hank subió en la estima de Kilraven. Había tenido una opinión muy distinta del mafioso hasta ese momento.

–Will dijo que ella se lo había buscado –bufó Copper–. Esas chicas eran unas golfas. Se aprovechaban de hombres mayores que perdían la cabeza por ellas.

Kilraven vio a su hijita tirada en el suelo, cubierta de sangre, y se imaginó que aquello le hubiera ocurrido a ella unos años después.

Hank se acercó y le puso una mano sobre el hombro.

–Debería haber hablado antes. Tenía una corazonada sobre esa adolescente, y hasta sobre el novio de tu ex mujer. Pero no creía que mi hermano pudiera permitir el asesinato de una madre y de su hija.

–¡Esa mujer sabía lo que yo había hecho! Su novio se lo contó todo –gritó Jay–. Lo hice yo mismo.

Kilraven se volvió. Tenía una mirada terrible.

–¡Fuiste tú! ¡Tú mataste a mi hija!

Copper levantó un hombro.

–No. Fue Dan Jones. Lo mandé a liquidar a tu mujer cuando su novio se fue de la lengua. Dan no tenía que hacerle daño a la chiquilla, pero ella se puso en medio. Dicen que por eso le dio por la religión y empezó a hablar de las barbaridades que había hecho. Tenía mala conciencia. Iba a contárselo todo a ese cura –sonrió con frialdad–. Pero yo llegué primero.

–¿Y el termo? –preguntó Winnie–. Encontraron el termo de mi tío cerca del coche, en el río.

Copper frunció el ceño.

–¿Qué termo? Ah, sí, un tipo se lo prestó a Dan cuando le robaron el suyo. Le dije a Peppy que lo dejara allí. Dan iba a hablar con un policía de Jacobsville sobre su pasado. Oímos que se lo contaba por teléfono a esa novia suya, así que Peppy y yo nos fuimos a Jacobsville y le tendimos una emboscada. Chilló como una niña.

Como una niña... Melly tendiéndole los brazos. Melly riendo, diciéndole «Te quiero, papá. Recuérdalo siempre».

Kilraven dio dos pasos hacia él.

Winnie se puso delante y, con mucha calma, apoyó las manos sobre su pecho.

–No –dijo con suavidad–. El sistema judicial funciona. Dale una oportunidad. No le ofrezcas la salida más fácil, después de todo lo que ha hecho.

Kilraven bajó la mirada hacia ella. Vaciló. Dentro de él batallaban poderosas emociones. Ansiaba matar a aquel hombre con sus propias manos. Melly había muerto porque aquel imbécil quería proteger a su hijo de la justicia. Pero ya había muerto bastante gente.

Winnie lo miraba con ternura. Él se calmó con sólo mirarla. Ella lo reconfortaba. Le daba paz. Por primera vez desde hacía años, se sentía libre de la negra melancolía que se apoderaba de él de vez en cuando. Respiró hondo.

–Está bien.

Ella le sonrió.

–Buena chica –dijo Hank, mirándola–. Lástima que se haya casado contigo, estando yo libre.

–¡Eh, que yo también estoy libre, y soy de los buenos! –exclamó Rourke.

Kilraven sacudió la cabeza. Rourke era incorregible. Se volvió hacia Hank.

–Deberías dejar la mala vida –sugirió–. A Marcus Carrera le fue bien.

–¿A quién crees que le cedió sus negocios en San Antonio? –preguntó Hank, sorprendido. Pero luego miró a Pat–. Aunque no sé.

Pat le devolvió la mirada, casi esperanzada. Él le sonrió. Pat se sonrojó y miró hacia otro lado.

–Decida lo que decida, ahora tengo que volver a San Antonio. Los colaboradores de Will estarán histéricos, y hay que ocuparse de la prensa. Gracias –dijo Pat, incluyendo a Kilraven, Rourke y Winnie–. Y a ti también –añadió mirando a Hank–. Creía que venías a ayudarlos a matarme –dijo, apesadumbrada.

Él le tocó la mejilla muy suavemente.

–Yo no soy un asesino de mujeres –dijo con una leve sonrisa.

–Ni un donjuán, no como yo –dijo Rourke alzando la voz desde la otra habitación–. O lo sería, si Kilraven me dejara.

Kilraven se volvió, sonriente.

–Es mi mujer, maldita sea. Y si se te ocurre sonreírle, te convierto en la primera soprano tuerta del mundo.

Rourke se puso firme.

–¡Sí, señor!

Winnie observaba a Kilraven con una extraña sonrisa. Aquello parecían celos. Claro que podía estar bromeando...

Kilraven se volvió para mirarla. Ella se sonrojó por completo. Oh, no. No estaba bromeando.

Garon Grier apareció unos minutos después, con un equipo de policías. Hank y Grier se apartaron para hablar después de que se llevaran esposados a Jay Copper y a su sobrino.

Pat estaba haciendo las maletas. Rourke procuraba mantenerse alejado de Winnie. Kilraven la llevó a una habitación aparte y le quitó el micro.

—Estoy orgulloso de ti —dijo con calma, mirándola a los ojos—. Muy orgulloso. Podrían haberte matado.

Ella sonrió.

—No era probable, estando tus compañeros y tú aquí para cubrirme las espaldas. Aunque debo reconocer que lo de Hank Sanders ha sido toda una sorpresa.

—Para mí también lo fue, hasta que tu madre me dijo que lo había visto hablando con Grier. Nadie en Texas sospecharía que Garon Grier pueda tener vínculos con el crimen organizado. Es un auténtico boy scout.

—Y muy simpático —añadió ella, y lo miró—. ¿Y ahora qué?

Él estaba esperando aquella pregunta. Respiró hondo.

—Vamos a tomarnos un respiro. Un par de semanas solamente. Necesito tiempo...

—Sí —tiempo para sanar, quería decir. Tiempo para llorar a su hija. Tal vez incluso a su esposa. Ella sonrió—. ¿Y esto? —le enseñó su anillo de boda.

Él pareció incómodo.

—Ahora mismo no puedo arreglar las cosas. Hablaremos más adelante.

Bonita respuesta. Muy diplomática. Winnie se inclinó hacia él.

—¿Tiro las esposas?

Kilraven rompió a reír. Los demás lo miraron con curiosidad, pero él se limitó a levantar una mano y salió con Winnie.

Cammy abrazó a Winnie tan fuerte cuando volvieron a casa, que estuvo a punto de asfixiarla.

—Estaba tan asustada... Por los dos —añadió, abrazando también a Kilraven. Le dio un golpe.

—¿Por qué has hecho eso? —preguntó, ofendido.

—¡Por asustarme! No vuelvas a hacer algo así —contestó, enfadada. Y luego lo abrazó otra vez.

Winnie se reincorporó al trabajo en el turno de mañana. Estaba atendiendo una llamada cuando le hizo una seña a Shirley para que siguiera ella y corrió al aseo a vomitar. Cuando regresó, pálida y débil, humedeciéndose la cara con una toalla de papel, Shirley se apartó de su centralita y comenzó a canturrear:

—Duérmete, niño, duérmete ya...

Todos sonrieron a Winnie.

Ella hizo una mueca.

—Que nadie se lo diga a Kilraven —masculló—, o tendréis que véroslas conmigo.

—Amenazas e intimidación —susurró Shirley.

—Eso es. Pertenezco al Grupo Terrorista de Vomitonas de Jacobsville —respondió Winnie.

Al día siguiente, Shirley le regaló una camiseta con esa leyenda. Winnie se la llevó a casa y se la puso para cenar.

—Deberías decírselo —le aconsejó Boone.

—Desde luego que sí —añadió Clark.

Matt le lanzó una mirada larga y triste.

—Echo de menos jugar con él.

—Y yo discutir con él —Gail suspiró. Seguía de baja, recuperándose de su herida de bala.

—Deberías decírselo y ya está —dijo Keely suavemente.

—No voy a decirle nada —contestó Winnie con firmeza—. Se quedaría conmigo sólo por mala conciencia —suspiró—. No he sabido nada de él en tres semanas. Puede que ahora mismo esté hablando con un abogado para pedir el divorcio. Me dijo que no quería volver a casarse, ni tener más hijos.

—Sí, ya se nota —comentó Clark, señalando el vientre algo abultado de su hermana.

Winnie lo miró con enojo.

—Son cosas que pasan.

Todos se rieron, excepto Matt, que parecía perplejo.

—No te preocupes, dentro de unos cuatro años lo entenderás todo —le dijo su madre, dándole unas palmaditas en la cabeza.

Winnie se rió con ellos, a pesar de que estaba deprimida. Era inevitable que alguien la viera y se lo contara a Kilraven. Si podían encontrarlo, claro. Winnie ignoraba dónde estaba. Sólo confiaba en que no le hubieran encargado alguna misión peligrosa en el extranjero. Lo que había dicho Jay Copper tenía que haber aumentado su dolor.

Los medios se estaban cebando con el senador Will Sanders. El senador se hallaba bajo custodia policial a la espera de procesamiento, y la calle donde se hallaba el centro de detención estaba llena de unidades móviles. Lo mismo podía decirse de la casa del senador. Pat había escapado a Nassau. Hank Sanders también había cortado todo contacto con sus socios. Nadie sabía dónde estaba. Igual que Kilraven, se dijo Winnie. Se tocó la tripa y sonrió. Le encantaba estar embarazada. Tal vez ella también pudiera irse a vivir a Nassau, tener el bebé y criarlo allí. Así Kilraven no se enteraría. Frunció los labios. La Sociedad de Ocultamiento Playero de Bebés. Rompió a reír, y lo mismo hicieron los demás cuando les contó su ocurrencia.

Kilraven llevaba dos semanas en su apartamento sin mantener contacto con nadie, ni siquiera con su hermano, llorando a su hija muerta. Tenía vídeos de ella que nunca había tenido valor para ver. Los sacó y disfrutó de cada sonrisa, de cada dulce carcajada. Allí estaba, en su primera fiesta de cumpleaños, con un vestido de volantes, mirando a la cámara con ojos inmensos. Andaba y se caía, y agarraba juguetes y se los llevaba a la boca. Y se reía. Siempre se reía.

Allí estaba en su segundo cumpleaños, con sus amiguitos. Jugaba con la tarta mientras Monica revoloteaba por allí y Kilraven se reía y la filmaba desde ángulos extraños. Luego estaba su tercer cumpleaños; en aquella fiesta estaba muy guapa, con su vestido escarlata y sus medias blancas. Corría hacia su papá y volcaba la cámara. La cámara se quedaba en el suelo y filmaba los pies mientras Kilraven la aupaba y le daba vueltas, y ella reía y reía, le besaba la mejilla y decía:

—Te quiero, papá. Recuérdalo siempre.

—Recuérdalo siempre —decía él en voz baja, con ella, y sus ojos se llenaban de lágrimas.

En aquellos siete años, hasta conocer a Winnie, no había derramado ni una sola lágrima. Había mantenido a raya los recuerdos, los había alejado de sí, los había ignorado, y había utilizado su ira y su rabia para no tener que enfrentarse a la certeza de que su hija estaba muerta y jamás volvería a verla. No la vería en su primera cita, ni cuando se comprara un vestido bonito, ni cuando pasara por la angustia y el éxtasis de la adolescencia, ni cuando se graduara en el instituto, ni cuando fuera a la universidad, ni cuando encontrara trabajo, se casara o tuviera una familia. Jamás tendría todo eso. Sentado delante de la gran pantalla del televisor, miraba su linda carita, tan parecida a la suya, como si fuera una flor cortada nada más abrirse. Melly estaba muerta. Melly estaba muerta.

Apoyó la cabeza en las manos y dejó que fluyeran las lágrimas. Lo cegaron. Pero también hicieron que se sintiera mejor. Lo ayudaban a recuperarse. Pasados unos minutos, se obligó a mirar la pantalla. Pulsó el botón. Y allí estaba Melly, todavía viva, todavía sonriente, diciendo aún:

—Te quiero, papá. Recuérdalo siempre.

—Sí, cariño —dijo con voz ronca—. Siempre. Mientras viva.

Más tarde buscó sus fotografías enmarcadas, que había guardado tras su muerte. Las sacó, les quitó el polvo y las puso sobre la mesa, junto al televisor.

—Hemos atrapado al culpable, Melly —le dijo a su cara risueña—. Tenemos al hombre que acabó con tu vida. Y pagará con la suya. Ahora puedes descansar, cariño. No ha salido impune.

Tocó la fotografía y logró sonreír.

—Te quiero. Recuérdalo siempre —se le quebró la voz al decir la última palabra.

Tres meses después, tras cumplir una misión en un país africano que jamás reconocería haber visitado en acto de servicio, Kilraven entró en el centro de emergencias tan tranquilo como si sólo quisiera dar una vuelta por allí. Vestía lujosos pantalones de vestir, jersey negro de cuello vuelto y americana de cachemira. Llevaba, como de costumbre, los zapatos bien brillantes y tenía el mismo andar arrogante de siempre. Pero no se sentía tan seguro como aparentaba. Sobre todo, cuando Winnie lo vio al salir de la cafetería y se paró en seco.

Kilraven no comprendió por qué se azoraba tanto, hasta que bajó los ojos y vio su tripa. Llevaba el uniforme del personal de emergencias: pantalones oscuros y camisa azul marino. Pero no se había remetido la camisa, que se tensaba sobre el leve abultamiento de su vientre. Estaba muy sexy, pensó Kilraven.

Ella dejó escapar un suspiro y pareció resignada, como si comprendiera que se había descubierto el pastel. Lo miró con resignación y esperó a que se pusiera hecho una furia y se marchara.

No se esperaba que él sacara una bolsita de tela y se la ofreciera.

Frunció el ceño.

—¿Qué es eso?

—Helado de fresa y pepinillos en vinagre —dijo él enérgicamente, y sonrió—. He leído algunos libros, y dicen que las embarazadas se pirran por estas cosas.

Winnie todavía estaba intentando acostumbrarse a su sonrisa. El helado le estaba enfriando la mano. El frasco de pepinillos pesaba. Kilraven se había vuelto loco.

Él se inclinó y la besó muy suavemente.

—Mira más al fondo —le susurró.

Con el ceño todavía fruncido, Winnie metió la mano en la bolsa y sintió algo metálico. Se quedó parada y lo miró con la boca abierta.

—Son unas esposas —musitó él, y su sonrisa se hizo más amplia.

Ella era consciente de que todo el mundo los estaba observando. Estaba nerviosa. Él parecía tan tranquilo. Ella miró dentro de la bolsa. ¿Unas esposas?

—No se puede ser una esclavo sexual sin esposas —dijo Kilraven en voz lo bastante alta para que los que estaban cerca le oyeran.

—¡Serás bruto! —exclamó ella, y le dio un golpe, pero se echó a reír sin poder evitarlo.

—Te presto las mías cuando quieras, Winnie —dijo una de las telefonistas, que también era policía local de Jacobsville.

—Yo también —dijo otra policía.

—Tienes unas compañeras estupendas —Kilraven sonrió, radiante—. ¿Cuándo puedo llevarte a casa? —añadió.

—Estaba a punto de acabar mi turno —tartamudeó ella—. Tengo que ir a buscar el abrigo y el bolso a la taquilla.

Él le quitó la bolsa.

—Te espero en la entrada —susurró.

Ella se limitó a asentir. Se dirigió hacia el fondo de la sala, aturdida. Pasó delante de las caras sonrientes de sus amigas sin verlas y, todavía aturdida, salió y montó en el Jaguar mientras Kilraven le sostenía la puerta.

Se sentó y se puso el cinturón de seguridad. Lo miró cuando él se sentó a su lado.

—¿Estás bien?

Él sonrió.

—Sí, estoy bien. He pasado unas semanas difíciles, pero creo que ya ha pasado lo peor.

Ella también sonrió.

—Supongo que habrás notado que estoy embarazada.

Kilraven se rió.

—Lo ha notado un montón de gente —dijo—. Márquez me lo dijo hace unas semanas, pero yo acababa de volver de una misión en el extranjero y tenía muchos cabos sueltos que atar antes de poder venir aquí y empezar de cero contigo.

—¿Empezar de cero?

Él asintió con la cabeza. Salió a la carretera.

—Un apartamento no es sitio para criar a un niño, pero tendremos que quedarnos allí mientras buscamos una casa. ¿Te parece bien?

Ella asintió, perpleja.

—Entre tanto, he invitado a tu familia a cenar. Va a cocinar Jon. Cammy también viene —se rió—. Así que no tienes excusa para decirme que no. ¿No?

Ella empezaba a sentirse de maravilla.

—No.

—Así me gusta: que me des la razón sin rechistar.

—Entonces más vale que pidas el divorcio y te cases con un felpudo, Kilraven —replicó ella.

Él se rió.

—De eso nada —la miró—. McKuen.

Ella titubeó.

—McKuen —repitió, haciendo del nombre una caricia.

Él silbó.

—Madre mía, si vuelves a decirlo así me subirá la presión arterial.

—Es agradable saber que no estoy completamente desarmada en la guerra de los sexos.

Él sonrió y gruñó suavemente.

Cuando llegaron a su apartamento, toda la familia de Winnie estaba en el portal.

—No teníamos llave y tu hermano Jon tiene que venir desde Dallas, así que llegará tarde —explicó Boone con una sonrisa.

Kilraven se rió.

—Perdonad, no se me ocurrió lo de la llave. No importa —se acercó al puesto del guardia de seguridad—. Traigo a una familia entera con intenciones aviesas —comenzó a decir en voz alta mientras Boone ponía cara de pasmo.

Winnie puso la mano sobre el brazo de su hermano.

—No pasa nada —le susurró.

—Algún día haré que te ahoguen y te descuarticen, Kilraven —dijo el guardia.

—No, no, no, yo soy de linaje noble —replicó Kilraven en tono doctoral—. Has de mandar que me decapiten.

El guardia frunció el ceño.

—Que te decapiten.

Kilraven asintió con la cabeza.

El guardia se irguió.

—¡Haré que te decapiten, Kilraven!

—Eso está mucho mejor —Kilraven sonrió al reunirse con los otros. Boone lo miraba con extrañeza.

Kilraven se volvió hacia el guardia y señaló a Boone.

—Con él no tengo intenciones aviesas —dijo.

—Ah, muy bien —contestó el guardia.

—Te has casado con un lunático —le dijo Boone a Winnie en voz baja.

—Lo he oído —dijo Kilraven mientras los conducía al ascensor—. ¡Mantén la fe! —le gritó al guardia.

El guardia sonrió.

—¡Y aguanta!

Kilraven le hizo un saludo militar e indicó a los demás que entraran en el ascensor.

—Cosas de escoceses —les explicó—. Él es un McLeod. El lema de su familia es «Aguanta». Mi madre pertenecía al linaje de los Hepburn. Nuestro lema es «Mantén la fe».

—Otro loco de la historia escocesa del siglo XVI —gruñó Winnie.

—Bueno, bueno —dijo Kilraven con una suave sonrisa—, ya te acostumbrarás.

Ella lo miró con tanto amor que Kilraven se sintió deslumbrado. La rodeó con el brazo y la atrajo hacia sí.

—Me acostumbraré —prometió ella.

Jon llegó con Cammy. Kilraven presentó a su madrastra a los Sinclair, y Gail y ella descubrieron que tenían muchas cosas en común, incluidos algunos amigos. Jon se metió en la cocina y empezó a cocinar, ayudado por Winnie y Keely. Se sentaron a comer un festín digno de un monarca de la antigüedad. Luego todos tuvieron la cortesía de ponerse a bostezar y lamentaron tener que marcharse tan pronto, porque estaban cansadísimos. Pero arruinaron su actuación cuando, al despedirse en la puerta, les sonrieron maliciosamente. Incluso Jon y Cammy.

Kilraven cerró la puerta meneando la cabeza.

—Menuda panda. Pero se llevan bien, ¿no crees? Y eso es buena señal para el futuro.

Winnie estaba mirando las fotografías que había sobre la mesa, junto a la televisión. Se volvió hacia él y le sonrió con ternura.

—Era igual que tú.

Kilraven asintió.

—Era una niña encantadora. Fue un error mantenerla oculta tanto tiempo, como si fuera un horrible secreto.

—Sí.

Él la atrajo hacia sí y tocó su vientre con delicadeza.

—¿Es niño o niña? Tú tienes ese don, igual que tu madre. A ver si lo adivinas.

—Puedo hacerme una ecografía y así lo sabremos con seguridad —contestó ella.

Él hizo una mueca.

—Entonces no sería una sorpresa. ¿Por qué no esperamos hasta que nazca?

Ella sonrió de oreja a oreja.

—Esperaba que dijeras eso —levantó la cabeza hacia él—. ¿Vamos a divorciarnos antes o después de que nazca el niño?

—¡Un niño! ¡Has dicho que es un niño!

Ella se ruborizó.

—Es una forma de hablar. Contéstame.

—Supongo que podríamos esperar un par de años. Hasta que seamos abuelos, ya sabes. Entonces hablaremos de ello.

Ella lo miró con suave admiración.

—Estaba pensando que el médico me aconsejó que hiciera algo de ejercicio. Ya sabes, para mantenerme en forma durante el embarazo.

—¿Sí?

Ella asintió con la cabeza. Se acercó. Pasó los dedos por su pecho, por encima de sus botones. La respiración de Kilraven se alteró.

—Y estaba pensando que hacer ejercicio en casa es tan bueno como salir a caminar o a correr por ahí.

—¿Sí? —su corazón palpitaba con fuerza.

—Sí —se acercó más aún y pasó un dedo alrededor de uno de los botones de su camisa. Él respiraba trabajosamente—. También he pensado que podíamos comprar uno de esos programas para hacer ejercicio con la Wii.

—¡Maldita sea!

Ella lo miró.

—¿Qué pasa?

Kilraven se apoderó de su boca.

—¡Estoy tan excitado que podría traspasar una pared y tú te pones a hablar de una videoconsola!

—O —añadió ella— podríamos probar eso que hicieron tu compañero y su mujer...

Diez minutos después estaban tendidos sobre la moqueta, temblando, sudorosos y faltos de aire.

—¡Menos mal que aquí no hay escalones para bajar al cuarto de estar! —exclamó Kilraven.

Ella se rió, llena de alegría.

—Aun así, merecería la pena romperse un tobillo —dijo.

Kilraven se volvió hacia ella y la besó con entusiasmo.

—O los dos —dijo, y otra vez la besó.

Winnie lo atrajo hacia sí y frotó la cara contra la suya.

—Te quiero, McKuen —susurró.

Él levantó la cabeza para mirar sus ojos grandes, oscuros y tiernos. Winnie era una luchadora, una delicia, un torbellino, un oasis de calma en medio de la tormenta. Podía enfrentarse a asesinos, atender llamadas frenéticas y mandar ayuda sin perder los nervios, y en la cama era todo cuanto él podía desear. Y, además, lo quería.

Kilraven frotó la nariz contra la suya y clavó en ella sus ojos plateados.

—Yo también te quiero.

Ella se quedó sorprendida.

—¿Sí? —preguntó, desconcertada.

—Muchísimo. Pero no lo supe hasta que dejé que te metieras en la boca del lobo armada con un micrófono —se puso serio—. Pensé: «Si muere ahí dentro, que me entierren con ella, porque no merecerá la pena seguir viviendo, si la pierdo».

Las lágrimas llenaron los ojos de Winnie. Un sollozo escapó de su garganta.

Él la besó para enjugarle las lágrimas.

—¿Por qué lloras? —musitó.

—Te pusieron el nombre de un poeta —respondió en voz baja—. Ahora entiendo por qué.

Él sonrió.

—Sé recitar poesía —le dijo—. ¿Quieres que te recite una? —levantó la cabeza—. «Con diez cañones por banda, viento en popa, a toda vela...».

—Oh, por favor, ese tipo de poesía no.

Él levantó las cejas.

—¿Te apetece algo más apropiado a la situación? —añadió, mirando su cuerpo desnudo con una sonrisa—. «Hubo una vez un hombre en Nantucket...».

Ella lo besó, riendo a carcajadas.

Kilraven le devolvió el beso.

—Creo que deberíamos irnos a la cama.

—Supongo que sí.

Él la estrechó en sus brazos.

—Aunque por otro lado —murmuró, soñoliento—, aquí se está muy bien. Es lo que digo siempre: ¿qué tiene de malo la moqueta?

—Lo mismo digo yo —contestó ella, y estiró un brazo para quitar del sofá una manta con la que taparse.

Cerró los ojos y se acurrucó a su lado. Se sentía calentita y amada, más feliz de lo que había soñado nunca. Kilraven podía ser peligroso, se dijo, adormilada, pero con un coraje como el suyo para protegerlos a ella y a su bebé, ella ya no temería el futuro. En realidad, estaba deseando que pasara el tiempo. A ella tampoco le faltaba valor. No dejaba de asombrarle cómo se había comportado al encarar la muerte. Apenas un año antes, no se habría imaginado en una situación así. Kilraven había influido en ella, pensó, y también su madre. Tal vez el valor se manifestaba únicamente cuando más falta hacía.

Miró la fotografía de la hija de Kilraven que había sobre

la mesa y pensó en el bebé que yacía a salvo dentro de su vientre. Aquel bebé no podía reemplazar a Melly, pero ayudaría a curar viejas y hondas heridas.

Al cerrar los ojos, le pareció que oía reírse alegremente a una niña: era el ruido suave y argénteo del lindo espíritu de una pequeña que al fin, como su padre, estaba en paz.

Títulos publicados en Top Novel

Amor peligroso – BRENDA JOYCE
Nuevos amores – DEBBIE MACOMBER
Dulce tentación – CANDACE CAMP
Corazón en peligro – SUZANNE BROCKMANN
Un puerto seguro – DEBBIE MACOMBER
Nora – DIANA PALMER
Demasiados secretos – NORA ROBERTS
Cartas del pasado – ROSEMARY ROGERS
Última apuesta – LINDA LAELL MILLER
Por orden del rey – SUSAN WIGGS
Entre tú y yo – NORA ROBERTS
El abrazo de la doncella – SUSAN WIGGS
Después del fuego – DEBBIE MACOMBER
Al caer la noche – HEATHER GRAHAM
Cuando llegues a mi lado – LINDA LAELL MILLER
La balada del irlandés – SUSAN WIGGS
Sólo un juego – NORA ROBERTS
Inocencia impetuosa/Una esposa a su medida – STEPHANIE LAURENS
Pensando en ti – DEBBIE MACOMBER
Una atracción imposible – BRENDA JOYCE
Para siempre – DIANA PALMER
Un día más – SUZANNE BROCKMANN
Confío en ti – DEBBIE MACOMBER
Más fuerte que el odio – HEATHER GRAHAM
Sombras del pasado – LINDA LAELL MILLER
Tras la máscara – ANNE STUART